FVA

Katharina Köller

# Was ich im Wasser sah

Roman

FRANKFURTER VERLAGSANSTALT

## SIE SIND DOCH SONST SO ZART

Ich hatte keine Brüste mehr.
Was würden sie zu Hause sagen, wenn ich zurückkäme und sie sehen würden, dass ich meine Brüste auf dem Festland gelassen hatte?
Es waren große Brüste gewesen. Schwere, fleischige Bälle.
Sie hatten sich immer ein bisschen anders verhalten als mein restlicher Körper mit ihrem Eigenleben, ihren eigenen Naturgesetzen, ihrer eigenen Gravitations- und Zentrifugalkraft.
Während ich mich durch meinen Alltag bewegte, hatte ich immer aufpassen müssen, sie zu schützen. Dafür hatte ich mir eine eigene Körperhaltung zugelegt. Ich hatte die Schultern nach vorne geschoben, meinen oberen Rücken gekrümmt und meine Arme vor meinem Brustkorb verschränkt. Wenn ich gerannt war, hatte ich sie mit beiden Händen festhalten müssen, und ich hatte eine Technik entwickelt, sie mit meinen Ellbogen zusammenzupressen, wenn ich im Auto über eine holprige Straße gefahren war. Sie waren zitternd auf und ab gehüpft, in meinen Händen und zwischen meinen Ellbogen.

In meiner Schule auf der Insel fragte mich ein Junge einmal, ob er meine Brüste anfassen dürfe, er würde mich bezahlen. Meine Brüste hatten damals gerade erst angefangen, sich bemerkbar zu machen, und ich wusste noch nicht recht, was ich von ihnen halten sollte. Der Junge versprach mir Geld, viel Geld für meine damaligen Begriffe. Und er erhöhte den Preis sogar, als ich ablehnte.

Ich überlegte.

Geld war prinzipiell immer erstrebenswert, und es schien nicht viel Aufwand, kurz stillzuhalten.

Der Junge rückte den Geldschein raus. Ich erinnerte mich noch, wie er näher kam, mit immer größer werdenden Augen und ausgestreckten Händen. Wie seine Finger zu der Ware, die er erworben hatte, hin zuckten. Wie ihm egal war, dass ich sein zu einer brünstigen Fratze verzogenes Gesicht sehen konnte.

Dann die Berührung.

Ein Wühlen im Fleisch. Seine Finger wie Krallen, hart und steif und heiß vor Angst. All sein Blut in den Händen, das Spatzenhirn leer, der Spatz ausgeflogen.

Ich warf ihm sein Geld hin, ließ ihn mit seinem lüsternen Blick und seinen zuckenden Fingern stehen und rannte zu meiner Schwester (deren Brüste verhältnismäßig klein waren und damals etwa die Größe von Mückenstichen hatten), um mich mit ihr zu beraten.

Sie fand es dumm, dass ich das Geld nicht genommen hatte, und verstand nicht, was mein Problem gewesen war. Ich konnte es ihr nicht erklären, weil ich es selbst nicht verstand. Und keine Worte kannte, die beschrieben hätten, was es war.

Auf mir war eine Ware gewachsen, still und leise, ohne dass ich es bemerkt hatte, wie bei einem wild aufgehenden Kirschpflaumenbaum, der auf einmal Früchte trug.

Jetzt hatte ich sie verloren, die Ware – und die Waffe – der Frau. Sie hatte sich gegen mich gewendet.
In meiner Brust war ein Feind gesessen, ein todbringender Feind, und als er geschlagen war, hatte er auch den Schauplatz des Kampfes mit sich genommen, ein kontaminierter Busen musste gehen, war verloren, mein Gewebe unersetzlich verloren, obwohl man mir unbedingt einen Ersatz aufdrängen wollte.
Meine Mitmenschen schienen nicht zu verstehen, dass ich *wusste*, was ich wollte und nicht wollte. Dass ich mich bewusst entschieden hatte.
Sie waren alle sehr freundlich, die Damen und Herren Ärzte, und sie gaben sich viel Mühe, mich von der verrückten Idee, Brüste ersatzlos herzugeben, abzubringen.
»Sie können die Größe und Form der Implantate selbst wählen. Wir können gut verstehen, dass Sie sich von der ursprünglichen Größe belastet gefühlt haben, Sie sind doch sonst so zart.«
Man hatte mich vor der Operation gefragt, und man fragte mich nach der Operation, als es mir wieder ein bisschen besser ging. Ich verstand nicht, warum sie sich mit meiner ersten Antwort nicht zufriedengaben und weiter versuchten, in mich zu dringen. Was ging es denn sie an, ob ich Brüste hatte oder nicht? Und warum schickten sie mir, um meine Brüste zu diskutieren, ausgerechnet einen männlichen Psychologen? Er sah ja sehr vertrauenswürdig aus, der junge Herr Frauenversteher, mit seinen schwarzen Haaren und weißen Zähnen und dem freundlichen Blitzen in den Augen, das mir das Gefühl von Komplizenschaft vermitteln sollte. Er war wahrscheinlich auch hochkompetent

und wusste alles über weibliche Trotzreaktionen, die symptomatisch waren für post-operative Belastungsstörungen.

»Sehen Sie sich die Implantate doch wenigstens einmal an.«

Und er legte den schweren, wabbelnden Pudding vor mir auf den weißen Tisch. Er war durchsichtig wie Fischlaich und künstlich wie Verpackungsmaterial.

»Nehmen Sie sie ruhig in die Hand.«

Ich dachte an den Wal, der in Norwegen in eine Bucht geschwommen war, um dort zu sterben. Die norwegische Küstenwache hatte versucht, ihn ins Meer zurückzutreiben, aber er war immer wieder zum Hafen zurückgekehrt. Er hatte den Magen voll Plastik gehabt, sie hatten mehrere vollständig erhaltene Plastiktaschen in seinem Magen gefunden, sie gewaschen und in einem Museum aufgehängt, damit alle Leute sie anschauen konnten.

»Sehen Sie? Es fühlt sich ganz natürlich an.«

Ich war in einem Krankenhaus, das auf einer schwankenden Weltkugel stand, in einem weißen Zimmer, das mitschwankte. Die große männliche Hand des Psychologen griff nach dem wabbelnden Pudding, der auf dem weißen Tisch lag, und grapschte ein bisschen daran herum. Der Psychologe wusste zweifellos, wie natürlich sich Brüste anzufühlen hatten und wie gut der Vergleich standhielt. Mir wurde übel, und ich zweifelte, ob meine Hand überhaupt die Kraft hätte, den transparenten Klops festzuhalten.

Robin, der neben mir saß, nahm ihn dem Psychologen ab und bestätigte: »Ja stimmt, fühlt sich ganz natürlich an, Klarissa, fühl mal, es ist gar nicht unangenehm.«

Ich sackte in mich zusammen und schloss die Augen. Gut, dass die beiden sich einig waren. Sie konnten zu zweit über die innovative Entwicklung der Silikontechnik diskutieren.
Ich hätte mich gerne auf mein Bett gelegt, aber ohne Hilfe war an ein so wildes Unterfangen nicht zu denken, und Robin fand sicher, dass ich dem Psychologen noch mehr Aufmerksamkeit schenken und mir seine Argumente anhören musste, bevor ich mich wieder in meinen Dämmerzustand verkroch.
»Wollen Sie uns nicht sagen, was Ihre Bedenken sind?«
»Ich will kein Plastik eingesetzt bekommen«, sagte ich.
»Plastik? Nein, Sie missverstehen, Silikon ist doch kein Plastik, es ist eine ganz besondere Mischung aus organischen und anorganischen Stoffen, es ist ganz und gar nicht mit Plastik vergleichbar.«
»Ist es biologisch abbaubar?«, fragte ich, obwohl mir das in dem Moment vollkommen egal war. »Stell dir vor, meine Leiche verrottet, aber meine Brüste bleiben ewig«, sagte ich zu Robin, der es nicht lustig, sondern dumm fand.
Ich hatte mir Videos und Bilder von Silikonbrüsten angesehen. Sie sahen alle scheußlich aus. Hart wie Tennisbälle schienen sie sich jenseits der Gesetze der Schwerkraft zu bewegen, die Nippel zeigten immer steif nach oben. So, als hätte sie jemand mit einem Schraubenschlüssel strammgezogen. Mich gruselte, bis mir einfiel, dass ich ja gar keine Nippel mehr hatte. Und sie auch nicht ersetzt bekommen würde.
»Machen Sie sich keine Sorgen. Heutzutage ist das gang und gäbe. Denken Sie an ... diese Schauspielerin, wie

heißt sie noch mal, mir fällt jetzt leider ihr Name nicht ein ...«

Ein kurzer Moment verging, in dem Robin und er gemeinsam über den Namen der Schauspielerin nachdachten, die – wie ich wusste – ihre Brüste präventiv durch Implantate hatte ersetzen lassen.

»Die hat ihre Brüste durch Implantate ersetzen lassen, um dem Brustkrebsrisiko vorzubeugen. Und es sieht ganz natürlich aus.«

Ich wusste den Namen der Schauspielerin, aber ich wollte ihn nicht sagen. Ich hatte mir ihre natürlichen Plastikbrüste angesehen. Ich konnte nicht erkennen, auf welchen Fotos es noch ihre Brüste waren und auf welchen sie schon Implantate hatte. Ihre Brüste waren so oder so perfekt, immer perfekt gewesen, davor und danach – nicht zu groß, nicht zu klein, wie zwei frisch gebackene Krapfen, knetbar, cremig, formvollendet.

»Ich würde Ihnen davon abraten, etwas zu tun, was Sie später bereuen. Sie sind doch eine junge, attraktive Frau. Wollen Sie das wirklich aufgeben?«

Ich merkte, dass Robin und er mich ansahen.

Wollte ich das wirklich aufgeben?

Ich würde kein Geld mehr verlangen können, dafür, dass mir jemand an die Brüste fasste. Würde ich das später bereuen?

Keiner sagte etwas, bis es dem Psychologen zu blöd wurde.

»Sie müssen wissen, wenn Sie den Eingriff jetzt machen lassen, wird es die Krankenkasse bezahlen. Zu einem späteren Zeitpunkt müssen Sie selbst die Kosten tragen.«

Der Psychologe stand auf. »Denken Sie in Ruhe darüber nach.«

Ich hob den Kopf und sah ihn an. Was für einen großen, schweren Kopf ich hatte und wie anstrengend es war, ihn zu heben.
Der Psychologe lächelte ein gewinnendes Lächeln, wünschte uns einen schönen Tag und ging. Robin half mir zurück ins Bett, sodass ich endlich wieder zwischen den Kissen liegen und die weiße Decke anstarren konnte.
Ich wünschte, meine Schwester wäre hier.
Robin saß neben mir und hielt meine schlaffe Hand.
Ich wusste, dass er einen inneren Kampf mit sich selbst austrug, den er so oder so verlieren würde.
Er hatte sich den Kopf rasiert, als mir die Haare ausgefallen waren. Andererseits hatte er geweint, als er mich nach der Operation besucht hatte.
»Jetzt weinst du.« Meine Stimme war ein Hauch gewesen, nicht einmal ein Flüstern. »Jetzt bin ich dir zu hässlich, oder?«
Robin, der seine Wange an meinen kahlen Schädel gepresst und seine Tränen auf meine Stirn fallen gelassen hatte, war zurückgezuckt, hatte mich wütend angesehen und geschnaubt: »Nein. Gar nicht.« Dann hatte er sich die Nase geputzt. »Ich weine, weil das für dich sehr schwer sein muss.«
Schwer waren seine Hände auf meinen Schultern und sein Kopf auf meinem Schädel gewesen.
Er hatte sich noch mal die Nase geputzt und war sich mit einer Hand über seine Glatze gefahren, auf der bereits kräftige blonde Haarstoppeln zum Vorschein gekommen waren.
»Fühlst du dich deiner Weiblichkeit beraubt?«
Ich wusste es nicht.
Fühlte ich mich meiner Weiblichkeit beraubt?

»Ich habe gelesen, Frauen ohne Brüste fühlen sich ihrer Weiblichkeit beraubt.«
»Ich fühle mich nicht meiner Weiblichkeit beraubt.«
»Fühl dich bitte nicht als halbe Frau oder als Un-Frau, du bist noch immer genau derselbe Mensch, der du vorher warst, du bist immer noch genauso wundervoll und großartig und wunderschön wie vorher. Bitte. Du bist dieselbe Frau wie vorher.«
Ich bin dieselbe Frau wie vorher.
Keine halbe Frau oder Un-Frau.
Ich hatte schon immer meine Probleme mit dem Wort »Frau« gehabt.
Robin weinte und umarmte mich und weinte. Er trauerte um meine Brüste und verkrampfte sich in dem Versuch, nicht um meine Brüste zu trauern.
Ich erinnerte mich an den Moment, als er sie zum ersten Mal gesehen hatte. Entblößt, ohne den Sport-BH, der sie in Schach gehalten hatte. Er hatte mich angesehen, als wäre ich ein unerwartetes Weihnachtsgeschenk. Als hätte er einen Schatz gefunden.
Wir waren auf seinem Bett gelegen, und er hatte minutenlang mit meinem Monstrum von BH gekämpft, bis er ihn endlich aufbekommen hatte. Dann hatten meine Brüste sich in seine Hände ergossen. Sie waren zu groß für seine Hände gewesen, und er hatte versucht, so viel wie möglich von ihnen zu fassen zu kriegen. Er hatte seine Nase in die weiche, fleischige Landschaft meiner Brüste gebohrt. Ich war erstarrt.
Er war zurückgewichen, alarmiert durch meine plötzlich krampfhafte Starre, und hatte mich angesehen.
»Du bist wunderschön«, hatte er gesagt. Sein Blick war über meine Hüfte gewandert, die ich so zurecht-

gerückt hatte, dass sie zu meiner Taille hin steil abfiel, über meinen Bauch, der mir damals zu speckig erschienen war, und hatte sich dann an meinen Brüsten festgesaugt. Und ich hatte mich schüchtern auf seinem Bett gerekelt, versucht, hübsch zu sein, und vor Scham gekichert. Mir war nichts Besseres eingefallen, als zu kichern. Ich hatte seinen Blick kaum ausgehalten. Der Blick, der meine Brüste gewogen und ihren Wert geschätzt hatte. Der sich meine Nacktheit einverleibt und zu etwas gemacht hatte, das ihm gehörte und auf das er stolz sein konnte.

»Ich sitze einfach nur hier und schaue deine Brüste an«, hatte Robin manchmal gesagt, wenn ich ihm gegenüber an meinem Computer gearbeitet hatte.

Jetzt würde vor ihm eine halbe Frau oder Un-Frau sitzen.

## ES SIEHT JA SCHON GANZ GUT AUS

Ich starrte stundenlang in den Spiegel und sah mich an. Um mich an mich zu gewöhnen. Um mein Aussehen durch meinen Blick zu glätten. Ich erkannte mich nicht und erschrak jedes Mal von Neuem, wenn ich mich ansah.

Das war ich, dieses dürre, blasse Wesen mit der gelben Haut. Die Augen so trüb. Das Gesicht so groß und so leer. So erstarrt. Ich versuchte zu lächeln, und es sah aus, als täte es weh. Meine Wangen schoben sich zu schmerzenden Grübchen zusammen. Es war anstrengend, zu lächeln.

Ich betastete meinen kahlen Schädel, fühlte die einzelnen Platten unter der dünnen Haut. Nackte weiße Knochen. Dünne Kalkgebilde, die Fleisch und schleimige Masse zusammenhielten. Ich fühlte, wie mein Gehirn pochte. Hinter meinem Gesicht konnte ich den Schädel - den Totenschädel - sehen. Meine Haut war durchsichtiger geworden.

Mein flacher Brustkorb hob und senkte sich unter dem Verband. Ich drehte mich um und sah über meine Schultern in den Spiegel. Die Rippen im Rücken stachen heraus wie Reibeisen. Meine Wirbelsäule wie der Kamm eines Drachen. Die Schulterblätter sahen aus wie die Flügel frisch geschlüpfter Vögel. Die Beckenknochen hart und knollig wie Weinstöcke.

Meine Armgelenke waren von den vielen Infusionen

verhärtet. Meine vernarbten Knie waren dicke Knoten auf meinen Zahnstocherbeinen. Mein nackter Kopf eine Blase auf meinem dürren Hals.
Ich war doch eine *junge, attraktive Frau.*
Ich legte meine Hände auf meine Brust und fühlte, wie flach sie war.
Meine Brüste. Ich hatte mich geschützt und beschützt gefühlt, wenn ich meine Brüste festgehalten hatte, wenn ich mich an meinen Brüsten festgehalten hatte.
Jetzt lagen meine Hände auf dem Verband über der knochigen Brustplatte und spürten die Vibrationen meines pochenden Herzens und das Fehlen meiner Brüste, das Nichts, wo meine Brüste gewesen waren.
Es war eine Wunde.
Ich konnte nicht. Ich konnte jetzt nicht auch noch Kunststoff in diese Wunde einsetzen lassen, nicht das Nichts mit Kunststoff auffüllen. Auch wenn es halborganischer Kunststoff war.
Als das Schalentier auf meinem Oberkörper gewütet hatte, hatte ich das Gefühl gehabt, ich hätte einen Fremdkörper in mir. Einen Feind im Busen, der unter meiner Haut wohnte. Einen Parasiten, der mich verseuchte.
Damals hatte sich mein Bedürfnis nach körperlicher Hygiene stark reduziert, weil ich es lächerlich gefunden hatte, außen sauber und innen schmutzig zu sein. Jetzt versuchte ich mir einzureden, dass ich sauber war, innerlich gereinigt, das Schalentier herausgekratzt, wieder nur ich hier, ich ganz allein, kein Nicht-Ich, das ich durch die Welt trug.
Ich umarmte mich. Schützte meine flache Brust und meinen durchsichtigen Körper vor Feinden.
Wie ein einsamer Embryo ohne Mutterbauch.

Ich dachte an meine Schwester, die mich nicht besuchen kam, und wünschte, sie würde kommen. Sie würde wider Erwarten einfach durch die Tür kommen, barfuß, wie sie ging, auf leisen Sohlen, lautlos stehen bleiben, jetzt gleich, meine Schwester, meine Schöne, meine Liebe. Sie würde sich neben mich in das weiße Bett legen und ihre langen, dünnen Beine mit meinen verkeilen, wie damals, als wir Kinder waren. Sie würde neben mir sitzen, wenn sie mir den Verband abnahmen und ich die nackte Wunde, wo meine Brüste gewesen waren, mit Augen und Händen erforschen musste. Sie würde keinen inneren Kampf mit sich kämpfen. Sie würde wirklich finden, dass ich noch dieselbe war, und Worte wie »halbe Frau« oder »Un-Frau« wären ihr gar nicht eingefallen.

Aber sie kam nicht, natürlich nicht.

Sie kam nicht, als man mir den Verband abnahm, und ich sah an mir hinunter und wurde vor Schreck fast ohnmächtig.

Es sah so hässlich, so unglaublich hässlich aus, die zwei Narben, die von meinen Achselhöhlen in einer perfekten Linie schräg nach unten über meine Brustplatte liefen. Sie wurden mit dicken schwarzen Nähten zusammengehalten. Es sah so grob und roh aus, so unsensibel, wie man mir da mein Fleisch malträtiert und wieder zusammengenäht hatte. Die Narben, als hätte ein ungeübter Lehrling mit dem Fleischermesser hantiert. Alles war wund und empfindlich, geschwollen und schillerte in allen möglichen Farben.

Ich sah nicht hin, als die Pflegerin mir einen leichten Verband anlegte und dabei beruhigende Worte gurrte: »Es sieht ja schon ganz gut aus.«

Ich starrte an die Decke, atmete so flach ich konnte und wünschte mir, wünschte mir von ganzem Herzen, dass diese Wunde nicht zu mir gehörte, dass das nicht mein Körper war und nichts Derartiges wirklich passierte.

*Fünfzehn Mann auf des toten Manns Kiste*
*Ho ho ho und 'ne Buddel voll Rum ...*

Die Pflegerin sagte noch irgendwas mit ihrer weichen Stimme, vielleicht, dass es bald Abendessen oder Frühstück geben würde, ich konnte nicht zuhören, ich sang vor mich hin und sah sie nicht an. Warum auch immer mir dieses Lied eingefallen war, ich hatte es zum letzten Mal vor hundert Jahren mit meiner Schwester gesungen, wir hatten uns die Melodie selbst ausgedacht und so laut gegrölt, dass die aufgeschreckten Möwen sich kreischend von den Klippen erhoben hatten. Ich hielt die Augen geschlossen, als die Pflegerin hinausging. Ihre klappernden Schritte hallten durch den Gang.

Ich sang den ganzen restlichen Tag vor mich hin. Mit geschlossenen Augen. Durch zusammengepresste Zähne. Wirklich singen konnte man es eigentlich nicht nennen. Es war mehr ein Wörter-keuchend-Hervorstoßen. Damit hielt ich meine Tränen und mein Zähneklappern in Zaum.

Meine Finger waren verkrallt in dem Leintuch. Mein Oberkörper pochte dumpf. Dort verliefen zwei gerade Schluchten, auf jeder Seite eine, zusammengehalten durch eine dicke schwarze Naht. Ich versuchte, nicht hinzufühlen.

*Suff und der Teufel, die holten den Rest*
*Ho ho ho und 'ne Buddel voll Rum ...*

Auf Robin konnte ich jetzt nicht mehr zählen. Ich könnte mich niemals wieder vor ihm nackt zeigen. Ich würde mich nie wieder vor ihm ausziehen. Er dürfte niemals, niemals die Verwüstung an meinem Oberkörper sehen.

*Ho ho ho und 'ne Buddel voll Rum ...*

Die Piratenbande, die dieses Lied normalerweise sang, saß zu fünfzehnt auf dem Sarg eines toten Kameraden. Vielleicht. Vielleicht saßen sie aber auch auf der Schatzkiste eines toten Kameraden.
Wie fünfzehn betrunkene Piraten auf einen Sarg oder eine Schatzkiste passten, konnte ich mir nicht vorstellen. Sie würden sich die ganze Zeit gegenseitig hinunterschubsen. Wenn sich einer auf einer Seite dazuquetschte, würde ein anderer auf der anderen Seite hinunterfallen. Niemals würden sie zu fünfzehnt auf einen Sarg passen.
Wenn sie ganz behutsam miteinander umgingen und sich schmal machten und nett zueinander waren, gingen sich vielleicht zehn Piraten auf einem Sarg aus. Zehn kleine Piraten. Aber Piraten - auch kleine Piraten - waren meistens nicht nett zueinander.
Die Piraten fielen vom Sarg in eine der beiden Schluchten, die neben dem Sarg entlangliefen, so gerade, als wären sie mit dem Lineal gezogen. Die Schluchten waren tief, und in ihnen pochte es dumpf. Die noch immer auf dem Sarg sitzenden Piraten hörten die Schreie ihrer

Kameraden in den dunklen Schluchten verklingen. Dann klatschten sie auf das schwarze Wasser. Sie waren kurz erstaunt, nicht tot zu sein, und jubelten laut. Aber schon näherte sich ein neues Grauen. Ein riesiger Oktopus lebte in den Schluchten und ernährte sich von hineingefallenen Piraten. Die dummen Piraten hatten ihn für den Teufel gehalten, aber es war nur ein ganz normaler Riesenkrake, der sich in den Felsspalten versteckte und dann auf Jagd ging. Er war der Hüter der Schluchten und bewachte das pochende Herz, das darunterlag.

Ich öffnete die Augen.

Am nächsten Tag wurde ich entlassen.

Robin holte mich mit dem Auto seiner Eltern vom Krankenhaus ab, weil man mir die Fahrt mit den öffentlichen Verkehrsmitteln nicht zumuten konnte.

Ich war wie elektrisiert.

Ich hatte eine Idee gehabt.

Ich hatte schon lange Zeit keine Ideen mehr gehabt. Und es war auch noch eine gute Idee. Eine Idee, die mich retten würde. Ich hatte eine Rettung gefunden. Ich war schon wieder ein bisschen mehr Mensch und ein bisschen weniger das atmende Bündel Haut und Knochen, das man ins Krankenhaus geführt, dort an die Infusionen gehängt und dann wieder nach Hause getragen hatte, um es im Bett abzulegen und vorsichtig die Tür hinter ihm zuzumachen, damit es erneut seinen von grauenhaften Träumen durchzogenen Dämmerzustand einnehmen konnte. Jetzt wollte ich plötzlich wieder etwas, ich hatte wieder einen Willen.

Sobald Robin mich abgelegt hatte, verlangte ich kräch-

zend nach Bleistift und Papier. Dann mühte ich mich ab, Kissen aufzurichten, sodass ich im Bett sitzen konnte, den Zeichenblock auf meinen Oberschenkeln, die Leselampe hinter mir.
Zum Glück konnte ich zeichnen. Nicht wahnsinnig gut. Aber gut genug.
Ich wusste, dass ich Zeit hatte, niemand würde so bald nach der Operation einen Eingriff an meiner geschundenen Haut vornehmen, die Schluchten mussten sich erst schließen, die Schwellungen abheilen, die Nähte entfernt werden, die schillernden Regenbogenfarben verblassen. Außerdem musste ich genug Kraft sammeln, um ohne Robin eine längere Strecke zu Fuß gehen und mit den öffentlichen Verkehrsmitteln fahren zu können.
Ich hatte Zeit.
Und ich würde Zeit brauchen.
Mein Plan gestaltete sich schwieriger, als ich gedacht hatte. Ich konnte den Stift kaum halten, den ich mir zwischen meine zittrigen Finger klemmte, und es kostete mich viel Mühe, meine Hand über dem Papier schweben zu lassen, sie kam mir unendlich schwer vor. Oft schlief ich vor Anstrengung mittendrin ein.
Wenn ich erwachte, zeichnete ich Oktopusse Oktopusse Oktopusse.
Kraken.
Tagelang.
Zusammen mit dem Oktopus entwickelte ich einen neuen Lebensentwurf:

1. Ich würde mir nichts mehr wegnehmen lassen.
   (Ich hatte mir vieles wegnehmen lassen, am wichtigsten davon: meine Schwester.)

2. Ich würde mir keine fremde Realität aufpfropfen lassen und nicht mehr in jemand anderes Theaterstück mitspielen. Ich würde nur mehr nach meinem eigenen Wertesystem agieren.
3. Ich hatte überlebt. Ich war eine Überlebende. Ich hatte eine schwere Krankheit besiegt und einen möglichen Tod abgewendet und musste mir meiner Kraft bewusst sein.

Es wurde langsam besser. Meine Striche wurden sicherer und meine Finger flinker, und ich schlief nicht mehr andauernd ein.
Ich zeichnete mich selbst, mein dürres, fahles Selbst mit dem vernarbten Oberkörper ohne Nippel und Brüste. Und dann setzte ich auf die leere Stelle den Oktopus. Die Tentakel streckten sich zu meinen Schultern und lagen wie eine Kette um meinen Hals. Unter dem Oktopus konnte man die Narben, wo meine Brüste gewesen waren, nicht mehr sehen. Die Augen des Oktopus trafen jeden, der auf mein Dekolleté starrte.
Sie starrten aggressiv zurück.

## WAS ICH IM WASSER SAH – 1

*Ich habe Irina noch nie in der Wohnung besucht.*
*Nicht dass ich nicht wollte, ich wollte, ich will, jeden Tag, wenn man es mir erlauben würde.*
*Aber das ist schwierig.*
*Seit dem großen Streit gehören wir zu zwei verfeindeten Lagern, Irina und ich, und ein Übertreten der Grenzen ist vor allem für Irina schwierig.*
*Also bleibt sie, wo sie ist, in der Wohnung unter dem Wellblechdach, und ich bleibe – soweit das möglich ist – davon entfernt.*

*Es ist nicht ganz möglich.*

*So groß ist die blaue Stadt nicht (und ihr begehbarer Teil wird immer kleiner), dass man nicht einfach, ganz zufällig, in die Nähe von welchem Gebäude auch immer gelangt, wenn man es sich – wie ich – zur Aufgabe gemacht hat, ihre Verwandlung und in letzter Konsequenz ihre Auslöschung zu dokumentieren.*
*Ich dokumentiere.*
*Ich habe auch das Hochhaus mit dem Wellblechdach dokumentiert.*
*Es ist das einzige Hochhaus der blauen Stadt.*

*Die Tür und das Fenster, die auf den Balkon gehen, der zu der Wohnung gehört, in der Irina sich befindet, sind immer geschlossen.*

*Keiner sitzt dort und schaut in die Bucht zum Alten Hafen oder auf die Ruinen des alten Fischmarkts. Der Balkon liegt südseitig, und die Sonne muss das kleine Zimmer unter dem Wellblechdach erbarmungslos aufheizen.*
*Irina hasst grelle Sonne.*
*Sie würde sich niemals auf diesen Balkon setzen.*

*Ich weiß nicht, ob sie die Wohnung verlässt, viel gibt es hier nicht mehr zu tun. Die meisten Leute sind weg, und die Radlader und Baukräne und Lastkraftwagen und Bagger, die überall herumfahren und ihre Abrissbirnen gegen die blauen Wände donnern lassen, laden niemanden zum Spazierengehen ein.*
*Außer mir.*

*Manchmal war ich versucht, bei ihr zu klingeln, habe mich dann aber nicht getraut. Ich traue mich auch nicht, sie anzurufen, weil ich ihr keine Probleme machen will. Sie hat sich entschieden und es mir erklärt. Eindringlich und in ihrer Art, Dinge zu erklären, mit wenig Worten und vielen Gesten. Ich habe es verstanden.*
*Dass ich nichts, gar nichts tun kann. Dass ich machtlos bin. Aber alle sind machtlos.*

*Und jetzt, jetzt ruft mich ihr Freund an – er mich –, obwohl er ihr gesagt hat, er will mich nie wiedersehen.*
*Unsere Beziehung ist kompliziert. Es gab eine Zeit, da haben wir einander gehasst, so sehr, dass ich nicht schlafen konnte, dass ich davon geträumt habe, ihn mit dem Pick-up zu überfahren.*
*Oder ihn von der Klippe zu werfen.*
*Und ich bin sicher, dass er mir da in nichts nachsteht.*

*Unser Hass aufeinander ist wie ein fester Knoten aus Tausenden dicken und dünnen Fäden. Sie entspringen an uneindeutigen Orten, und es gibt keine Anleitung, sie zu entwirren.*

*Jetzt ruft er mich aber trotzdem an.*

# KLARISSA SAGT, DASS OKTOPUSSE KREBSE FRESSEN

Mein Bruder hatte mich tagelang gesucht, bis er mich endlich fand.
Es war nicht leicht gewesen, mich zu finden.
Ich hatte nicht absichtlich versucht, mich unauffindbar zu machen, ich hatte nur einfach vergessen, mich in meiner neuen Bleibe zu registrieren. Ich hielt mich von sozialen Netzwerken fern, weil sie mich deprimierten, und mein Handy hatte ich verloren. Aber da ich nicht davon ausging, dass mich irgendjemand anrufen wollte (außer vielleicht Robin, von dem ich nicht angerufen werden wollte), hatte ich mich nicht um einen Ersatz bemüht.
Mein Bruder fand mich trotzdem.
An meinem neuen Arbeitsplatz in der Fast-Food-Kette SUNFISH, wo man mich »auf Probe« als Burger-Braterin eingestellt hatte. Ich war nicht sehr konkurrenzfähig, schwach, blass, mit Kreislaufproblemen, aber auch nicht sympathisch genug, um Mitleid zu erregen. Meine Arbeitskollegen hielten mich für eine Drogensüchtige nach der Rehabilitation und verdrehten die Augen, wenn sie zusammen mit mir in eine Schicht eingeteilt wurden. Manchmal wurde mir schwindlig, und sie mussten mir Wasser bringen, mir Luft zufächeln und meine Burger für mich braten, was sie ganz offensichtlich nervte. Aber ich war dankbar.

Es gab strenge, fixe Arbeitszeiten.
Es gab eine Aufgabe, die man erfüllen musste (rosig rote Klopse auf eine Kochplatte legen und sie immer wieder wenden, bis sie auf beiden Seiten bräunlich grau waren).
Es gab kein Trinkgeld, selbst wenn man nett war, also musste man nicht nett sein. (Früher hatte ich immer nett sein müssen.)
Es gab eine Trennwand, die die Burger-Bratenden von der zahlenden Kundschaft abschirmte, sodass mich Leute, die mich von früher kannten, nicht zufällig entdecken konnten.
Es gab Geld.
Meine Schicht endete um Mitternacht.
Als ich nichts ahnend hinter der Trennwand hervorkam – meine SUNFISH-Mütze mit meiner privaten Mütze getauscht, meine Schürze abgelegt und meine Fettfinger so gut wie möglich gewaschen –, fiel mein Blick auf etwas, das aussah wie mein Bruder. Einen kurzen Moment glaubte ich, zu halluzinieren oder eine optische Täuschung zu erleben. Das konnte doch nicht sein. Er konnte doch nicht hier sein, er war nicht hier, er war nie hier. Die Luft hatte sich zufällig zu etwas verdichtet, das aussah wie mein Bruder. Aber nein, da war er, physisch anwesend. Mein wirklicher, realer Bruder.

Ich hatte ihn lange nicht gesehen. Das letzte Mal vor mehreren Monaten, gleich nachdem ich mir den Oktopus zugelegt hatte. Ein denkbar schlechter Zeitpunkt. Ich war gerade dabei – meinen neuen Vorsätzen folgend –, Robins Version unserer Zukunft zu zerschlagen und seine Realität zu boykottieren. Unsere Beziehung

war ein großes Schiff, das gegen einen Eisberg gefahren war und jetzt langsam mit Wasser volllief, während man mit viel Geschrei versuchte, die zu vielen Passagiere auf die zu wenigen Rettungsboote zu verteilen.
Die Ankunft meiner Familie (mein Bruder kam mit meinem Vater) brachte einen kurzen Stillstand. Ich verkroch mich wie ein Oktopus in einer Felsspalte.
Der Oktopus auf meiner Brust brannte auf der noch irritierten Haut.
Mein Vater und mein Bruder hatten ihr liebes kleines Mädchen erwartet und fanden ein gelbhäutiges, androgynes Wesen, das zwar wieder seine fünf Sinne beieinanderhatte und sprechen konnte, aber von dem man nicht sicher war, was es sagen würde.
Sie wichen meinem Blick aus, als würden sie sich schämen. Keiner umarmte mich und gratulierte mir zu meiner Genesung. Niemand freute sich oder tat zumindest so, als ob.
Sie starrten auf den Oktopus. Der Oktopus starrte zurück.
Robin versuchte, sie zu beruhigen: »Die Metastasen sind alle weg. Die Ärzte sind sehr zufrieden. Klarissa sagt, dass Oktopusse Krebse fressen. Sie knacken mit ihrem harten Hornschnabel den Krebspanzer auf und saugen das weiche Krebsfleisch heraus. Ich glaube, der Oktopus wird Klarissa beschützen.«
Mein Vater sah Robin an, als hätte er den Verstand verloren. Dann blickte er flehend zu mir. Einen kurzen Moment lang dachte ich, er würde weinen. Aber er weinte nicht. Mein Vater weinte nie und sprach kaum. Er legte Robin die Hand auf die Schulter und hielt sich an ihm fest. Robin weinte ein bisschen. Robin weinte

oft und gerne, er umarmte meinen Vater und drückte ihn, und mein Vater tätschelte ihm den Rücken – eine stumme Geste des Beileids. Mein Bruder stand daneben und sah zuerst ihnen bei der Umarmung und dann mir zu, wie ich mit der Schutzfolie meines Oktopus-Tattoos spielte und versuchte, das Drama angesichts des Schicksalsschlags, den ich ihnen zugefügt hatte, zu ignorieren.
Er und ich waren die beiden Nicht-Umarmten, und wir umarmten einander nicht.
Seine Augen waren ungewöhnlich rot und seine Haut ungewöhnlich grau. Seine Schritte ungewöhnlich schwer. Er tat mir leid. Ich wollte ihn nicht ansehen.

Und da war er jetzt wieder.
Mein Bruder.
Mein großer Bruder.
Aufgetaucht, aus dem Nebel getreten, von der Insel aufs Festland, übers Meer gekommen, das stürmische Gewässer durchquert, der aufgehenden Sonne entgegen, von der kleinen auf die große Welt gestiegen und eingekehrt in meine SUNFISH-Filiale.
Seine ungewöhnliche Erscheinung in Türnähe. Vor den hohen Fenstern mit den grellorangen Fensterrahmen, die in die gelbe Wand eingelassen waren. Neben bunten SUNFISH-Werbungen. Neben der metallenen Wendeltreppe, auf der SUNFISH-Besucher ihre Burger und Colas auf Tabletts hinauf- und hinunterbalancierten. Neben einer Verkäuferin, die mit Plastikhandschuhen Müll von den Tischen räumte.
An einem der hohen Barhocker sitzend.
Cola trinkend.

U-Bahn-Zeitung lesend.
Das Fensterglas spiegelte seine ungewöhnliche Erscheinung und verdoppelte die Ungewöhnlichkeit. Die Luft um ihn herum schien eine andere Qualität zu haben als überall sonst, sie flimmerte seltsam.
In meinen Ohren begann es zu rauschen. Die SUNFISH-Filiale schwankte. Die Wände und die Metalltreppe, die Theke, die SUNFISH-Werbungen, die Tische und Stehtische schwankten mit. Ein SUNFISH-Besucher rempelte mich an und schimpfte, dass ich nicht im Weg herumstehen solle. Mein Bruder schaute auf.
Er sah anders aus, als ich ihn in Erinnerung hatte. Härter. Kantiger. Älter. Älter, als er war.
Er hatte silberne Haare an den Schläfen, die sich stark von der schwarzen Wolle, die sonst auf seinem Kopf wuchs, abhoben. Er hatte Ringe unter den Augen und Falten zwischen den Augen und auf der Stirn, die blieben, auch wenn sich seine Gesichtszüge entspannten. Er war schlecht rasiert, seine Wangen und sein Kinn waren mit bläulichen Schatten überzogen. Seine massigen Schultern hoben sich.
Er sah durch mich hindurch. Wahrscheinlich war ich in seinem Kopf immer noch als vollbusiges kleines Mädchen gespeichert.
Ich ging auf ihn zu. Schwankend.
Als er mich endlich erkannte, brach sein Gesicht auf wie ein bewölkter Himmel, durch den ein Sonnenstrahl fiel. Der Sonnenstrahl fiel auf mich.
Ich schluckte.
»Hier steckst du also«, sagte er strahlend und legte einen schweren, schwarzbehaarten Arm um meine knochigen Schultern.

Er roch das Frittierfett und die grauen Burger. Er sah den glänzenden Fettfilm auf meiner Haut, die schmuddeligen Sachen, die ich trug, den Pickel auf meinem Kinn, der durch die fettschwangere Luft, in der ich die letzten acht Stunden verbracht hatte, prall geworden war. Scham kroch in mir hoch und setzte sich zu meinem Pickel ins Gesicht.

Er sollte wieder gehen und mich in Ruhe lassen! Er sollte meinen Gestank nicht einatmen und mich nicht ansehen! Was wollte er von mir?

Er zog mich auf den Stuhl neben sich. Ich beschloss, mich wieder in meiner Felsspalte zu verkriechen, saß stocksteif auf dem Stuhl, atmete flach und wartete.

»Magst du Cola?«, fragte er, und ich schüttelte den Kopf.

»Ich habe dich gesucht«, sagte er, und ich antwortete, dass es mich auch sehr gewundert hätte, wenn er zufällig in meiner SUNFISH-Filiale vorbeigekommen wäre. Dann fand ich gemein, was ich gesagt hatte und wie, und sah auf seine Hand, die auf dem Tisch neben seinem Cola-Becher lag. Sie sah genauso aus wie meine. Das hatten wir schon als Kinder bemerkt. Zwar war seine Hand eine riesige, schwarzbehaarte Pranke, aber seine Finger hatten dieselbe Form, Froschfinger, breit, die Fingerspitzen noch breiter, Fingernägel mit Monden an Daumen und Zeigefinger, vier Falten an den Fingergelenken, Daumen, die sich nach hinten bogen, sehnige Handrücken.

»Gastronomieerfahrung hab ich ja zur Genüge«, sagte ich.

»Stimmt!« Er strahlte übers ganze Gesicht und wirkte dabei so gutherzig, dass ich ihn gar nicht ansehen

wollte. »Ach, ich freue mich, dass ich dich gefunden habe!«
Er freute sich. Er konnte sich doch nicht wirklich freuen! Aber er freute sich wirklich. Auch wenn seine kleine hübsche Schwester sich in ein drogensüchtig aussehendes Wesen verwandelt hatte und in einer Fast-Food-Kette arbeitete, anstatt eine berühmte Filmemacherin geworden zu sein.
Er steckte sich den Strohhalm wieder in den lächelnden Mund und schlürfte Cola. Dabei wanderte sein Blick meinen Hals entlang und über die Oktopus-Tentakel. Er machte eine Bewegung mit dem Kopf, die signalisierte, dass er mehr von dem Oktopus sehen wollte. Es war eine auffordernde, aber keine fordernde Geste. Ich zog meinen Ausschnitt nach unten und zeigte ihm die Oktopus-Augen.
»Cool«, sagte er.
Ich lächelte ein bisschen. Was genau versuchte ich vor ihm zu verstecken? Irgendwas in mir blubberte vor sich hin und zerstörte meinen Seelenfrieden.
»Ich habe mich gut um ihn gekümmert«, sagte ich, um von meinem zerstörten Seelenfrieden abzulenken. »Als ihr das letzte Mal hier wart, war die Haut sehr entzündet, aber ich habe ihn eingecremt und mit warmem Wasser gewaschen, und seit ein paar Wochen ist auch die letzte Kruste weg. Es dauert länger als normalerweise, weil mein Körper so schwach ist …«
Er nickte und lächelte, ich plapperte vor mich hin und erzählte von dem Tätowierer, der meine nackte leere Brust gesehen hatte und daraufhin die ganze Zeit unglaublich nett zu mir gewesen war. Er hatte meine Zeichnung mit einem Filzstift auf meine Brust ge-

malt, dann hatten wir gemeinsam vor dem Spiegel daran herumgebessert, bis wir zufrieden waren. Er hatte mir gesagt, ich könne gut zeichnen. Ich hatte mich auf den Rücken gelegt, er hatte eine dünne Nadel eingespannt und die Tätowiermaschine angeworfen. Mit einem Fußpedal. Das war etwas ganz anderes als bei den Leuten auf der Insel, die sich zu Hause mit Nähnadeln tätowierten. Er hatte mich vor den Schmerzen gewarnt, die Brust sei zwar nicht der schmerzempfindlichste Ort, aber weil bei mir ja gleich der nackte Knochen darunterliege, könne es vielleicht doch ...
Währenddessen rauschte es in meinen Ohren. Die SUNFISH-Filiale hatte ihr Schwanken zwar vorübergehend eingestellt, aber wer wusste, für wie lange, und wer wusste, was mein Bruder wollte.
Ich lag auf der Lauer.
Mein Bruder nickte, lächelte, gab positive Laute von sich und ließ sich keine geheime Absicht anmerken. Mit unschuldigem Blick schlürfte er lautstark den letzten Rest Cola durch den Strohhalm und stand auf. Ich sprang von meinem Stuhl.
Die hübscheren SUNFISH-Mitarbeiter arbeiteten an den Kassen, mussten den ganzen Tag lächeln und bekamen manchmal Trinkgeld. Sie verachteten uns Burger-Brater und mochten es nicht, wenn wir im Kundenbereich herumlungerten. Eine von ihnen hatte mich die ganze Zeit beobachtet und war sichtlich erleichtert, als wir endlich gingen. Ich winkte ihr freundlich zu und trat hinter meinem Bruder durch die automatische Glasschiebetür auf den kleinen Platz.
Frische, nicht nach Frittierfett stinkende Luft schlug uns entgegen. Eine Brise vermischte den Duft der

blühenden Blauglockenbäume mit dem Salz und Algengeruch vom Meer.
Hier herauszukommen und zu sehen, dass es eine Welt außerhalb der Burger-Braterei gab, war mein täglicher Lieblingsmoment. Außer heute, wo ich auf der Lauer lag und fast damit rechnete, weitere Familienmitglieder zu treffen.
Meinen Vater mit seinem flehenden Blick, der mir in der Seele wehtat.
Mammie, die die Hände über dem Kopf zusammenschlug und laut schreiend betete, wie andere Leute fluchten. *Himmelvater, schau runter! Jesus, Maria und Josef! Um Gottes willen! Kru-ziii-fix!*
Meine Schwester, die ...
Aber es war keiner da.
Nur ein streunender kleiner Hund und ein paar Typen, die auf den Steinstufen der Kirche herumlungerten, eine Handvoll Bars, deren Tische und Stühle auf den schiefen Pflastersteinen standen. Die meisten Bars hatten Flachbildschirme neben ihren Eingangstüren angebracht, auf denen Musikvideos liefen, die alle Blicke auf sich zogen, außer den meines Bruders. Der sah sich kritisch um und entschied sich dann für eine Richtung – geradewegs ins Bermudadreieck, das Ausgeh- und Partyviertel, wo jetzt wahrscheinlich die Hölle los war. Er drehte sich nach mir um, und ich folgte ihm.
»Und mit Robin ist es aus?«
Ich nickte.
»Er hat es mir erzählt. Schade.«
Ich blieb stehen. Hatte Robin ihn kontaktiert? War er in Robins Auftrag hier aufgetaucht? Führte er mich zu Robin?

»Er war ein netter Kerl«, sagte er.
Robin war ein netter Kerl, schön und gut, ein sehr netter und sympathischer Kerl, mit seinem schmalen Gesicht, seiner intellektuellen Brille, seinen blonden, feinen Haaren, seiner Upper-class-Familie und seiner Arbeiterklassen-Politik, aber ich wollte weder mit Robin reden, noch wollte ich ihn sehen. Wenn mein Bruder in Robins Auftrag unterwegs war, dann könnte er gleich wieder heimfahren und mich in Ruhe lassen, ohne mir zu erzählen, wie rührend Robin sich um mich gekümmert habe, mich ins Krankenhaus getragen, mich gefüttert, finanziert und verehrt habe, als ich krank und schwach gewesen sei. Ich war ein böser, schlechter Mensch, der den armen Robin ausgenutzt hatte, das wusste ich. Aber ich hatte mich dafür entschieden, ein böser, schlechter Mensch zu sein, und war nicht zu Verhandlungen bereit.
Mein Bruder wollte weitergehen, aber ich stand, wo ich stand.
»Ich will nicht mit Robin reden«, sagte ich.
Er sah mich verdutzt an und fragte: »Ist Robin denn hier?«
Wie gemein es von Robin war, meinen Bruder für seine Pläne zu missbrauchen. Mein lieber, drolliger Bruder, der nicht zur »gebildeten Schicht« gehörte – Robins Worte, nicht meine, Arbeiterklassen-Ideologie hin oder her – und den man deswegen leicht manipulieren und für seine Sache gewinnen konnte, wenn man so clever war wie Robin, der Clevere.
»Tu nicht so«, sagte ich.
»Wie tu ich denn?«
»Wenn Robin auftaucht, gehe ich.«

»Ich verstehe nicht, ist Robin öfter hier, oder was?«
Wir sahen uns kurz an, er sagte: »Komm jetzt«, und ging weiter. Ich zögerte noch kurz, dann folgte ich ihm.

## WO WILLST DU EIGENTLICH HIN

Er war also nicht wegen Robin hier, er hatte irgendeinen anderen Grund, der ihn ins Bermudadreieck trieb. Ich überlegte, was man hier wollen könnte.

Früher war ich oft hier gewesen, mit meinen Kommilitonen von der Uni und mit Robin und seinen Leuten. Ich hatte Karten gespielt, Geld verloren, einmal einen kleinen Affen gewonnen, der mir sofort davongelaufen war, mich betrunken, mich bekifft, Partydrogen geschmissen, auf den Tischen getanzt, mich in den Seitenstraßen übergeben, mich heimschleppen lassen und andere heimgeschleppt. Alles, was man hier machen konnte, hatte ich gemacht.

Es kam mir so vor, als wäre das nicht ich gewesen, sondern eine andere. Eine wilde junge Frau, die ihre langen Haare schüttelte und mit lauter, sicherer Stimme noch eine Runde für alle bestellte, die trinkfester als die meisten war und lauter lachte und dabei fast umfiel und sich an wildfremden Menschen festhielt, die sich darüber freuten oder zumindest nichts dagegen hatten, ihr eine Stütze zu sein.

Natürlich war die Hölle los. Zu später Stunde wuchsen hier Gastgärten aus dem Boden wie Pilze. Untertags war es eine ausgestorbene, etwas heruntergekommene Straße, aber nach Mitternacht war es hier so brechend voll, dass man sich kaum durch das Menschenmeer, an den kleinen Tischen und Sitzgelegenheiten vorbei-

zwängen konnte. Die Türen der Bars und Cafés standen offen, und von allen Seiten wummerte Musik aus den Kneipen.
»Was ist denn hier passiert? Als ich vorher hier vorbeigegangen bin ...« Der Rest seines Satzes ging in dem Gejohle einer feiernden Gruppe unter.
Ich wollte antworten, aber eine Kellnerin stürzte sich auf uns und kreischte, es gebe vier Shots für den Preis von zwei.
»Alles! Wodkawhiskeyrumabsinthginschnaps ...«
Ich sagte nein und zog an meinem Bruder.
»Wo willst du eigentlich hin?«, schrie ich ihm ins Ohr.
Er trug den ernsten Blick eines Fischers im Sturm.
»Kennst du hier irgendwo eine Bar, wo es nicht so laut ist?«, schrie er gegen die wummernde Musik und den Lärm der Menschenmenge an.
Ich lachte kurz und trocken auf. Wie konnte jemand, der offenbar überhaupt nicht wusste, wo er hinwollte, so zielsicher in eine Richtung rennen?
Er hatte keine Ahnung von dieser Welt, in der ich mich täglich bewegte. Er kam von einer kleinen, langweiligen Insel, auf der eine bescheidene Anzahl von Menschen in blauen Häusern wohnte. Er selbst hielt sich die allermeiste Zeit seines Lebens in einem blauen Gasthaus auf einer Klippe auf. Sein Zimmer blickte über den Gemüsegarten und über die kleine Steinmauer, hinter der die Klippen steil zum Meer abfielen. Er wusste nicht, wo Bangladesch lag.
Ich drehte um und führte ihn zurück.
Ich hatte mich an Orten wie diesen immer ein bisschen gefürchtet. Zum einen davor, nicht schön und nicht cool genug zu sein, zum anderen, weil man sehr dreist

angebaggert wurde, wenn man ein schönes, cooles Mädchen war. Ein auswegloser Konflikt. Früher. Jetzt nicht mehr.
Wir kamen wieder zu dem hübschen kleinen Platz mit der weniger hübschen SUNFISH-Filiale und bogen in eine Straße ab, die bergab zu den U-Bahn-Bögen führte. Dort war es dunkel, und dunkle Gestalten lungerten dort herum. Mein Bruder trat näher an mich heran, um mich vor den dunklen Gestalten zu beschützen. Sie fragten uns, wie es uns gehe, und ich antwortete, dass ich es noch nicht wisse. Mein Bruder zog mich schnell weiter.
Hinter den U-Bahn-Bögen öffnete sich ein weiter Platz zum Meer hin. Am Vormittag war hier der Früchte- und Fischmarkt, jetzt waren die Buden zusammengeklappt, die Mülltonnen mit den Fischinnereien geleert, das Fischblut in den Kanal geflossen. Man konnte auf steinernen Treppen sitzen und das Meer anstarren. Es roch nach Fischmarkt.
Ich kaufte uns Bier in Dosen von einem Kiosk bei den U-Bahn-Bögen. Die Steinstufen waren noch warm von der Sonnenhitze. Das Meer lag still und schwarz vor uns und spiegelte Lichter von vertäuten Booten und Bojen. Zigarettenkippen, Plastikflaschen, Fast-Food-Verpackungen (von SUNFISH - ich erkannte das Logo) vermischten sich zu einem Brei aus graugelben Blasen. Das Meer versuchte träge, ihn auf die Steinstufen zu schwemmen, aber es gelang nicht. Ein paar Meter entfernt stand ein Rudel betrunkener Teenager, das rauchte und Bierdosen ins Meer warf. Auf der anderen Seite lag ein schmusendes Pärchen. Hinter uns hatte ein Straßenmusiker sein Instrument aufgebaut

und spielte laut Schlagzeug zu leiser Musik aus einem Verstärker. Er schlug den Takt zu unserem Gespräch, es war ein schlampig geschlagener Takt mit viel Crash-Becken und einer unruhig zuckenden Base.
Ich kannte ihn, weil er jeden Tag hier war, und er kannte mich.
»Und sonst?«, fragte mich mein Bruder. Das war der Auftakt zu dem Gespräch, das er führen wollte. Wegen dem er gekommen war.
Ich hob die Augen. »Was sonst?«
»Warum kann man dich nicht erreichen? Du hast keine Ahnung, wie oft ich versucht habe, dich anzurufen!«
»Ich habe mein Handy verloren«, sagte ich.
»Und warum hast du dir kein neues besorgt?«
In meiner neuen WG blockierte ich nachts die Tür mit meiner Matratze, denn meine Mitbewohner wurden gelegentlich übermütig, warfen Flaschen herum, stolperten in mein Zimmer und durchwühlten meine Sachen. Ich hatte meine wenigen verbliebenen Schätze (meinen alten Computer mit dem gecrackten Filmschnittprogramm, die externen Festplatten mit meinen Filmen, meine kleine Kamera und meinen Reisepass) in einem Schließfach am Bahnhof eingesperrt.
Es war nicht die Zeit für ein neues Handy.
»Ich stecke gerade in einer schwierigen Phase. (Jetzt gerade, nicht permanent! Nur vorübergehend!) Und ich brauche Zeit für mich. Mein Leben hat sich sehr verändert.«
Robin hätte das verstanden. Er hatte immer verstanden, wenn ich »Zeit für mich« gebraucht hatte. Immerhin war ich in seinen Augen eine hochsensible Künstlerin.

»Aber wo lebst du? Du hättest uns zumindest deine Adresse geben können.«
Robin hätte sicher auch die Exzentrik verstanden, unauffindbar bleiben zu wollen.
Mein Bruder verstand sie nicht. »Weißt du, wie lange ich gebraucht habe, dich zu finden?«
»Woher soll ich wissen, dass ihr euch auf einmal wieder für mich interessiert?«
»Was soll das heißen? Du bist meine Schwester, ich interessiere mich immer für dich!«
»Das letzte Mal hatte ich eher den Eindruck, ihr wollt nichts mehr von mir wissen, du und er. Besonders er.«
»So ein Blödsinn!«
Ich biss mir auf die Lippen. »Was wollt ihr denn noch von mir? Wir haben doch auch vorher kaum jemals miteinander telefoniert. Zu Weihnachten hätte ich euch eh eine Karte geschrieben!«
Er sah mich fassungslos an, mein Bruder, mein großer Bruder ... Ich hatte ihn gekränkt. Das war nicht meine Absicht gewesen, aber ich war aufrichtige Gespräche nicht mehr gewohnt. Ich war es gewohnt, mich in mich zurückzuziehen und zu warten, bis die Gefahr vorbeigezogen war. Ich fühlte mich bedrängt.
»Und nach Hause kann ich sowieso nicht mehr. Mammie würde einen Herzinfarkt bekommen, wenn sie mich so sehen würde.« Ich sah, wie er um die Nase herum weiß wurde, und fühlte mich bestätigt. »Und Irina hat mich kein einziges Mal ...«
Unsere Schwester.
Meine Schwester.
Die mir entglitten war.
Die ich in der Strömung verloren hatte.

Wegen Robin. Und wegen meinem Vater. Und wegen Mammie. Und wegen der ganzen Welt, die so eingerichtet war, dass ich meine Schwester verlieren musste.
Mein Bruder atmete tief ein und dann laut wieder aus. Aus den Augenwinkeln sah ich, wie seine Mimik arbeitete und er versuchte, einen neutralen Gesichtsausdruck zu wahren, obwohl seine Mundwinkel und sein Kinn zuckten. Er räusperte sich.
»Ich verstehe auch nicht, warum Irina nicht gekommen ist, ihr habt euch gestritten, oder? Aber Mammie! Mammie hat dich mehrmals besucht. Wenn es ihr möglich gewesen wäre, wäre sie zu dir gezogen, das weißt du.«
Ich wusste es.
Mammie war meine Mammie.
Die ich verlassen, aber nicht verloren hatte.
Die man nicht verlieren konnte.
Sie war während meiner Therapie immer wieder für ein paar Tage aufgetaucht und hatte bei Robin und mir gewohnt, um zu kontrollieren, ob auf mich anständig aufgepasst wurde. Robin hatte sich wahnsinnig ins Zeug gelegt, um ihr zu beweisen, dass er sich gut um mich kümmerte, aber natürlich hatte sie es besser gekonnt und besser gewusst, wie sie immer alles besser wusste. Sie hatte auf dem kleinen Sofa geschlafen, die Wohnung von oben bis unten geputzt und versucht, Robin Kochen beizubringen, damit ich etwas anderes als Tofu, Körner und rohes Gemüse zu essen bekam.
Mammie war klein und fast so breit wie hoch, eine rundliche Frau, mit kurzen, starken Armen und einem wiegenden Gang. Sie hatte riesige Brüste, die sie unter einem violettblauen Kleid mit kleinen blauen Blumen

verbarg, das wie eine Schürze aussah und das sie immer trug, und kurzes glattes Haar, das wie ein Helm um ihren Kopf lag. Sie roch nach Zimt, Äpfeln und Vanille. Sie war eine Frau wie eine weiche, warme Wolke, die sich über die scharfen Kanten der Welt legte. Sie zog einen auf ihren Schoß und drückte einen an ihre Brüste.

Als ich zum Tätowierer gegangen war, hatte ich an sie gedacht. Ich hatte mir vorgestellt, was sie sagen würde. (*Du bist ein dummes Mädchen* und *Warum willst du hässlich sein?*)

»Ich dachte mir, sie würde böse sein ...«

»Na und! Das ist doch nicht wichtig.«

Sein Gesicht arbeitete immer noch, um irgendein Gefühl zu verstecken, das ihn würgte.

»Du warst ihr Liebling. Du hast sie immer an ihre eigene kleine Tochter erinnert, das weißt du. Sie hat dir ...«

Aber die Luft ging ihm aus, und er konnte den Satz nicht zu Ende führen. Sein Kinn zitterte jetzt merklich, und seine großen breiten Schultern zitterten mit. Er fuhr sich mit der Hand übers Gesicht und wischte über seine Augen. Er setzte mehrmals an, etwas zu sagen, tat es dann aber doch nicht, sondern hielt den Atem an. Seine Zähne gruben sich in seine Unterlippe.

Und plötzlich traf es mich mit einer Wucht, die auch mir die Luft wegdrückte.

Die steinernen Treppen schwankten.

Das Meer schwankte auch.

»Klarissa, ich habe dich gesucht, weil ich dir etwas Wichtiges sagen muss«, presste er hervor, und mit jedem Wort hatte ich das Gefühl, tauber zu werden, weil das Rauschen in meinen Ohren anschwoll. »Ich weiß nicht genau, wie dein Leben hier aussieht, aber ich möchte dich bitten, mit mir nach Hause zu kommen ...«

Ich wartete schwankend mit angehaltenem Atem.

Der Schlagzeuger schlug den Takt.

Mein Bruder sammelte sich.

Dann überbrachte er mir seine drei schlechten Nachrichten.

## LASS DIR DOCH HELFEN

Ich sah dem Schlagzeuger beim Spielen zu, während ich mit meinem Bruder wieder zurück über den Platz zur U-Bahn ging.
Im unregelmäßigen Takt seiner Schläge.
Ein Fuß.
Dann der andere.

DUMM-DUMM DUMM-DUMM DUMM-DUMM CRAAAASH!
DUMM-DUMM DUMM-DUMM DUMM-DUMM CRAAAASH!
DUMM-DUMM DUMMMMMMM-DUMM-DUMM-DUMM CRAAAASH!
CRASH! CRASH! CRASH! CRASH!
CRASH! CRASH! CRASH! CRASH!

Als wir ihn nicht mehr hören konnten, wurde das Gehen schwerer.
Ich hatte meine Sinne nicht im Griff, meine Augen maßen falsche Distanzen, und meine Füße stolperten über die schwankenden Stufen, die zur U-Bahn führten. Mein Bruder wollte mich stützen, aber ich wollte nicht gestützt werden.
»Lass dir doch helfen«, sagte er, und ich fauchte als Antwort.
In der U-Bahn war es voll von lustigen jungen Men-

schen, und ich drückte mich in eine Ecke neben der Tür und starrte in das Lichtermeer unter uns und das schwarze Meer dahinter und sah meine eigene Reflexion, die sich in die Ecke drückte. Mein Bruder hatte eine tiefe Sorgenfalte auf der Stirn. Warum starrte er mich an? Was wollte er jetzt schon wieder von mir? Erwartete er, dass ich zu weinen anfing?
Wir redeten kaum. Gott sei Dank sagte er nichts mehr. Ich hätte es gehasst, wenn er noch etwas gesagt hätte. Seine Nachrichten hallten in mir.
Wieder ein Pirat, der in eine Schlucht gefallen war. Ein dumpfer Aufschlag auf einer entfernten, dunklen Oberfläche. Die Schreie des Piraten hallten von den Felswänden, aber niemand konnte verstehen, was er sagte. Er krallte sich in die rauen Steine und versuchte zu klettern, plumpste aber immer wieder zurück ins glucksende Wasser. Was schrie er? Ich wusste nicht, was er schrie. Der Schlagzeuger spielte zu laut. Nur zwischen seinen Schlägen konnte man leise die Schreie hören, wie aus der Ferne. Und wenn man in die Felsspalten sah, konnte man nur vage Konturen in der Dunkelheit ausmachen. Hin und wieder ein Aufblitzen (seines Goldzahns, seines Messers, seiner Gürtelschnalle), aber nichts, was sich zu einem Ganzen zusammensetzte.
Ich ließ den Piraten in mir schreien und wich dem Blick meines Bruders aus. Er wartete immer noch darauf, dass ich zu weinen anfing, aber ich weinte nicht. Ich hatte mit der Situation streng genommen gar nichts zu tun. Ein Pirat war in eine Schlucht gefallen. Was ging das mich an? Aber ich sah ein, dass ich nach Hause auf die Insel fahren musste. Weil es zu spät war und weil alles zu spät und vorbei war.

# SEEKRANK KANN MAN IMMER WERDEN

Wir fuhren zum Bahnhof, und ich holte meine Sachen aus dem Schließfach. Dann fuhren wir zur Wohnung. Wir waren zu zweit, aber jeder für sich, zwei Inseln im Großstadtmeer, in der U-Bahn, auf der Brücke über der schnaubenden Straße, in der Wohnung.
Es war irgendein Zimmer, von irgendjemandem, wir besuchten es wie das Zimmer einer Fremden, die uns aufgetragen hatte, ein paar Sachen für sie zusammenzusammeln. Hier lebte ein Gespenst, das es gar nicht gab. Die Wohnung selbst war ein Gespenst, das es gar nicht gab, ein Gebilde aus Luft und Rauch und Feinstaub.
Dunkel, keine Lampe brannte, nur der Projektor, der kalte, flimmernde Bilder auf eine Leinwand spuckte und die Gesichter meiner Mitbewohner blau färbte. Ich führte meinen Bruder durch das Wohnzimmer in das hintere Zimmer, wo die Sachen waren, die zusammengesammelt werden mussten. Er stolperte zweimal auf dem Weg, einmal über einen Rucksack und einmal über ein Paar Schuhe. Mitbewohnerzubehör im Weg. Erst im Zimmer, nachdem ich die Tür geschlossen hatte, schaltete ich das Licht an.
Zu Hause hatte mein Bruder mit Irina und mir geschimpft, wenn wir unsere Teller nach dem Essen nicht in die Küche getragen hatten, wenn ich meine Bücher im Gasthaus liegen gelassen oder wenn Irina

ihr Strandgut, das sie sammelte, auf dem Boden ausgebreitet hatte. Aber über die Fremde, die in diesem schäbigen kleinen Zimmer wohnte, dessen Wände gelb vom Zigarettenrauch und fleckig-braun von der Feuchtigkeit waren und dessen Fenster immer offen stehen mussten, weil der Schimmelgeruch einen mit der Zeit schwindlig machte, äußerte er sich nicht.
Er stieg mit großen Schritten über die Kleiderhaufen in das Zimmer der Fremden, sah sich nicht um, öffnete das Fenster und blickte hinaus auf die Straße, auf der untertags immer Stau war, aber jetzt war es Nacht.
Er ignorierte die Umzugskartons, die nicht ausgepackt waren. Er ignorierte den Geruch nach Schimmel, altem Bier, Zigarettenqualm und Marihuana, der in der Wohnung hing. Er ignorierte die schmutzigen Unterhosen der Fremden auf dem Boden. Er ignorierte die vor sich hin faulenden angebissenen Äpfel, Bananenschalen und Kirschkerne auf dem Boden und in dem Kleiderberg.
Er warf der Matratze auf dem Boden, auf der die Fremde in einem Schlafsack schlief, einen kurzen Blick zu, aber ließ sie unkommentiert. Er hatte die Mitbewohner der Fremden, die im Wohnzimmer auf dem Sofa lagen, sich bekifften und Ego-Shooter spielten, zwar kurz begrüßt, aber auch sie unkommentiert gelassen.
Ich packte ein paar Kleider, Bücher, Hefte in eine Reisetasche. Dann zog ich mir einen Pullover über den Kopf, wickelte meinen Kopf in einen Schal, suchte erfolglos saubere Socken und schlüpfte in meine ausgelatschten Stiefel.
»Gehen wir«, sagte ich zu meinem Bruder. Er warf sich die Tasche über die Schulter und wartete gedul-

dig, während ich mich ins Projektor-Licht stellte und den bekifften Mitbewohnern erklärte, dass die Fremde nicht mehr in dem Zimmer wohnen würde und dass sie mit ihren Sachen machen könnten, was sie wollten. Sie waren sehr traurig, denn sie hatten die Fremde so gerne gemocht, sagten sie. Ich legte den Schlüssel neben den überquellenden Aschenbecher, und wir gingen. Wir gingen die Treppen hinunter durch die Tür, vorbei an dem dicken alten Mann, der immer – auch jetzt, mitten in der Nacht – im Treppenhaus stand und rauchte, durch die schwere Metalltür, die donnernd ins Schloss fiel.

Ich wollte zu Fuß gehen und wählte den Weg entlang der Straße, weil der Gehsteig zu schmal für zwei war und ich den Blick nicht sehen wollte, den mein Bruder, besorgt wie er war, auf mich richtete.

Um den riesigen Industriehafen verlief eine hohe graue Metallwand. Dahinter war das Wasser, aber man sah es nicht. Wir gingen stadteinwärts. Mein Bruder mit seinen Riesenschritten und meiner Reisetasche, ich hinter ihm, außer Atem und mit meinen verbliebenen Schätzen in einer Umhängetasche, an der Mauer entlang, bis sie sich in einen hohen Zaun aus Stahlstäben verwandelte, der den Blick freigab. Auf die Kräne, die rostenden Container, die Gabelstapler, die Hallen mit Wellblechdächern, die riesigen Betontanks neben den Docks. Man sah das Wasser auch hier nicht, weil der Kai mit Licht geflutet war, aber man erahnte es dort, wo es schwarz war. Mein Bruder sah sich die Hafenanlage an (oder tat so, damit ich aufholen konnte) und hustete manchmal, wegen der Autoabgase.

Auch der Personenhafen war riesig. An der betonier-

ten Kaizunge lagen Autofähren und Kreuzfahrtschiffe, die über den Ozean fuhren, und die Boote der Küstenwache. Weiter hinten befanden sich die Yachten der reichen Privatpersonen, die am Wochenende segeln gingen, und dazwischen dümpelten ein paar Fischkutter von Hobby-Fischern.
Es wehte kein Wind, und die Boote schliefen mit hängenden Fahnen. Die Möwen schliefen auch, nur hin und wieder schrie eine, die einen Albtraum hatte. Die Straße hinter uns schnaubte.
Mein Bruder steuerte auf einen Kiosk zu, an dem die Fahrpläne für die Fähren angebracht waren, und studierte sie. Früher hatte ich sie auswendig gewusst, jetzt nicht mehr. Es gab inzwischen viele Fähren zur Insel. Viel mehr als früher. Aus der Bar nebenan hörte man leise Schlagermusik. Ein paar Leute – vermutlich Arbeiter vom Industriehafen – saßen dort herum, tranken Bier und versuchten, mit der in die Jahre gekommenen Kellnerin zu flirten. Mein Bruder ließ sich auf einen Plastikstuhl fallen.
Im Morgengrauen würde die nächste Fähre ablegen.
»Magst du ein Bier?«, rief mein Bruder zu mir herüber. Ich stand immer noch bei den Fahrplänen, sah zu ihm und nickte langsam. Dann ging ich auf ihn zu und setzte mich ihm gegenüber, drehte den Stuhl Richtung Wasser, um seinem Blick zu entkommen, und sah den Booten beim Schlafen zu. Wir würden heute nicht schlafen.
Mein Bruder versuchte, die Aufmerksamkeit der Kellnerin zu gewinnen, die mit den Arbeitern Energy-Drinks trank und Wodka verweigerte. Sie roch nach Gummibärchen, als sie zu uns kam, meinen Bruder anlächelte

und mich ignorierte. Ich roch nach SUNFISH-Fett und grauen Burgern.
Wir schauten auf das schwarze Meer und schwiegen. Ich sah meinen Bruder nicht an, weil ich befürchtete, Kommentare über mein schmutziges Zimmer, meine schäbige Wohnung und mein erbärmliches Leben zu hören, früher oder später musste doch etwas kommen, aber es kam nichts. Er wartete nur darauf, dass ich weinte.
Eine große Fähre legte an, und wir sahen der Mannschaft beim Vertäuen zu. Dann rollte eine Woge Passagiere über die Anlegebrücke und strömte über den Kai. Zerknittert aussehende Menschen, die sich die Augen rieben und wie Eulen in die Nacht starrten, während sie über die Pflastersteine zu den Taxiständen stolperten.
In mir pochte es dumpf.

Vor langer, langer Zeit ging hier in diesem Hafen ein kleines Mädchen an Land. In einer weißen Bluse und einem taubenblauen Faltenrock. Duftend und sauber. Neben ihm sein Vater, glatt rasiert, streng frisiert, in einem dunklen Anzug. Mit einer Reisetasche aus Segeltuch und einer kleinen Lacktasche für Dokumente. Sie stiegen über die Brücke von der Fähre aufs Festland, das Mädchen hatte Herzklopfen und nasse Hände und einen Rosenkranz zwischen den Fingern. Der Vater sah sich um. Das Mädchen – mit weiten Augen – sah sich auch um.
Es sah: laut, groß, viel.
Dann sah es seinem Vater beim Nachdenken zu. Dass er nicht oft sprach, war hier zum ersten Mal ein Pro-

blem. Seine Stimme war Sprechen nicht gewohnt. Und die Leute hier waren Schreien, Lärm und Geschwindigkeit gewohnt und nahmen sich keine Zeit für einen langsam sprechenden Menschen, der einige Momente brauchte, eine Frage zu formulieren. Obwohl er so schön war mit seinem Anzug und seinem glatt rasierten Gesicht.

Irina und ich hatten ihn schön gefunden, als wir auf der Insel auf die Fähre gewartet hatten, und Mammie hatte ihn auch schön gefunden, sie hatte mir zugeflüstert: »So ein fescher Mensch, dein Papa.«

Meine weiße Bluse war steif wie ein Soldat gewesen und so blütenweiß, dass ich mich nicht getraut hatte, mich gegen die Reling zu lehnen, aus Angst, ich könnte die Bluse schmutzig machen, und sie hatte bei jeder Bewegung geraschelt. Der Rock hatte ein bisschen gekratzt. Ich hatte Nylonstrümpfe getragen, damit man die Narben und Kratzer und blauen Flecken an meinen Knien nicht so genau sehen konnte. (Man hatte sie trotzdem gesehen.) Meine Füße hatten in neuen schwarzen Lackschuhen gesteckt, von denen ich Blasen an den Fersen bekam und die ich nach meiner Ankunft hier nie wieder anzog. Meine langen Haare waren zu einem Zopf geflochten. Die letzten unbändigen Haarsträhnen waren von einem taubenblauen Haarreif zurückgehalten worden, den Mammie gemacht hatte. Mammie hatte mir auch die Lackschuhe gekauft. Ich war ein kleines Kirchenchormädchen gewesen, das man aufs Festland geschickt hatte, damit es eine weiterbildende höhere Schule besuchte.

Es war ein wahnsinnig heißer Tag gewesen, die Sonne hatte erbarmungslos auf den Anlegesteg gebrannt.

Mein Bruder, Mammie und Irina hatten mit mir und meinem Vater auf die Abfahrt der Fähre gewartet. Die Nylonstrümpfe hatten an meinen Beinen geklebt. Ich hatte versucht, beim Atmen so wenig wie möglich meine Bluse zu berühren, damit ich sie nicht mit meinen Schweißflecken verdarb. Ich hatte meine Arme von meinem Körper weggehalten und mich wie ein Spazierstock gefühlt, der so tat, als wäre er ein Kirchenchormädchen. Mein Vater – in diesem dunklen Anzug, den ich noch nie an ihm gesehen hatte, seine Haare nach hinten gekämmt, sein Bart rasiert – hatte auch ein bisschen ausgesehen wie ein Spazierstock, der sich verkleidet hatte. Als braver Priester in Zivil vielleicht.
Irina, mein Bruder und Mammie hatten ausgesehen wie immer. Irina in ihrem gelben Sommerkleid mit den großen bunten Punkten und ihren Flipflops, mein Bruder in T-Shirt und einer Hose mit vielen Taschen und Mammie in ihrem Kleid, das wie eine Schürze aussah. Irina war aufgeregt und kribbelig gewesen. Sie hatte mich lustig gefunden, den Spazierstock, der so getan hatte, als wäre er ein Kirchenchormädchen, und mich in meine nylonbestrumpften Waden gezwickt. Ich war ein Spazierstock gewesen und hatte mich nicht richtig wehren können. Mammie hatte mit ihr geschimpft. Aber Irina war Mammie kichernd entwischt, bevor sie sie an ihren dünnen Armen hatte packen können, und war auf und ab gehüpft und hatte dabei so leicht und frei und luftig ausgesehen, dass mir noch viel heißer in meiner Kirchenchormädchenverkleidung geworden war.
Wir hatten im Café am Anlegeplatz Limonade mit viel Sprudel getrunken. Mein Vater hatte Bier getrunken.

Er hatte geschwitzt. Ich hatte sehen können (besonders jetzt, wo sein Gesicht so glatt und so frei, für jeden lesbar gewesen war), dass er sehr nervös gewesen war. Er hatte sich über die Stirn gewischt, auf der Schweißperlen geglänzt hatten. Irina hatte in ihre Sprudelflasche gepustet, der Sprudel war übergeschäumt und auf ihr Kleid und ihre Hände gesprudelt. Mammie hatte wieder geschimpft. Aber Irina war ja kein verkleidetes Kirchenchormädchen, und deswegen war es nicht weiter schlimm gewesen.
Mein Bruder hatte die organisatorischen Aufgaben übernommen: »Hast du alles? Reisepass? Zeugnis? Meldezettel? Taufschein? Geld?«
»Ja.«
»Zahnbürste? Unterhosen? Socken?«
»Ja, Alex!«
(Mit einer Dame sprach man nicht über ihre Unterhosen.)
»Bill. Sag bitte Bill.«
(Einen angehenden Schrecken der sieben Weltmeere sprach man nicht mit seinem bürgerlichen Namen an.)
»Ja, Bill!«, hatte ich genervt wiederholt.
»Warum willst du jetzt Bill heißen?«, hatte meine lustige, übermütige Schwester wissen wollen, die kein Verständnis für willentliche Namensänderungen gehabt hatte.
»Das hab ich dir schon erklärt!«
»Aber ich habe es nicht verstanden!«
»Lass mich in Ruhe!«
»Billiwillikillimillisilli!«
»Sei still!«
Bill hatte seine Limonade getrunken wie mein Vater

sein Bier. Er hatte sie ohne Strohhalm in den Mund geleert. Irina hatte auf ihrem Strohhalm herumgebissen. Mammie hatte mich gesegnet, während ich mit gespitzten Lippen konzentriert mehr so getan hatte, als würde ich Limonade trinken, als dass ich wirklich trank.
Dann war es Zeit geworden. Mammie hatte mich zu Ende gesegnet und mir ihren Rosenkranz gegeben. Alle waren aufgestanden. Ich hatte mich an meiner Limonade verschluckt und unvorteilhaft gehustet.
Mein Vater und ich waren an Bord der Fähre gegangen. Das Kirchenchormädchen und der brave Priester in Zivil. Zwei verkleidete Spazierstöcke.
Die drei Nicht-Verkleideten waren am Kai gestanden und hatten zu uns hinaufgesehen, als wir an Deck erschienen waren. Sie hatten die Augen zusammengekniffen und in die grelle Sonne geblinzelt. Ich hatte mich nicht an die Reling gelehnt, sondern war wie eine Dame elegant mit meiner Handtasche dagestanden. Mein Vater mit der großen Tasche aus Segeltuch daneben. Dann hatte die Fähre gepfiffen, ein paar Burschen mit weißen Mützen hatten die Leinen gelöst, ein Ruck war durch das Boot gegangen, als man die Schiffsschraube anließ, ich war mit meiner weißen Bluse gegen die Reling gestolpert.
»Hast du Tabletten gegen Seekrankheit?«, hatte Bill mir vom Kai aus zugeschrien.
»Ich werde doch nicht seekrank!«
»Seekrank kann man immer werden!«
»Ich nicht!«
Ich war eine elegante Dame und würde nicht seekrank werden. (Ich war auch wirklich nicht seekrank geworden.)

Er hatte gelacht und gewinkt. »Pass auf dich auf und lern viel!«
»Mache ich!«
Irina war auf einen Poller geklettert, hinuntergefallen und beinahe ins Meer gestürzt. Bill hatte sie an ihrem Kleid zurückgerissen. Sie hatte angefangen zu weinen. Mammie hatte ihr einen missbilligenden Blick zugeworfen und sich dann wieder zu mir gewandt: »Und immer fleißig beten!«
»Mach ich!«
»Und immer dem Herrgott danken!«
»Mach ich!«
Die weinende Irina, mein winkender Bruder, Mammie, die jetzt mit Irina schimpfte, weil sie weinte, und mir zwischendurch Kusshände zuwarf ... Ich hatte ihren Rosenkranz, den ich zwischen meinen kalten, schwitzenden Fingern gehalten hatte, so fest gedrückt, dass mir das Kreuz in die Handfläche geschnitten hatte.
Wenn ich in den Jahren danach einsam gewesen war, hatte ich ihn mir ums Handgelenk gewickelt und das Kreuz zwischen meinen Fingern hin und her gedreht.
Ich war oft einsam gewesen.
Ganz alleine.
Ohne meine Schwester.

»Ich glaube, ich hol mir Kebab«, sagte mein Bruder plötzlich und setzte sich in seinem Plastiksessel auf. Der Sessel wackelte auf den schiefen Pflastersteinen.
»Magst du auch was?«
Ich schüttelte den Kopf. Bier war genug Nahrung für mich.
»Wie lange ist es eigentlich her, dass du irgendetwas An-

ständiges gegessen hast?«, fragte er mich. Ich wusste es nicht. Ich hatte nicht darauf geachtet und war mir auch nicht klar darüber, was etwas »Anständiges« war. Kebab?

»Ich hole dir auch Kebab, auf der Fähre gibt es ja nichts zu essen.«

Ich erhob Einspruch. Ich hatte es nur zu meinen allerbesten Zeiten während Nacht-Dreharbeiten für die Uni geschafft, einen ganzen Kebab zu essen. Ich war ein kleiner, essenseffektiver Mensch.

»Ist es in Ordnung, wenn ich dich für einen Moment alleine lasse?«, fragte mich mein großer, starker Bruder, der sich Sorgen um seine kleine Schwester – allein am gefährlichen Hafen der großen Stadt – machte. Ich musste lachen und schickte ihn Kebab holen.

Als ich einmal in den frühen Morgenstunden auf die Fähre zur Insel gewartet hatte, hatte sich ein Mann an den Kai gestellt – das Meer im Rücken – und mit Blick auf mich zu onanieren begonnen. Ich hatte auf einem Plastikstuhl gesessen und SMS geschrieben (ein Kirchenchormädchen mit seinem Handy), aufgesehen und auf seinen auf mich gerichteten, rot-violett geschwollenen Penis gestarrt. Er hatte meinen Blick erwidert und seine Hand heftig vor und zurück bewegt. Seine Hoden waren gegen seinen Oberschenkel geklatscht und hatten klatschende Geräusche gemacht. Er wollte, dass ich ihm zusah. Ich war aufgesprungen und in die Bar gerannt. Ich hatte den Kellner hysterisch angekreischt. Der Kellner hatte mein Gekreische nicht verstanden und gesagt, ich solle mich nicht so aufregen.

Ich hatte mich nicht mehr aus der Kneipe hinausgetraut, bis die Fähre gekommen war. Dann war ich,

so schnell ich konnte, zum Anlegeplatz gelaufen. Jedes Mal, wenn ich wieder hier gewesen war – und ich war oft hier gewesen –, hatte ich mich seitdem ängstlich nach diesem Irren umgesehen.
Früher. Jetzt nicht mehr. Mein Anblick würde niemanden mehr zum Onanieren veranlassen, und ich müsste mich nicht mehr vor Vergewaltigern, Frauen- oder Kinderschändern fürchten, da war ich mir sicher. Eine halbe Frau oder Un-Frau wäre kein Opfer sexueller Belästigung.
Mein Bruder kam zurück und hatte auf dem Weg bereits den halben Kebab aufgegessen, ohne sich mit Soße bekleckert zu haben. Ich sah dabei zu, wie der Rest des rundlichen Fladenbrots in Alufolie, gefüllt mit Fleischfetzen und Salat, in seinem großen Mund verschwand. Die meisten Menschen waren überfordert, wenn sie Kebab aßen. Mein Bruder aber aß seinen Kebab ordentlich und organisiert, portionierte jeden Bissen gut und manövrierte den Inhalt geschickt in seinen Mund. Wie machte er das bloß?
Er sah auf und fragte: »Willst du?«
Ich schüttelte den Kopf und sah ihm weiter zu.
»Vielleicht hätte ich doch einen zweiten kaufen sollen«, sagte er, nachdem er geschluckt und sich seine sauberen Finger an der Serviette abgewischt hatte. Er hatte meinen Blick auf den Kebab missinterpretiert.
Da musste ich lächeln.
In mir war ein weiches, kleines Gefühl aufgetaucht. Ich mochte meinen Bruder. Und nicht nur, weil er mein Bruder war. Er war ein lieber, ungefährlicher Mensch. Er rettete Wespen, die in Limonade ertranken. Er liebte Fischen, Gärtnern und Kochen. Er war der Küchenchef

in unserer Kneipe, seit er zwölf war. Er hatte immer zusammen mit Mammie unsere Wäsche gebügelt, weil er bügeln liebte. Er half Leuten in Not, hatte immer Kleingeld für Obdachlose in der Hosentasche, obwohl er selbst nicht viel Geld besaß, war diskret und sprach keine unangenehmen Details an.

Auch wenn Robin versucht hatte, meinen Blick auf ihn mit seiner kosmopolitischen Großstadt-Überlegenheit zu vergiften (»Was? Dein Bruder weiß wirklich nicht, wo Bangladesch liegt?«), Bill konnte man nicht vergiften.

Er würde mir keine Fragen stellen.

Jetzt versuchte er, mich dazu zu bringen, ein paar Erdnüsse zu essen. (»Iss ein paar Erdnüsse. Na komm, schau, sie sind ganz klein. Eine?«) Dann fiel ihm ein, dass er auch noch Schokolade hatte.

Und im nächsten Moment rief er: »Schau, unsere Fähre!«

Als ich den Kopf hob, schwankte die Welt so heftig, dass ich mich am Plastikstuhl festhalten musste.

*Unsere* Fähre.

Die mich auf die Insel zurückbringen würde, an den Schauplatz des Theaterstücks, das man einst um mich herum inszeniert hatte. Mit Robin, dem Hauptdarsteller, der mich monatelang überredet hatte, ihn mitzunehmen. Mit meiner Schwester in einer Statistenrolle.

Da kam sie an, *unsere* Fähre, und spuckte Leute von der Insel Ei auf den Pier wie damals Robin und mich.

Alles war in weiter Ferne gewesen, weit weg, ich in einem Aquarium, getrennt durch eine Glaswand von einer Welt, der man alle Farben genommen hatte. Neben und über mir hatten sich dunkle Formen (Fische?) bewegt, aber mit denen hatte ich nichts zu tun gehabt.

Ich hatte in all den Tagen auf der Insel kaum mit meiner Schwester gesprochen. Sie war mir aus dem Weg gegangen und hatte mich behandelt wie eine Fremde. Eine fremde *Dame* vom Festland, die mit ihrem Mann die Ei-Heimischen besuchte.
Auf der Fähre hatte ich eine Frau vom Bordpersonal angeschrien, weil sie mir gesagt hatte, ich solle einen Schritt zurücktreten, und dabei ihre Hand ausgestreckt hatte, um mich zurückzuschieben. Sie war vielleicht ein bisschen zu grob gewesen, aber kein Grund, sie anzuschreien. Ich hatte alles so sehr gehasst. Diese Scheißwelt und diese Scheißfähre und diesen Scheißwind, der mir Haare in Augen und Mund wehte, und diese Scheißsonne, die mich blendete, und diese Scheißleute, die einem sagten, wann man wo gehen durfte und wann wo nicht. Wann man wo stehen durfte und wann wo nicht. Wann man was machen und sagen durfte, mit wem man wie koexistieren durfte und mit wem wie nicht.
Robin hatte nicht verstanden, was passiert war, und mich andauernd gefragt: »Was war denn auf einmal los?«, und ich hatte nicht gewusst, wie ich es ihm erklären sollte. Was denn eigentlich? Es war ja nichts passiert.

Auf der Fähre mit meinem Bruder wurde ich seekrank und kotzte über die Reling.
Mein Bruder sah mir dabei zu.
»Jetzt habe ich die Tabletten gegen Seekrankheit wieder nicht dabei«, sagte er, als ich schnaufend den Kopf hob.
Da fing ich an zu weinen.

## WAS ICH IM WASSER SAH – 2

*Er ruft mich an.*
*Ihr Freund.*
*Trotz des Knotens aus unentwirrbaren Fäden.*

*Er hat die Rufnummer unterdrückt, vermutlich weil er denkt, dass ich nicht abheben würde, ein vollkommen unbegründeter Verdacht, und er bittet mich, Irina –* seine *Irina – zu besuchen, weil es ihr nicht gut gehe, wie er sich ausdrückt, und er sich Sorgen mache.*
*Ich finde es dreist, dass er* seine *Irina sagt, und frage ihn deshalb, warum er sich nicht selbst um sie kümmern könne. Darauf antwortet er mir nach einigem Zögern, dass sie ihn aus der Wohnung geworfen habe und nicht erlaube, dass er in ihre Nähe komme. Er könne sich überhaupt nicht erklären, was er schon wieder falsch gemacht habe, fügt er hinzu. Ich wisse ja, wie er das meint, und ich weiß es tatsächlich, weil er mir früher, vor langer Zeit, als wir noch Freunde waren, von den seltsamen Frauen erzählt hat, die sich scheinbar grundlos von ihm abgewendet und ihn des Wahnsinns bezichtigt haben.*

*Ich erinnere mich.*
*An einen Morgen auf dem Balkon unter dem Wellblechdach.*
*An eine goldene Mango und schlammig braunen Kaffee.*
*An seine Zahnlücke und ihr Geheimnis.*
*Ich nicke, obwohl er das nicht sieht.*

*Dann springe ich auf und renne, um meinen Bruder zu suchen. Er ist nicht mehr so leicht zu finden wie früher, seitdem ihn das Glück gefunden hat.*
*Er hat seine Orte geändert und seine Gewohnheiten. Sein Glück führt ihn auf neue Wege, und unser altes Leben bröckelt von den Felsen, auf denen wir gestanden sind.*
*Aber schließlich finde ich ihn doch, mit seinem Glück.*
*Und ich frage ihn nach dem Schlüssel für sein Moped und sage ihm, wo ich hingehe und ob ich etwas ausrichten solle. Er reißt sich mühevoll von seinem Glück los und sagt, es sei gut, dass ich gehe, ich solle die zwei Verlorenen heimholen.*

*Eine Brise grüner Wind weht mir um die Ohren.*

*Ich fahre durch die sich verwandelnde Stadt, die langsam, aber stetig zu rotierendem Glas wird.*
*Das Glas bricht das scharfe Sonnenlicht und wirft es zersplittert in tausend Farben auf die blauen Häuser, die staubigen Zitronen- und Orangenbäume am Straßenrand, die hohen Gehsteigkanten, die Risse im Beton und den alten Fischmarkt mit seinen stinkenden Buden und zerschlissenen Planen am Fuß des Hochhauses.*

*Nach seiner Schließung hat man die Verkaufsstände unverändert gelassen. Niemand hat eine Idee gehabt, wie man den Platz anders nutzen könnte. Und jetzt wird es den Platz sowieso nicht mehr lange geben und das Hochhaus auch nicht, weil der Grund und Boden ein Standort für rotierendes Glas wird, das den Geist des Fischmarkts zersplittert in tausend Farben in die grüne Luft werfen kann.*
*Es riecht immer noch nach toten Fischen.*
*Es wird wohl noch eine Zeit lang nach toten Fischen riechen.*

*Das Hochhaus ist erbarmungslos dem Sonnenlicht ausgesetzt und zeigt seine von Ruß grau gefärbten Wände, seine bizarre Architektur aus ineinander verkeilten Blöcken und Quadern, sein Wellblechdach, seine von Möwendreck verschmierten Balkongeländer, seine verstaubten Satellitenschüsseln und Fernsehantennen.*

*Ich parke das Moped im Schatten einer staubigen Pinie.*
*Die Grillen schreien.*
*Die Baumaschinen dröhnen.*

*Ich drücke die Eingangstür auf, eine solide Stahlgitterkonstruktion, auf der ein kleiner gelber (ehemals weißer) Zettel klebt, der mit vergilbenden Buchstaben beschrieben ist.*

*»Bitte Türe schließen!«*

*Ich schließe sie, aber das Schloss ist verbogen, und sie schnappt nicht zu.*

## IN MEINER JACKENTASCHE IST SCHOKOLADE

Im Zwielicht der aufgehenden Sonne ließen wir die dröhnende Stadt hinter uns und fuhren dem milchigen Graublau des Horizonts entgegen. Wir sahen die Stadt verblassen. Undeutlicher wurden ihre Konturen, ihre Gassen und Straßen, ihre Häuserfassaden, die Blendsäulen und Mauerblenden, die Ornamente der Balkongeländer, die Wäschestücke, die in der Flaute schliefen, die Schwalben, die in ihren Nestern ebenfalls schliefen und gleich aufwachen würden, die Möwen, die schon wach waren und wie die Küstenwache im Hafen patrouillierten.

Hinter der Stadt schob sich langsam die Sonne über den Hügel und färbte den Himmel in pastellene Rosatöne. Die Türme der Paläste, die Kuppeln der Dome, die Kreuze der Kirchen, die Fernsehantennen der Wohnhäuser, die Kronen der Gummibäume standen schwarz gegen das helle Licht.

»Schau, wie schön«, sagte Bill zu mir, aber ich fand es kitschig und unangebracht, die hohe Farbsättigung, die sich die Sonne da erlaubte, ein bisschen Bescheidenheit hätte ihr gutgetan. Bill lachte, ich legte mein Kinn auf die Knie.

Wir hatten eine komplizierte Beziehung gehabt, diese Stadt und ich. Kurze Zeit waren wir sehr gute Freunde gewesen, aber es hatte gedauert, mehrere Jahre, bis sie

sich mir geöffnet hatte und mir freundlich gegenübergetreten war. Davor hatte sie mich jahrelang nur angeschrien und mir stinkenden Unrat und Giftschlangen in den Weg geworfen, und ich hätte mich ohne Robin überhaupt nicht durch ihr Dickicht bewegen wollen. Dann hatte ich mich ihr gestellt, mich mit beiden Beinen in sie hineingestellt und ihren Dreck aufgesogen, ihre Armut, ihre Menschen wie Schreie, ihre Slums, ihre Rechtsradikalen und Linksradikalen, ihren dekadenten Reichtum, ihre monarchische Arroganz, ihren Stolz auf die guten alten Zeiten, wo sie Genies hervorgebracht hatte und das Zentrum wichtiger Kunstströmungen gewesen war. Die Strömungen waren durch sie hindurchgeflossen, zwei Kriege hatten sie geschüttelt, jetzt war sie ins digitale Zeitalter eingetreten, in dem sie sich sehr wohlfühlte.
Durch meine Kamera hatte ich sie zu Bildern gemacht, die mir gehörten, ich hatte ihre Architektur und ihre Geschichten geerntet, und so war sie mein geworden, und kurzfristig liebten wir uns.
Jetzt, wo ich ging, fühlte es sich fast so an wie meine Trennung von Robin, als ich aus seiner Wohnung ausgezogen war und den Kontakt zu all unseren gemeinsamen Freunden abgebrochen hatte. Wie das Ablegen einer alten Haut. Es war eine Notwendigkeit, keine freie Entscheidung.
Meine Kommilitonen, die ich sehr gern gehabt hatte, hatte ich durch den Kampf mit dem Schalentier verloren. Während ich weiße Wände angestarrt hatte, hatten sie ihre Diplom-Projekte abgeschlossen und waren ausgezogen in die große weite Welt, und ich hatte sie ziehen lassen und mich nicht verabschiedet.

Alles war mir durch die Finger geronnen, alles, alles, nichts hatte ich festhalten können. Die schwankende Welt hatte einen Schwank gemacht und das Wasser über das Land gekippt, und als es wieder zurückgewichen war, hatte es mich aufs Meer hinausgerissen, wo ich mich an lose Planken, Fässer und Treibholz klammerte. Ich war schiffbrüchig, die Welt war ein schwankender Ozean, und jetzt fuhr ich als Fremde nach Hause mit einem Tier auf der Brust, vor dem mein Vater sich fürchtete.

Die Sonne schob sich über die Dächer. Golden im purpurnen Mantel. Ein erster Strahl fiel auf eine Säule am Kai, auf der die Statue eines Heiligen aus weißem Marmor stand. Er schützte die Angekommenen und die Weiterziehenden. Ich wusste nicht, wer er war, aber man erkannte die Heiligkeit am Heiligenschein. Außerdem hatte er einen heiligen Stab, ein heiliges Buch, einen heiligen Mantel und einen heiligen Vollbart. Der Heiligenschein lag wie ein dünnes Rad um seinen Hinterkopf.

Ich saß am Boden der Fähre und umarmte mich selbst. Mir war kalt vom Fahrtwind und von der Gischt, die mir den Pullover nass gespritzt hatte, als ich mich über der Reling übergeben hatte.

Bill gab mir seine Jacke und schlug vor, wir sollten uns aufs Vordeck setzen, damit ich in Fahrtrichtung schauen konnte, was mir guttun würde, aber ich ließ mich nicht bewegen, also setzte er sich zu mir.

Er sagte, er sei froh, dass ich mitgekommen war. (»Ich bin froh, dass du mitgekommen bist.«) Er sei sich nicht sicher gewesen, ob ich mitkommen würde. (»Ich war mir nicht sicher, ob du mitkommen würdest.«) Es tue ihm außerdem leid, dass er mich nicht früher gefunden habe, sodass ich beim Begräbnis hätte dabei sein können. Sie hätten so lange gewartet, aber ...

Ich schloss meine Augen, die mir vom Weinen und vom Kotzen brannten, und legte meine Stirn auf die Knie. Ich wollte an nichts denken. Ich hatte nicht genug Kraft. In meinem Kopf drehte sich alles. Ich zerrte mich an der Reling hoch, würgte, schwitzte kalten Schweiß und spuckte, aber es kam nichts mehr. Mein Magen war leer.

So blieb ich über der Reling hängen und sah, dass der Bug wie ein Skalpell die dunkelblaue Haut des Meeres aufritzte. Meerinnereien quollen grünlich weiß daraus hervor. Das Kielwasser war eine Straße aus Innereien, die wir hinter uns ließen.

»Wenn wir erst da sind, wird es dir besser gehen. Du musst vor allem viel essen und viel schlafen, damit du wieder kräftiger wirst. So wie du jetzt aussiehst, kannst du ja nicht einmal einen Bierkrug tragen. Kannst du stehen?«

Ich konnte nicht stehen. Ich hielt mich am Geländer fest und merkte, wie mir aufs Neue Tränen in die Augen stiegen. Seit Jahren hatte ich nicht mehr so viel geweint. Warum weinte ich?

»Du bist unterzuckert«, sagte Bill, der sich die gleiche Frage gestellt zu haben schien. »In meiner Jackentasche ist Schokolade.«

Und er legte seinen mächtigen Arm um mich, um in seiner Jacke, die ich trug, zu wühlen. Es war so viel ungewohnte körperliche Nähe, dass ich erstarrte, zu weinen aufhörte und die Luft anhielt. Aber es war gleich

wieder vorbei, als er die Schokolade in seiner Innentasche gefunden hatte und sie mir unter die Nase hielt. Mein Magen begann allein bei dem Gedanken zu rebellieren.
Wieso glaubte Bill eigentlich, dass sich alle Probleme durch Essen lösen ließen?
Ich wollte keine Schokolade.
Ich wollte ... (ein neuer, sehr seltsamer Wunsch war in mir aufgetaucht) ... dass mein Bruder mich umarmte. Ich wollte ihn an der Hand halten, wie man als kleines Kirchenchormädchen einen großen Bruder an der Hand hielt. Ich wollte, dass er mich umarmte und wir uns gegenseitig trösten konnten. Aber ich sagte es nicht und tat es nicht, sondern ließ ihn glauben, dass mir körperliche Nähe unangenehm war, und konnte es ihm nicht verübeln, dass er meine Gedanken nicht lesen konnte.
Ich wickelte seine Jacke enger um mich und starrte über die Reling, während er die Schokolade in kleine Stücke zerbrach und mir eines hinhielt. Ich schüttelte den Kopf, aber er gab nicht nach, ich steckte die Schokolade resigniert in den Mund und war mir sicher, dass ich sie gleich wieder los sein würde. Aber seltsamerweise blieb sie, löste sich auf, schoss durch mein Blut in meinen kahlen Kopf, und die schwankende Welt wurde ein bisschen ruhiger. Ich merkte, dass wir auf einem Schiff waren und dass das Schwanken normal war. Hin und her. Hin und her.
»Weißt du, was du jetzt machst? Jetzt steckst du deine ganzen schlechten Gedanken in eine Schachtel und wirfst die Schachtel ins Meer.«
Das klang so absurd, dass ich lachen musste. »Meine

schlechten Gedanken sind zu groß für eine Schachtel«, sagte ich.
»Nein, das sind sie nicht. In die Schachtel passt alles rein. Sogar der Tod.«
Ich stellte mir eine Schachtel für den Tod vor.
Klein.
Quadratisch.
Violett mit kleinen blauen Blumen.
Ich glaubte nicht, dass es helfen würde, die Schachtel ins Meer zu werfen. Sie würde mit dem Kielwasser wieder an die Oberfläche kommen.
»Ich glaube, ich habe jetzt lange genug Dinge in Schachteln gepackt und sie ins Meer geworfen.« Ins schmutzige Meer bei der Strandpromenade. Zu den graugelben Blasen. Zu den leeren Plastikflaschen. Zu den SUNFISH-Verpackungen.
Wir schwiegen und starrten ins Wasser. Blau die unverwundete Haut, cyanfarben die Meerinnereien.
Er wollte mich nicht überreden, meine Gedanken in Schachteln zu packen. Es war nur ein Vorschlag gewesen.

## IHR SEID JA NICHT BLUTSVERWANDT

Das Festland lag im milchigen Licht hinter uns. Die Sonne war grell und heiß aufgegangen. Sie zwang uns, bald aufs Vordeck zu wandern, was mein Bruder vernünftig fand, weil man da weniger seekrank wurde. Ich sagte ihm, dass ich nicht mehr seekrank war, und er lachte und sagte, ich sei sehr tapfer. Ich hätte am liebsten gleich wieder geweint. Er war so großer-Bruder-haft in allem.

Das Meer war unendlich, und außer uns gab es nichts darauf, das sich bewegte. Der Wind wuchtete sich uns entgegen, und kleine Gischttropfen fielen wie leichter Regen.

Wie ich mich gefreut hatte, wie ich mich immer so sehr gefreut hatte, auf dieser Fähre in diese Richtung unterwegs zu sein, wie ich ungeduldig auf und ab gehüpft war während der mehrstündigen Fahrt – in mir drinnen etwas, das surrte wie eine Fliege, die man unter einem Glas gefangen hatte. Wie ich den Horizont nach der Insel abgesucht hatte und den Hafen nach Irina, sobald wir näher gekommen waren. Und wie aufgeregt ich geworden war, wenn ich sie entdeckt hatte. Ich hatte hin und her gehen müssen, weil ich nicht mehr stillhalten konnte. Und sie war ebenfalls auf und ab gehüpft und hatte andere Wartende angerempelt, hatte meinen Namen gebrüllt, so laut sie konnte, und war manchmal ins Wasser gefallen (oder gesprungen?).

Einmal hatten Irina, Bill und Bills bester Freund Bob im Fischkutter die Fähre auf offener See abgefangen, und wir hatten uns von Reling zu Reling zugeschrien, sie hatten mich aufgefordert, meine Taschen zu ihnen zu werfen und zu springen. Sie hatten ein Mordsspektakel veranstaltet, die Crew und alle Passagiere nervös gemacht und »Klar zum Entern!« gebrüllt. Und die Crew hatte gedroht, Irina, Bill und Bob anzuzeigen. Und ich hatte mich gefreut, so gefreut, dass ich gleichzeitig geweint und gelacht hatte, weil ich wieder bei ihnen und besonders bei ihr sein durfte und weil sie sich auch so gefreut hatte.
Dann war ich losgerannt, als sie die Brücke ausgelegt hatten, und hatte mich vorgedrängt und war immer die Erste an Land gewesen, die ihren Lieben in die Arme hüpfte. Wir hatten uns gedrückt und gelacht und gelacht, ohne dass irgendetwas lustig gewesen war.
Wir waren unzertrennlich gewesen und die meiste Zeit voneinander getrennt.

»Hast du eigentlich was mit Irina?«, hatte mich Robin einmal gefragt. Eine seiner dummen Fragen.
Ich hatte Wein getrunken, ihn über den Rand meines Glases angeschaut und nicht geantwortet.
»Warum auch nicht? Ihr seid ja nicht blutsverwandt.«
Manchmal war er ein Idiot gewesen. Besonders wenn er betrunken gewesen war, war er dumm und männlich geworden, und er war betrunken gewesen, und sein bester Freund Gottfried war dabei und auch betrunken gewesen, und wenn die beiden sich gemeinsam betrunken hatten, waren ihnen die dümmsten Ideen gekommen.
Ich hatte Irina gerade zur Fähre gebracht, ohne sie Ro-

bin vorgestellt zu haben, deswegen war er wütend gewesen. Sie hatte ein paar Tage bei mir gewohnt, weil ich sie für einen Dreh gebraucht hatte. Wir hatten Tag und Nacht für die Uni gearbeitet, was Robin und Gottfried natürlich angezweifelt hatten.
»Ich hab eh nichts dagegen, ich würde es nur gerne wissen.« Robin, der Tolerante. Der Wahrheitssuchende.
»Das würde endlich erklären, warum du mich nicht mit zu dir nach Hause nehmen willst.« Robin, der Geheimnisse-Durchschauer und Lesben-Versteher.
Der Frage war wahrscheinlich ein längeres Gespräch über ihre Lesben-Sex-Fantasien vorangegangen, in dem Robin und Gottfried sich ausgemalt hatten, wie Irina und ich beim Äpfelpflücken oder Krabbensuchen oder Weinlesen übereinander herfielen und uns im Gras, im Sand und in Weintrauben wälzten. Wenn man eine Lesbe war, dann durfte man seine nichtblutsverwandte Schwester so gern haben. Das schien in der Robin-Gottfried'schen Ethik so festgelegt. Und wenn man sich nicht in Weintrauben wälzte, wuchs man zwar gemeinsam auf, ging dann aber eigene Wege und sah sich vielleicht noch zu Weihnachten oder bei Begräbnissen und schimpfte miteinander über die Ehemänner. Für mehr waren Schwestern nicht vorgesehen.
Man hatte uns oft komisch angeschaut, weil wir uns, wenn ich zurück aufs Festland musste, vor der Anlegebrücke in den Armen gelegen und geweint hatten, als würde man mich aufs Schlachtfeld schicken.
Alles, was mir in der Stadt passiert war, kam mir wie desaturiert vor im Gegensatz zu den Gefühlen, die ich ihr gegenüber gehabt hatte. Die Welt ohne sie war ein

mittelmäßiger Kinofilm. Eh okay. Eh lustig. Eh interessant. Aber ich sah nur zu.

Der Himmel war schwefelgelb, als die Insel am Horizont auftauchte. Wir hatten die Schokolade aufgegessen und Wasser getrunken. Bill hatte verkündet, dass er Hunger habe.

Die Insel mit ihrem Berg und ihren gläsernen Windrädern lag da wie das mächtige Ei, das sie war. Hinter den gläsernen Windrädern, hinter dem Berg, weit draußen auf der anderen Seite, die man von hier nicht sehen konnte, stand unser blaues Haus auf seiner Klippe, und dort war ... der Tod.

Und sie. Sie, die ich in eine Schachtel gepackt hatte. Sie, meine Liebe. Meine Schöne. Das Feen-Elfen-Monster aus dem Meer.

# JA, HIER TUT SICH WAS

War ich schon einmal hier gewesen? Ich glaubte nicht. Das, was da vor mir aufragte, dieses Tier mit dem Kamm aus rotierendem Glas, hatte ich noch nie gesehen. Es zischte und schnaubte und dröhnte, es reckte metallene Arme in den weißgelben Himmel, es leckte mit Betonzungen ins Meer, es biss mit stählernen Zähnen den Stein aus dem Felsen.

Mir wurde schwindlig, und ich musste mich setzen. Ich hatte mich überschätzt. Ich hatte nicht genug Kraft für diese Insel, das Ei, aus dem ich geschlüpft war, es war schon gut gewesen, fortzugehen, die Schale aufzuknacken und nackt aufs Festland geworfen zu werden. Besser, bei SUNFISH Burger zu braten und mit einem Rudel Kiffer in einer schimmligen Wohnung zu wohnen, das brauchte weniger Kraft. Diese Realität erschlug mich.

»Ja, hier tut sich was«, sagte Bill. Immer hatte er Worte. Dass sich hier was tat, war eine Wahrheit, und gleichzeitig portionierte es das, was sich hier tat, in kleine Häppchen, genau richtig zum Runterschlucken. Er war ein Häppchen-Spezialist geworden, mein Bruder, er konnte die Welt so wohlportioniert dosieren wie einen Kebab. Sie stürzte nicht über ihn herein wie über mich und warf ihn nicht gegen die Planken.

Ich war gegen die Planken geworfen. Wieder einmal. Aber ich raffte mich auf.

Vor vielen Jahren hatte eine große Welle die Vegetation weggespült und an ihrer statt war ein neuer Hafen (der *Neue Hafen*) entstanden. Der Neue Hafen und das Industrieviertel um den Hafen veränderten sich seither stetig. Das war so, und das wusste ich auch.
Kurz bevor ich aufs Festland gegangen war, hatte dieser Prozess begonnen. Die Tendenz der Veränderungen war Expansion.
Der Kieselstrand und die Klippen waren abgetragen und weggesprengt worden. Das Café, in dem wir vor meiner ersten Abfahrt gesessen hatten, war abgerissen worden. Noch viele andere Häuser waren abgerissen worden. Der kleine Zypressenwald, der die Hügel dahinter hinaufgewandert war, war gerodet worden. Die Hügel selbst hatten riesige Löcher.
Bergauf, im Wasser, überall, so weit das Auge reichte, standen Windräder.
Es war fruchtbares Land für Windräder. Sie waren hoch, milchig-bläulich-weiß mit schimmernden Windblättern. Wie gläserne Blumen standen sie in Gruppen zusammen und streuten das Sonnenlicht auf das weiße Wasser, das mehrere Sonnen reflektierte.
Ich wusste, dass sie hier waren, sie waren schon länger hier.
Aber es gab Dinge, die vorher noch nicht da gewesen waren.
Eine riesige SUNFISH-Filiale mit angeschlossenem Supermarkt zum Beispiel. Etwas in mir zog sich zusammen. Hier wurden also auch graue Burger gebraten.
Am Wasser hatte man Türme gebaut. Hohe Türme. In regelmäßigen Abständen entlang der Betonplattform.
Auch sie waren gläsern und spiegelten den Himmel und

das Meer und die Betonplattform. An ihrer Spitze war ein Stern eingraviert.
Hinter den Türmen, im Schutz der Felsen, wo früher eine Art Stromanlage gestanden hatte, war jetzt eine große Halle. Ich wusste nicht, was eine Stromanlage genau machte und wie sie funktionierte, und ich wusste nicht, ob man die gläsernen Türme vielleicht zum Wind-Ernten brauchte, ich wusste vieles nicht, weder, was sie da aufstellten, noch, wozu.
Ich sah zu Bill. Seine Stirn war voller Gewitterwolken.
Dann sah ich noch etwas.
Am Berg, zwischen den Windrädern, hockten glatte, runde Halbsphären wie Zecken und glänzten in der Sonne. Sie waren bestimmt wohnhausgroß, hatten aber keine sichtbaren Fenster. So etwas hatte ich noch nie gesehen.
Bill wusste nicht, was es war. Er sagte: »Hier darf man nicht zu oft herkommen, das macht einem Kopfweh«, legte einen Arm um mich und zog mich zu sich.
Ich war umarmt.
»Auf der anderen Seite sieht es fast noch genauso aus wie immer«, meinte er.
Es war schön, von ihm umarmt zu sein. Ich legte meinen Kopf an seine Brust und wollte ihn zurückumarmen, aber er ließ mich wieder los, weil er mir etwas zeigen wollte. Ich hatte zu lange gewartet und war jetzt wieder einsam und un-umarmt.
»Schau da, siehst du den Turm?«, fragte er.
»Welchen?«
»Der da, der da hinter dem.«
Es würde ewig dauern. »Ist doch egal, die sehen alle gleich aus.«

»Nein, bitte, schau jetzt. Der, der so blendet, und der dahinter, der dritte ...«
»Was ist da drin, in diesen Türmen?«
Ich schaute auf den Stern an der Turmspitze. Der Stern hatte einen langen Arm.
»In dem da arbeitet Bob«, sagte Bill und versuchte mir immer noch, diesen einen Turm zu zeigen. Ich sah von den Türmen weg ihm ins Gesicht. »Was soll Bob da drin bitte arbeiten?«
»Das weiß ich nicht, er darf nicht darüber reden. Aber es ist irgendeine Computerarbeit.«
»Was denn für eine?«
»Weiß ich nicht. Eine geheime.«
»Seit wann versteht Bob etwas von Computern?«
Bill zuckte die Schultern. Er selbst verstand nicht viel von Computern.
»Und was ist mit der Fischerei?«
Die hohe Kunst des Fischfangs war eine Disziplin, die zu erlernen nur einigen wenigen Auserwählten bestimmt war. Viele hatten sich um die Ausbildung bemüht, zum Beispiel ich, und waren abgelehnt worden. Mein Vater, ein Meister dieser Kunst, hatte sie an seinen Sohn weitergegeben, und die beiden hatten schließlich Bob, der immer bei uns herumlungerte, auserwählt, sie aufs Meer zu begleiten. Mein Vater hatte die beiden zu den Erben seiner Fischfangkunst bestimmt.
»Nichts. Aus ist es mit der Fischerei.«
Zuerst hatten sie die Anzahl ihrer Fischgänge eingeschränkt. Nicht mehr jeden Tag, nur mehr jeden zweiten. Dann jeden dritten. Dann einmal in der Woche. Nur mehr die Fische fürs Gasthaus und für ein paar Freunde. Dann waren sie gemeinsam im Hof

gesessen und hatten für die ganze Woche Fische geschuppt und ausgenommen. Nach dieser Arbeit waren sie beide silberglänzend und glitschig gewesen und hatten gestunken. Dann hatten sie die Fische eingefroren.

»Ganz aus?«

»Fast ganz aus.«

Ich schwieg. Wie traurig.

»Er hat den Kutter verkauft«, sagte Bill dann. Ich schluckte. »Er kommt nicht mehr. Er braucht Geld. Rotbuller-Edi hat ihn vom Hausboot geschmissen.«

»Warum?«

»Keine Ahnung. Irgendwelche Frauengeschichten. Bob hat sich an Rotbuller-Edis Freundin rangemacht. Oder hat er sich nicht an die Freundin rangemacht und Rotbuller-Edi hat nur geglaubt, er würde sich an sie ranmachen. Was weiß ich. Irgend so etwas.«

Er kaute auf seiner Unterlippe und kniff die Augen zusammen. »Er hat eine Zahnlücke«, sagte er dann.

»Wer? Bob?«

»Ja, gleich hinter dem Eckzahn. Da.« Und er zeigte auf einen seiner eigenen Zähne.

»Hat Rotbuller-Edi ihn verprügelt?« Ich lachte.

Rotbuller-Edi war der kleine, etwas übergewichtige Sohn der Frau Bürgermeister. Er war es gewesen, der mir damals Geld gegeben hatte, um meinen Busen zu berühren. Eine Zeit lang war Rotbuller-Edi – unter dem Namen *Bull* – auch in Bills und Bobs Piraten/Fischfang-Bande gewesen, aber dann hatte es eine Meuterei gegeben. Bob hatte ihn verprügelt, und Rotbuller-Edi hatte eine oppositionelle Piratenbande gegründet, in der großteils (hübsche) Mädchen Mitglieder gewesen waren. Er hatte seinen Piratenhauptsitz in einen Dreimastschoner verlegt, der im alten Hafen lag, seiner Mutter gehörte und auf dem er seitdem auch wohnte. Er hatte sich einen Papagei gekauft, der ihm davongeflogen war, weil er vergessen hatte, ihm die Flügel zu stutzen. Und er hatte den Jolly Roger gehisst. Bob und Bill hatten sich sehr geärgert.

Bill sah finster in den Hafen und fand nicht lustig, was ich gesagt hatte.

»Nein.«

»Und wieso hat er eine Zahnlücke?«

Bill schüttelte den Kopf und antwortete nicht. Ich wartete einige Momente, aber es kam nichts.

»Cool«, sagte ich dann.

»Na ja, cool ... ich weiß nicht. Sieht ziemlich scheiße aus.«

Ich schwieg und sah zu, wie die Fähre an dem Pier anlegte.

Die Schiffsschraube wirbelte noch mehr cyanfarbene Meerinnereien an die dunkelblaue Oberfläche. Die Matrosen warfen sich Anlegetaue zu, die sie um die Poller banden. Dann legten sie die Brücke aus. Eine junge Frau (nicht dieselbe wie beim letzten Mal, aber gleich alt und gleich gekleidet mit gleicher Frisur) ermahnte die Passagiere, zurückzutreten und nicht zu drängeln. Die meisten Passagiere waren Industriearbeiter. Sie drängelten nicht. Bill und ich drängelten auch nicht und warteten geduldig, bis sie von Bord gegangen waren.

Das Wasser begann sich zu beruhigen. Die Innereien glitten wieder auf den Grund des Meeres zu den versunkenen Schiffen und den Tiefseefischen. Und den schlechten Gedanken in Schachteln.

## DU SIEHST ZIEMLICH KAPUTT AUS

Wir schritten an Land. Hintereinander, ich nach ihm. Wir hatten es nicht eilig, besonders ich nicht. Ich hätte auch nichts dagegen gehabt, einfach auf der Fähre zu bleiben und wieder zurück zum Festland zu fahren. Auf einmal hatte ich Angst. Ich zog Bills Jacke aus, weil mir heiß war. Dann war mir gleich wieder kalt. Der getrocknete Schweiß juckte auf meiner Haut. Ich fühlte mich schmutzig und stinkend. Meine Fingernägel hatten schwarze Ränder, und wenn ich mir über die Haut kratzte, wurden sie noch schwärzer.

Wie lange war ich nicht mehr hier gewesen? Zwei Jahre? Hundert?

Mein erster Schritt auf Ei-Boden war ein unsicherer.

Der Boden war sehr hart. Alles hier war neu und glatt und perfekt. Sogar die Poller waren auf Hochglanz poliert. Der Beton war hellgrau und hatte keinen einzigen Riss. Nirgendwo wuchs ein Grashalm.

Die Plattform, auf der wir gelandet waren, war gigantisch. Eine zweite Plattform, von der aus man wohl die Türme begehen konnte, schob sich von der Seite über sie wie eine Stufe für Riesen. Eine weitere Riesenstufe führte auf eine dritte Ebene. Ein Parkplatz. Halb überdacht.

Auf allen Plattformen herrschte reger Verkehr, besonders auf unserer, der Hafen/SUNFISH/Supermarkt-Plattform. Arbeiter aus aller Herren Länder, zu Fuß, in

LKWs, auf Gabelstaplern. Dazwischen elegante Leute in Anzügen und Stöckelschuhen mit Aktentaschen und Clipboards.
Stumm und staunend trabte ich hinter Bill her, der wiederholte, dass man hier Kopfweh bekomme. Man bekam hier auch Kopfweh. Alles war hell und grell und reflektierte. Auf den Hallen prangte der Stern mit dem langen Arm, daneben stand STARFISH, und ich bemerkte, dass der Stern ein Seestern war. STARFISH und SUNFISH, bestimmt steckten sie unter einer Decke und wuschen einander Geld, dachte ich und drehte mich zu Bill, weil das Licht so stach.

Die Straße in den Norden der Insel war neu asphaltiert und breit, die Markierungen frisch und das Gestrüpp am Straßenrand entfernt. Dafür staubte es mehr. Ich saß hinter Bill auf seinem Moped und suchte den Hügel nach den Zecken ab. Sie saßen nur da, fett und glänzend, und taten nichts, woraus man hätte schließen können, was sie waren. Die Erde um sie herum war aufgegraben.
Die Landschaft war karg und trocken. Die Steineichen hatten ihre Blätter abgeworfen und warteten darauf, dass der Blitz in sie einschlug. Die Korkeichen waren nackt. Jemand hatte ihnen die Rinde abgezogen, das weiche Holz, das darunter zum Vorschein kam, war rot. Ich fand das Rot schön und erinnerte mich, dass sie nicht immer hier gewesen waren, irgendwann hatte jemand sie angeschleppt und an verschiedenen Orten gepflanzt, um zu sehen, wo sie am besten wuchsen. Mammie hatte uns Korkrinde geschenkt, wir hatten sie zersägt und zerschnitzt, Irina und ich. Irina hatte sie

gekaut und in Flaschen gestopft. Sie wollte den perfekten Korken machen. Ich wollte einen Delfin schnitzen. Die silbergrüne Olivenplantage, die dem Spanier gehörte, war verwildert, ebenso manche der Weingärten. Die Sonnenblumen fingen gerade zu blühen an. Wir fuhren vorbei an dem Süßwassersee, an dem Hühner-Maria mit ihren Hühnern und ihren schwarzen Schweinen wohnte, ein Stück an der Küste entlang, wo die Möwen in den Felsen nisteten, sahen den Eukalyptuswald in der Ferne, an dessen Rand der alte Eremit in seiner Badewanne lag (ob er wohl noch da war?). Wir durchquerten die blaue Stadt Ei (die Haupt- und einzige Stadt von Ei), fuhren vorbei am Vergnügungsviertel mit seinem Riesenrad, seinem Karussell und seinen Schießbuden, vorbei an der kleinen blau-weißen Kirche, dem Kiosk zwischen den hohen Palmen, der »Tony's Kiosk« hieß, mit seinen Plastiksonnenschirmen und Plastiksesseln und Plastiktischen, dem Alten Hafen mit seinen schönen Segelschiffen und Fischerbooten, wo Rotbuller-Edis allerschönster, zum Hausboot umgebauter Dreimastschoner mit seinem im Wind wehenden Jolly Roger lag, vorbei an dem hässlichen kleinen Hochhaus auf der anderen Seite der Bucht und am Fischmarkt, der jetzt geschlossen hatte.

Wir ließen die Stadt hinter uns, ich sah über Bills Schulter zum Sandstrand in der kleinen Bucht, auf deren felsigen Klippen als westlichster Punkt der Insel das blaue Gasthaus Wind und Wetter und gläsernen Windrädern trotzte, mit seinen schiefen Wänden und quietschenden Türen, mit seiner kleinen Steinmauer und dem Pfad, der zum Haupteingang führte und an dessen Seiten Mammie weißen Oleander und blaue

Hortensien gepflanzt hatte. Ich krallte mich in Bills Rücken.

Als ich den Helm abnahm, wehte mir der Wind vom Meer entgegen. Es war trocken und heiß, und die Zikaden schrien so laut, dass die Luft davon vibrierte. Bill parkte neben dem staubigen Pick-up und nahm meine Reisetasche. Er deutete mir, ihm voranzugehen, und ich ging. Durch das Gartentor, auf das Haus zu. Es war blau. Azurblau und himmelblau. Es hatte einen spitzen Dachgiebel, mehrere Balkone und eine schmale Außentreppe in den ersten Stock, die inzwischen beinahe von der Trompetenblume begraben wurde. Im ersten Stock befand sich der Wohnbereich, ebenerdig der Gastraum. Die Kneipe hatte zwei Namen und einen dritten, den die Leute benutzten. Über zwei Stufen gelangte man zum Haupteingang.

Ich griff nach der Türklinke und drückte, bekam sie aber nicht auf. Bill ging an mir vorbei und warf sich leicht gegen die Tür. Sie ließ sich mit einem lauten Kratzen aufschieben. Alle Türen und Fenster waren durch die Feuchtigkeit und Hitze verzogen.

Ich lachte verlegen.

Dann lachte ich nicht mehr.

Denn da war sie.

Sie war gerade dabei, Flaschen in die Kühlschränke unter der Theke zu schichten. Sie schaute auf.

Mein Blick saugte sich an ihr fest. Sie sah genauso aus, wie ich sie in Erinnerung hatte. Wie etwas, das meine Augen schon sehr oft angeschaut hatten. Als würde ich in einen Spiegel sehen, nein, vertrauter noch. Meine Augen fielen in ihre Form. Ich kannte jede Pore in ihrem Gesicht, jede Falte, jedes Haar. Die Welt um mich herum war durch den Vergleich mit ihr entstanden. Mein Ausgangspunkt war sie gewesen.

»Schau, wen ich mitgebracht habe!«, rief unser Bruder, unser großer Bruder, fröhlich.

Ihre gelben Augen leuchteten im schummrigen Licht.

Sie sah mich an.

Ich merkte, wie meine Knie zu zittern begannen.

Wie sah ich denn aus?

Ich war flach wie ein Brett, dünn wie ein Gerippe, hatte keine Haare und trug stinkende Socken. Erkannte sie mich überhaupt? Ich ließ meine Tasche fallen, und mein Computer machte ein hartes, kaltes Geräusch auf dem steinernen Boden.

Bill, der die Tragik des Moments nicht verstand, latschte durch unseren Blickkontakt in die Küche.

»Gibt es was zu essen, Irina, ist noch Fischsuppe übrig?«

Irina antwortete nicht. Aber sie lächelte. Sie lächelte ein halbes Lächeln, nur ein Mundwinkel lächelte, der andere nicht. Dabei zog sie ihre kleine Nase kraus.

»Klarissa, isst du auch Fischsuppe? Vater! Klarissa ist wieder da!«, rief Bill aus der Küche.

Ich antwortete auch nicht.

»Natürlich isst du Fischsuppe! Ich schneide dir noch ein paar Kartoffeln rein, du musst jetzt viel essen, damit du wieder Biergläser tragen kannst.«

Ich lachte kurz und trocken auf, presste aber sofort wieder die Lippen aufeinander. Mein kurzes Lachen wanderte wie ein schüchternes Gespenst durch den Raum und wünschte, es wäre nie geboren worden.

Dann begann Bill, in der Küche zu singen. Er sang beide Stimmen eines zweistimmigen Liedes, er sang

den Solo-Part und unterbrach sich, um den Chor dazwischen zu singen, unterbrach sich erneut, um den Solo-Part fortzusetzen. Und er sang einen falschen Text.
Irina kam durch den Raum auf mich zu. Auf leisen Sohlen. Und blieb lautlos stehen. Sie fixierte mich mit ihren gelben Augen.
Ich spürte, wie meine Mundwinkel zuckten. (Wollte ich weinen oder lachen?) Ich spürte, wie es in meiner flachen Brust hämmerte. Wie mein Oktopus seine Tentakel kringelte. Wie meine Knie zitterten. Wie meine Wangen glühten. Wie das Blut durch meinen Körper schoss.
»Und wo warst du?«, fragte sie mich mit ihrer dunklen, hellen Stimme.
»Ich weiß nicht ... in einer Schachtel ... in Seenot ...«
»In Seenot?«
»Ja ...«
»Schon wieder?«
»Ja ...«
Ich hauchte das letzte »Ja«. Tränen stiegen mir in die Augen, und ich versuchte, sie wegzublinzeln, und ein paar kullerten meine Wangen hinunter, trafen sich auf meinem Kinn und tropften an meiner flachen Brust vorbei auf den Boden.
Wir hatten uns in einer Seenot getroffen, sie und ich. Sie hatte mich aus dem Wasser gezogen. Sie konnte viel besser schwimmen als ich. Viel länger unter Wasser bleiben und viel tiefer tauchen.
»Gut, dass du wieder da bist«, sagte sie.
Ich schniefte.
»Du siehst ziemlich kaputt aus«, sagte sie.

Ich nickte.
Ich wollte sie umarmen und in ihren Hals weinen, aber wir standen uns nur gegenüber und sahen einander an, und es war eine Schlucht zwischen uns. Ich blinzelte Tränen weg, und sie lächelte weich und legte mir die Hand kurz auf die Schulter und ließ sie gleich wieder los, denn unser Vater kam die knarrenden Holztreppen herunter und hustete schleimig. Irina drehte sich zu ihm und fragte ihn, ob er seinen Tee getrunken habe. Er sah auf meine flache Brust, die unter Bills Jacke versteckt war. Auf den Oktopus, der dort wohnte. Dann sah er mir in die Augen.
Sein Gesicht war verwildert wie die Olivenplantage vom Spanier. Sein Bart- und Haupthaar war länger und grauer geworden. Seine Wangen unter dem Bart wirkten hohler. Seine Augen saßen tief in ihren Höhlen wie zwei Seeungeheuer. Er sagte nichts, aber ich hatte auch nicht erwartet, dass er etwas sagen würde. Irina erfuhr nicht, ob er seinen Tee getrunken hatte.
»Wie geht es dir, Papa?«, fragte ich ihn.
Mein Vater zuckte die Schultern. Er sah aus wie ein störrischer kleiner Junge. Wie er seinen Kopf schief legte, seine Schultern leicht anhob und mit trotzigem Blick aus seinem Bart hervorsah. *Mir geht es gut*, sagte sein Blick. *Ich werde mit allem fertig.*
Ich konnte nicht sagen, ob er sich freute. Der Einzige, der sich freute, war Bill, der immer noch sang, aber seine Stimme wurde leiser, weil er durch die Küchentür in den Garten ging, wo er nach seinen Pflanzen schaute.

# WAS ICH IM WASSER SAH – 3

*Im Flur ist es kühl und still. Die Baustellengeräusche von draußen werden durch die Tür gedämpft. Sie klingen wie das aufdringliche Surren einer Fliege.*
*Aus den Wohnungen dringt kein Geräusch. Ich erinnere mich, dass ich, als ich das letzte und einzige Mal hier war, Babys schreien und Hunde bellen gehört habe. Und Fernseher, die hinter den geschlossenen Türen summten, Menschen, die plapperten, lachten oder stritten.*
*Jetzt ist es still, ganz still.*

*Ich warte und lausche.*

*Dann gehe ich einen Schritt, und mein Flipflop schnalzt mir gegen die Ferse. Es ist ein scharfes Geräusch, das im Treppenhaus hallt.*
*Dann ist es wieder ruhig.*
*Nur die Fliege surrt vor der Tür.*

*Ich werfe einen Blick auf die verrosteten Briefkästen an der Wand. Der Briefschlitz von Irinas Wohnung ist mit Werbungen zugemüllt. Alle anderen Briefschlitze auch. Ungeöffnete Briefe liegen auf den Briefkästen.*
*Neben den Briefkästen hat eine Trichterspinne ein feinmaschiges Netz gebaut, das wie ein Schwalbennest in der Ecke klebt. Staubflocken haben es grau gefärbt. Kleine tote Tiere hängen darin.*

*Auf den Briefen liegt feiner Staub.*
*Als würde keine Menschenseele mehr hier sein, als wären sie alle schon weg.*

*Ich steige die steinernen Treppen hinauf.*
*Vorsichtig horchend.*
*Meine Schritte hallen durch das nackte Treppenhaus, die Flipflops klatschen hart auf den Stein.*
*Ich gehe langsam.*
*Mir ist schwindlig, so wie mir oft schwindlig ist, und ich halte mich am Geländer fest.*
*Jemand hat ein süßes Sprudelgetränk darüber geleert. Haare und Staubflocken kleben daran.*

*Ich warte kurz. Dann gehe ich weiter.*

*Manche der Wohnungstüren sind nicht richtig geschlossen und lehnen in den Angeln, und man sieht ein kleines Stück Wand und ein kleines Stück Fußboden aus dem Inneren. Als wäre jemand da, der sie aufgemacht hat und jetzt mucksmäuschenstill darauf wartet, dass ich vorbeigehe.*
*Die Fenster in den Zwischengeschossen sind alle geschlossen, um die Hitze nicht reinzulassen, aber sie findet trotzdem einen Weg.*
*Es wird immer heißer, je höher ich steige.*

*Irina wohnt gleich unter dem Wellblechdach.*
*Und je näher ich dem Dach komme, desto mehr glaube ich etwas zu hören, ein leises Geräusch, klingelnd, rieselnd, leise plätschernd. Irgendwo ist Wasser in Bewegung.*

*Als ich die Treppen zu ihrer Wohnung hinaufkomme, sehe ich es. Die Fußmatte vor ihrer Tür schwimmt in einer Pfütze. Wasser, das aus der Wohnung auf den Gang dringt. Klares, durchsichtiges Wasser, durch das man die Fußbodenfliesen sieht. Jemand hat ein Handtuch in den Türschlitz geklemmt, um das Wasser aufzuhalten, aber es lässt sich genauso wenig aufhalten wie die Hitze. Es trägt Staubflocken vom Fußboden mit auf seinem Weg zu den Treppen.*

## SIE HAT MIR GEHOLFEN

Es war einmal ...
Ein Fischer und sein Sohn. Und seine Tochter. Und Mammie.
Täglich fuhren der Fischer und sein Sohn mit einem kleinen Boot aufs Meer hinaus, um dort Netze auszuwerfen und andere wieder einzuholen. Sie fuhren in der Dunkelheit davon und kamen mit den ersten Sonnenstrahlen zurück. Dann setzten sie sich auf die Steinstufen vor der Küche und schuppten die Fische und nahmen sie aus, bis die Tochter ihnen Frühstück brachte. Nachdem sie gegessen hatten, duschte der Sohn des Fischers und wusch sich die Fischschuppen von den Armen. Die Tochter räumte auf und wusch Geschirr. Manchmal half ihr Mammie, manchmal war sie nicht da. Dann gingen der Sohn und die Tochter des Fischers zur Schule, der Fischer fuhr zum Fischmarkt und verkaufte die Fische. Wenn der Sohn und die Tochter des Fischers aus der Schule kamen, bereitete Mammie das Menü vor, die Tochter musste ihr dabei helfen, während der Fischer und sein Sohn Bierfässer schleppten. Das Gasthaus öffnete um fünf. Die Tochter durfte noch ihre Hausaufgaben machen und musste dann beten und schlafen gehen. So ging das jeden Tag.
Die Tochter war darüber sehr unglücklich. Sie hatte sich nicht für die Rolle der Küchenhilfe beworben. Sie hätte die Rolle auch abgelehnt, wenn man sie gefragt

hätte, aber man hatte sie nicht gefragt. Sie wollte auch fischen. Sie wollte mit ihrem Vater auf dem kleinen Boot im dunklen Meer alleine sein, sie wollte seine Ein-Wort-Sätze verstehen lernen und auf seine Ein-Wort-Befehle reagieren können, sodass er ihr am Schluss auch auf die Schulter klopfen und »Gut« sagen würde, wie er es bei ihrem Bruder tat. Sie beneidete ihren Bruder für die Stunden alleine mit dem Fischer, in denen die beiden stumm wie Fische aufs Meer starrten oder Ein-Wort-Sätze sprachen. Als der Sohn des Fischers dann auch noch seinen besten Freund rekrutierte und der Fischer das Angebot dankend annahm, beschloss die Tochter des Fischers zu handeln.

Sie nahm all ihren Mut zusammen und trug dem Fischer ihre Bitte vor. Der Fischer lächelte sein schönes Lächeln, nahm sie bei der Schulter und betastete ihren Oberarm. Sie spannte alle Muskeln an, damit er sehen konnte, wie stark sie war, und er drückte ihren Bizeps wie Gummi zusammen. Dann klopfte er ihr auf den Rücken, lächelte wieder, rief nach seinem Sohn und dem besten Freund seines Sohnes und stand auf.

Die Tochter des Fischers glühte vor Scham. Ihr dürrer Oberarm hing wie ein Verräter an ihr herunter. Zu schwach, um die Netze aus dem Wasser zu zerren. Zu schwach, um das Ruder zu halten.

Sie lief davon, versteckte sich in der Felsenbucht, wo sie den Tag damit verbrachte, große Steine und Felsbrocken ins Wasser zu werfen und sich über das laute Platschen und die hohen Wasserfontänen zu freuen. In der Nacht entwickelte sie einen Plan. Sie würde aufstehen, bevor der Fischer und sein Sohn hinausfuhren, um die Netze einzuholen, und sie würde mit einem

kleinen Boot voll glänzender silberner Fische zurück sein, wenn die beiden sich aufmachten. Sie wusste (ungefähr), wo die Netze lagen. Sie wusste auch (ungefähr), wie man das kleine Motorboot steuerte.
Es war tiefschwarze Nacht, als die Tochter des Fischers ins Boot kletterte und die Vertäuung löste. Eine leichte Brise wehte ihr nasse, kalte Luft ins Gesicht. Sie ließ den Motor ins Wasser gleiten, riss mehrere Male am Starterseil und schaffte es schließlich, ihn zum Leben zu erwecken. Leise tuckerte das kleine Boot aus der Bucht. Das schwarze Wasser schlug gegen den Bug. Die Tochter steuerte gen Südwesten, beschleunigte auf fünfzehn Knoten, der Wind kam von Backbord, und sie war stolz, weil sie verstand, wie sie das Ruder halten und das Boot lenken musste.
Aber einen Moment später geriet sie in eine Windbö, die ihr das Ruder aus der Hand riss. Eine gischtschäumende Welle schwappte ins Boot und warf sie gegen die Planken, sie schrie auf und heulte, konnte nichts mehr sehen und schluckte bei jedem Atemzug salziges Wasser. Das Meer zischte und fauchte wie ein tollwütiges Tier und warf das Boot wie eine Nussschale hin und her.
Als sie wieder zu sich kam, lag sie am Strand, keuchte und hustete Wasser, und ein fremdes, wunderschönes Mädchen beugte sich über sie, seine langen schwarzen Haare klebten an seinem Hals und seinem Gesicht. Das fremde, wunderschöne Mädchen zerrte die Tochter des Fischers hoch, schlang seine dünnen Arme von hinten fest um ihre Brust und drückte zu, sodass die Tochter des Fischers noch mehr Wasser spuckte. Dann lagen die beiden lange Zeit im Sand und atmeten. Die

Tochter des Fischers bemerkte, dass das fremde, wunderschöne Mädchen gar kein Mädchen war und kein Mensch.

Ein silberner Streifen erschien am Horizont, der Himmel wurde lavendelfarben, und die weißgoldene Scheibe der Sonne schob sich über den Berg. Kleine Fischerboote tuckerten mit Fischen beladen nach Hause, und mit einem Schlag setzte die Tochter des Fischers sich auf. Sie starrte das fremde, wunderschöne Mädchen, das kein Mädchen und kein Mensch war, mit weit aufgerissenen Augen an.

»Das Boot! Wo ist das Boot?«, rief die Tochter des Fischers.

Das fremde, wunderschöne Mädchen, das kein Mädchen und kein Mensch war, sah sie mit großen Augen an und verfolgte wie eine Katze, die spielen will, die Bewegungen ihrer Hände.

»Wo ist es?«, rief die Tochter des Fischers verzweifelt. »Ich war doch gerade noch auf dem Boot? Hast du es gesehen? Wo ist es?«

Als das fremde, wunderschöne Mädchen, das kein Mädchen und kein Mensch war, immer noch nicht reagierte, begann die Tochter des Fischers, am Strand auf und ab zu laufen und nach dem Boot Ausschau zu halten, und warf dabei immer wieder Blicke auf die Klippe, wo das Gasthaus mit seinen schiefen Wänden und in der Morgensonne hell strahlenden Fenstern vorwurfsvoll zurückblickte.

Die Tochter des Fischers versuchte, sich zu erinnern. »Dort bin ich losgefahren. Und hier bin ich in die Bö gekommen, und der Wind kommt von ...« Sie steckte sich den Zeigefinger in den Mund, um ihn zu befeuch-

ten, und riss ihn dann in die Luft. »... Süden, und das heißt, ich muss hierhin abgetrieben sein, und das Boot ist vielleicht in der Kreuzottern-Bucht oder ...«
Das Oder blieb in der Luft hängen, denn jetzt sah sie den Fischer – ihren Vater – und seinen Sohn und den besten Freund seines Sohnes über den Strand auf sie zulaufen und spürte, wie ihr wieder die Luft wegblieb, als hätte sie einen Schlag in den Bauch bekommen. Der Fischer riss sie in die Höhe und presste sie an sein Herz. Dabei sagte er kein Wort. Sie bekam wieder keine Luft. Der Sohn des Fischers und sein bester Freund standen etwas abseits und scharrten mit den Füßen im Sand.
Nach einer Ewigkeit lösten der Fischer und seine Tochter sich voneinander, und der Fischer putzte seiner Tochter und sich selbst die Nase. Sie hatte sein T-Shirt nassgeheult und blinzelte aus tränenverhangenen Augen.
»Sie hat mir geholfen.«
Das fremde, wunderschöne Mädchen, das kein Mädchen und kein Mensch war, saß mit verschränkten Beinen im grauen Sand und sah dem Fischer und seiner Tochter interessiert zu. Der Fischer setzte seine Tochter ab und beugte sich zu dem fremden, wunderschönen Mädchen, das kein Mädchen und kein Mensch war, hinunter. Es sagte nichts (weil es unsere Sprache nicht sprechen konnte), er sagte auch nichts (weil er sein Sprachpensum für den Tag schon längst aufgebraucht hatte). Aber er half dem fremden, wunderschönen Mädchen, das kein Mädchen und kein Mensch war, auf die Beine, klopfte ihm auf die Schulter und bedeutete ihm, nachdem er sich vergewissert hatte, dass es alleine war, mitzukommen.

Als Mammie an diesem Morgen das Gasthaus auf der Klippe erreichte, war sie nicht einverstanden. Sie war mit überhaupt nichts einverstanden. Der Fischer und sein Sohn und seine Tochter und der beste Freund und das fremde, wunderschöne Mädchen, das kein Mädchen und kein Mensch war, saßen kichernd um den großen Tisch im Gastraum, tranken Kakao (mit oder ohne Rum), aßen Kekse und waren nicht in der Schule oder am Fischmarkt. Sie hatten ein neues Familienmitglied (damals dachten sie noch, einen Gast), das gierig Kekse in sich hineinstopfte und sich mit Schokolade bekleckerte.

Mammie blieb in der offenen Tür stehen, legte die Blumen ab, die sie gepflückt hatte, und besah sich das fremde, wunderschöne Mädchen, das kein Mädchen und kein Mensch war und dessen Geschichte der Sohn des Fischers in wenigen Worten für sie zusammengefasst hatte. Mammies Augen wurden schmale, kalte Schlitze, ihr Mund ein Strich. Sie bemerkte sofort, dass das fremde, wunderschöne Mädchen kein Mädchen und kein Mensch war. (Der Fischer, sein Sohn und der beste Freund hatten es nicht bemerkt.) Aber sie sagte es nicht. Sie sagte, dass sie die Kleine für ein Mitglied der Zigeunermafia hielt, die vor alle Kirchen und Gemeindesäle, auf alle Hauptplätze und Strandpromenaden Kinder setzte, die in Gärten Blumen klauten und sie dann an Passanten verkaufen wollten. Sie sagte, das fremde Mädchen werde bei Nacht und Nebel ihre ganze Zigeunerbande einschleusen, dem Fischer und seinen Kindern die Kehlen durchschneiden und das Gasthaus plündern.

Das fremde, wunderschöne Mädchen, das kein Mäd-

chen und kein Mensch war, verstand kein Wort und fand Mammie sofort sympathisch.
Es wurde die Schwester der Tochter des Fischers und des Fischers zweite Tochter und des Sohnes zweite Schwester und Mammies drittes (viertes?) Findelkind.
Die Tochter des Fischers begrub ihren Traum vom Fischen und ließ ihren Vater, ihren Bruder und den besten Freund auf dem Boot davonziehen. Sie hatte sich nie eine Schwester gewünscht, aber als sie eine bekam, hatte sie das Gefühl, nichts nichts nichts könnte besser sein auf der Welt.
Der Fischer war zu dem Schluss gekommen, dass das fremde, wunderschöne Mädchen, das kein Mädchen und kein Mensch war, ein Flüchtlingskind sein musste, das an den Strand der Insel gespült worden war. Vielleicht aus Asien, vielleicht aus Afrika, vielleicht aus Amerika. Es reagierte auf keine Sprache, also wusste man es nicht. Es wurde fotografiert, und die Fotos wurden verbreitet, aber keine Mama und kein Papa vermissten es. Niemand kannte es.
Damals gab es viele Unfälle mit Flüchtlingsbooten im Meer. Im Süden des Festlandes waren tote Geflüchtete angeschwemmt worden. Die Flüchtlingslager waren überfüllt, Menschen wohnten auf den Straßen. Man überlegte, wie sinnvoll es wäre, das fremde, wunderschöne Mädchen, das kein Mädchen und kein Mensch war, dorthin zu bringen.
Der Fischer machte ein paar Anrufe und bestach ein paar wichtige Leute mit Fisch und Schnaps. (In der Zeit sprach er mehr als in den Jahren davor und danach zusammen.) Sozialarbeiter kamen vorbei, der Fischer und sein Sohn und seine Tochter zeigten sich liebenswürdig,

Mammie zeigte sich kooperativ und anwesend, und so durfte das fremde, wunderschöne Mädchen, das kein Mädchen und kein Mensch war, bleiben. Der Fischer nannte es Irina und ließ es taufen. Und sie lebten glücklich und zufrieden.

## KANNST DU NICHT MEHR ESSEN

Vom Strand aus konnte man das Gasthaus auf seiner Klippe sehen. Die schiefen Wände stöhnten in der Sonne. Ich blinzelte in die Richtung, als ich meinen Kopf aus dem Wasser hob und mich wieder und wieder ins Salzwasser schnäuzte. Der Festlanddreck und das SUNFISH-Fett ließen sich abwaschen, am liebsten hätte ich auch mein Inneres mit Salzwasser abgeschrubbt. Ich rieb mir das Gesicht, die Augen, atmete Salzwasser ein und hustete es wieder aus, hoffte, damit den Ruß aus meinen Nebenhöhlen zu bekommen, tauchte und tauchte und rubbelte mir unter Wasser den kahlen Kopf, meine Schultern, meinen Hals, meine Arme, grub meine Finger in den Sand und ließ die Sandkörner die schwarzen Ränder unter meinen Nägeln entfernen. Ich trat auf Seegras und zuckte zurück, machte mir dann klar, dass es zu früh für Quallen war, schwamm ein paar Züge und war sofort außer Atem. Ich war sehr ungeschickt, aber ich war allein.

Irina hatte mich hierher begleitet, sich kurz ins Wasser geworfen, war lange, lange Zeit nicht mehr aufgetaucht, und dann war ihr Kopf weit draußen aus den Wellen gebrochen, während ich bis zum Nabel im Wasser gestanden war und mich Zentimeter für Zentimeter hineingearbeitet hatte. Wenn eine Welle mich überraschte, hatte eine Gänsehaut meinen ganzen Körper überzogen und es hatte fast wehgetan. Das Meer war riesig und trotz der Hitze an Land sehr kalt. Irina hatte mich ausgelacht, als sie zurückgekrault war und ich es immer noch nicht geschafft hatte, den Kopf unterzutauchen. Sie war aus dem Wasser gestiegen, hatte sich ihr Kleid übergeworfen und war triefend wieder den Weg die Felsen hinauf zum Gasthaus gegangen, barfuß über die spitzen Felsen, während ich ihr, mit dem Nabel im Wasser, dabei zugesehen hatte.

Ich hatte einen Film gemacht, in dem sie diesen Weg gegangen war, vor hundert Jahren, in einer anderen Zeit, in einem anderen Leben, als ich noch keinen Oktopus gehabt hatte.

Der Oktopus unter dem Shirt reagierte sensibel auf das Salzwasser – immerhin hatte er bis jetzt auf dem Trockenen gelebt – und kribbelte und brannte. Vielleicht wollte er sich von meinem Oberkörper lösen und wie Irina davonschwimmen. Ich wusch ihn sorgfältig und streichelte ihn unter dem Shirt. Ich hatte noch nicht den Mut gehabt, ihn der Sonne und dem Blick meines Vaters auszusetzen, und lange überlegen müssen, was ich zum Schwimmen anziehen sollte. Schließlich hatte ich mich für ein ärmelloses Shirt und eine Bikinihose entschieden. Die Bikinis, die dem vollbusigen kleinen Mädchen gehört hatten, passten mir nicht, aber eine der Hosen konnte ich an den Seiten enger zusammenknoten, sodass sie in der Strömung nicht davontrieb. Sie war schwarz und hatte ein Muster aus kleinen, herzförmigen Wassermelonen.

Es war verrückt, hier in diesem Leben zu sein, das diesem anderen Mädchen gehört hatte, herumzulaufen in dieser Umgebung und so zu tun, als wäre ich dieses Mädchen. Was hatte ich mir nur dabei gedacht?

Gar nichts hatte ich gedacht, ich hatte nicht nachgedacht.
Ich war eine Schiffbrüchige in Seenot. Wenn man am Ertrinken war, konnte man nicht viel denken. Was mir blieb, war das Schwimmen, das Wasserteilen mit den Armen und das Luftholen im rechten Moment, wenn die Wellen zurückwichen, um im wütenden Schlag neu auszuholen.
Das Wasser war nicht sehr klar und man konnte nur hin und wieder kleine Fische sehen. Ich versuchte mit offenen Augen zu tauchen, aber es brannte zu sehr, und ich gab es auf. Dann machte ich einen Handstand, versuchte im Handstand unter Wasser zu gehen, zappelte mit den Beinen in der Luft, fiel um und tauchte hustend und spuckend wieder auf. Früher hatte ich das alles gekonnt.
Schließlich musste ich raus, weil meine Fingernägel blau anliefen und ich zu zittern begann. Der trockene graue Sand war so heiß, dass ich hüpfend zu den Flipflops rennen musste, die Irina mir gegeben hatte, weil ich keine besaß. Sie selbst war, ohne mit der Wimper zu zucken, über den Strand gegangen, ruhig und tropfend, wie ein Fakir über glühende Kohlen. Ich ging denselben Weg wie sie durch die Felsen zum Gasthaus.

Früher hatte es »Zur schwankenden Weltkugel« geheißen. Meine Mutter hatte es »Admiral Benbow« genannt, und so stand es auch auf dem Schild neben der Tür geschrieben. Aber alle, die kamen, trafen sich »auf der Klippe«, ohne spezifische Namensangabe.
Meine Mutter hatte vielleicht geglaubt, dass der Name »Admiral Benbow« Abenteuer und Piraten anlocken

würde. Piraten waren bis jetzt noch keine gekommen. (Es sei denn, man zählte Bob.) Kein Captain mit Schatzkarte - auch keiner ohne Schatzkarte -, obwohl Irina und ich auf einen gewartet hatten. Kein blinder Alter. Kein »Schwarzer Hund«.

Die Umbenennung hatte stattgefunden, bevor ich geboren wurde, ich hatte nie in der »schwankenden Weltkugel« gewohnt. Das Schild mit dem neuen Namen quietschte in seinen Angeln, wenn der Wind wehte, und wurde jedes Jahr im Frühling von meinem Vater frisch lackiert. Im Gastraum aber konnte man überall noch den ehemaligen Namen lesen, er war in die Theke eingraviert, in die Schneidemaschine zum Schinken- und Käseschneiden, in den Stein über dem Kamin und in die Kasse, die mein Vater weiterhin verwendete, obwohl sie unpraktisch und sperrig war, weil er sie so schön fand.

So umschwebte uns der Geist der schwankenden Weltkugel wie etwas, das wir verdrängen wollten und das immer wieder an die Oberfläche kam.

Ich hatte den Namen nicht gemocht. Ich hatte mich durch das Schwanken bedroht gefühlt. Es war etwas, das mich überallhin begleitete und mir die Unstetigkeit der Welt vor Augen geführt hatte. Der Boden unter den Füßen schwankte. Immer. Nichts war sicher. Irina hatte mir erklärt, dass das Schwanken des Gasthauses dem Schwanken der restlichen Welt entgegenwirke. »So wie Minus mal Minus Plus ergibt.«

Hier sei folglich der stabilste Punkt der Welt, meinte sie. Und sie war die Hüterin der schwankenden Weltkugel gewesen.

Die Wände des Gasthauses waren schief, sie neigten

sich nach innen. Die Türen und Fenster waren verzogen, und der Wind pfiff durch die Ritzen. Von allen Fenstern hatte man einen schönen Ausblick, entweder auf das offene Meer, auf die Felsenbucht, den Strand oder auf die Stadt in der Ferne, die den Berg hinaufwanderte und auf dessen höchstem Punkt der Funkturm aufgestellt war, der die ganze Nacht rot blinkte.
Und überall waren Windräder. Rotierende Blumen. Hinter der Stadt. Den Berg hinauf. Im Wasser. Weit draußen, auf offener See.

Ich duschte.
Ich suchte im Badezimmerschrank nach Seife, fand ein Männerduschgel und schrubbte mich damit von Kopf bis Fuß, reinigte jede Hautfalte gründlich, putzte mir die Zähne, schnitt mir die Zehen- und Fingernägel und rieb mich mit Kokosöl ein.
Dann betrat ich das Zimmer, Irinas und mein Zimmer, mein ehemaliges Zimmer, in dem ein großes Bett und zwei kleine Schreibtische standen und in dem Irina und ich gewohnt hatten. Neben meinem ehemaligen Schreibtisch lag meine Tasche aus der Stadt, die Bill wohl heraufgetragen hatte. Es war brechend heiß, die Nachmittagssonne brannte durch die Dachluke. Es war hier immer heiß gewesen. Ich stand ratlos vor dem Einbaukasten, der unser gemeinsamer Kleiderschrank gewesen war, und öffnete ihn. Ein paar alte Mädchenkleider waren noch da, neben Irinas Sachen, wie Reliquien einer Toten. Ich schlüpfte in eine alte grau-verwaschene Unterhose, die mir um die Beine schlotterte, und setzte mich auf das Bett, das unser Bett gewesen

war. In dem Robin und ich während des Theaterstücks geschlafen hatte. (Oder vielmehr hatte er geschlafen, und ich war mit offenen Augen wach gelegen und hatte durch die Dachluke gestarrt.) Jetzt war es Irinas Bett, es war schlampig gemacht, die Tagesdecke über die zerknitterte Bettwäsche geworfen, so wie Irina immer Betten machte. Mir fiel ein, dass wir heute wahrscheinlich beide hier schlafen würden, ich und meine verlorene Schwester, die nicht wusste, oder vielleicht doch, dass sie verloren war. Vielleicht war auch ich die verlorene Schwester und nicht sie.

Sie stand in der Tür. Ihre langen Haare waren noch immer (oder wieder) nass. Ihr Kleid voller Wasserflecken. Sie stützte sich mit einer Hand am Türrahmen ab.

»Willst du essen? Es gibt Essen«, sagte sie und sah mir ins Gesicht – nicht auf den Oktopus auf meiner nackten Brust. Nicht auf meine Glatze. Nicht auf meine Zahnstocherbeine.

Es erschreckte mich, dass sie hier war – so plötzlich – und mich anschauen konnte. Nur der Tätowierer hatte mich bis jetzt nackt gesehen.

Sie legte den Kopf schief.

*Essen?*

Ich stand auf und trat zum Kasten, damit sie mir nicht auf meine flache Brust starren könnte, falls sie es doch tun wollte.

»Ich komme gleich«, sagte ich und begann, in den Kleidungsstücken der Toten zu wühlen.

»Zieh dir was Schönes an, dann können wir nachher zum Friedhof gehen, wenn du magst«, sagte sie und ging. Ich hörte sie die Treppen zum Gasthaus hinunterlaufen und »Sie kommt gleich!« rufen.

Ich setzte mich zurück auf das Bett. Da war es wieder, das Schwanken der Weltkugel. Ich kippte auf die Seite und lag seitlich auf dem Bett, meine Füße am Boden. In meiner Kehle saß ein Würgen, und meine Augen brannten. Fing ich jetzt etwa schon wieder zu heulen an, was war nur mit mir los, wieso heulte ich die ganze Zeit? Ich hielt die Luft an, um nicht zu schluchzen, und schloss die Augen, aber die Tränen quollen unter meinen Lidern hervor und überschwemmten meine Augen. Es war zwecklos, es stoppen zu wollen.

Warum war ich hierhergekommen, in dieses Leben, das mir nicht mehr gehörte, wo kein Platz war für mich, wo es kein Bett gab und kein Zimmer und keine Mammie mehr?

Ich setzte mich auf. Hör auf zu heulen, Klarissa! Hör verdammt noch mal auf zu heulen. Du hast das alles zu verantworten, du hast zugelassen, dass man dich aus dieser Welt herausgeschrieben hat und in eine andere hinein. Du hast dich der Strömung überlassen und dich davonreißen lassen, und jetzt bist du eben hierher zurückgespült.

Ich wischte mir die Tränen und den Rotz vom Gesicht und atmete tief ein und aus.

Du wirst dich jetzt schön anziehen und dann zum Friedhof gehen. Du wirst dünne, lange Kerzen kaufen, sie in der Kirche vor dem Marienbild in den Sand stecken und für die Verstorbenen beten – fleißig beten –, so gut du kannst. Dann wirst du das Grab putzen und einen Trauerkranz auf den Grabstein legen und noch einmal beten, so gut du kannst.

Ich stemmte mich vom schwankenden Bett auf den schwankenden Boden.

In einem der oberen Regale waren Hemden. Weiße Hemden, die Bill getragen hatte, bis sie ihm zu klein geworden waren. Ich zog eines heraus. Es war so lang, dass ich es als Kleid tragen konnte. Ich schlüpfte hinein und knöpfte es bis obenhin zu. Es war frisch, weiß, sauber, gestärkt, hatte Bügelfalten und roch nach getrocknetem Lavendel. Ich krempelte die Ärmel auf. Nicht schlecht. Es sah aus wie ein Kleid. Vielleicht hätte Mammie es modern gefunden.

Ich kramte weiter im Kasten und fand einen Seidenschal, den ich mir um den kahlen Kopf wickeln konnte. Er war blau und cyanfarben wie Meerinnereien.

Dann wagte ich mich nach unten.

Alle Türen und Fenster standen offen, und der Wind zog durch den Raum. Der Deckenventilator brummte. Es roch nach Meer. Klebrig-salzig.

»Du siehst ja schon viel besser aus!«, rief Bill, als ich in den Gastraum trat. »Setz dich, es gibt Fischsuppe.«

Er zog mich auf einen Stuhl, stellte eine Schale vor mich und hielt mir den Brotkorb hin. Dass ich besser aussah, musste gelogen sein, aber auch mein Vater, der Rotwein trank und Brot kaute, lächelte ein bisschen. Immerhin war ich sauber, und man sah weder meine Glatze noch meinen Oktopus. Irina schaufelte Fischsuppe in sich hinein und lächelte nicht.

Ich sah mich im Raum um, den Löffel in der Hand. Bill deutete streng mit seinem Löffel auf meine Suppe. Ich rührte in der Suppe. *Iss jetzt!*

Mein Magen war ein harter, luftdicht verschlossener Sack, dessen Innenwände aneinanderklebten. Ich zog den Löffel aus der Suppe und steckte ihn in den Mund. Ein bisschen Fischsuppe war daran kleben geblieben.

Ich schluckte und wiederholte den Prozess. So würde diese große Schale nie leer werden.
»Kannst du nicht mehr essen?«, fragte mich Irina. »Du isst wie die Leute in den Hollywood-Filmen.«
Darüber hatte ich mich früher immer maßlos aufgeregt. Dass die Leute in Hollywood-Filmen essen spielten und dabei nicht aßen. Dann hatte ich gemerkt, wie schwierig es war, Essen zu filmen, und die Entscheidung, die Schauspielerinnen nur Selleriestangen knabbern zu lassen, verstanden. Irina wusste das. Sie wusste auch, dass ich wusste, dass sie das wusste.
Mein Vater schenkte mir Rotwein ein, und ich trank einen großen Schluck. (Trinken konnte ich noch!) Er lachte. Er sah schön aus, wenn er lachte, selbst in seinem verwilderten Zustand. Er hatte schöne goldene Haare und schöne blaue Augen und schöne weiße Zähne. Die Haut auf seinen Armen war bronzefarben.
Ich hätte am liebsten gleich wieder zu heulen begonnen, weil mein Vater so schön war, aber mein Vater hieß mich anstoßen, und wir leerten beide unsere Gläser. Ich war sofort betrunken.
»Ein Glas pro Tag hat der Arzt gesagt, Papa«, sagte Bill streng.
Mein Vater schenkte uns nach, um zu zeigen, dass er auf den Arzt und seine Aussagen nichts gab.
»Klarissa, sag was!«, rief Bill.
Ich wunderte mich, dass ich hier als Schiedsrichter aufgerufen wurde. »Sechzig Tropfen nach der Suppe, sagt der Pfarrer«, fiel mir ein, weil Mammie das immer gesagt hatte.
Irina lachte, und ich war überrascht, dass ich sie zum Lachen bringen konnte. Mein Vater lachte auch und

legte seine Hand auf meinen Arm. Seine bronzefarbene Hand. Die Berührung prickelte. Er schloss sie um meinen dünnen Arm.
Er hatte Lungenkrebs.
Das war Bills zweite schlechte Nachricht gewesen.

# ICH MACHE KINDER, DU MACHST GASTHAUS

»Sie war bei uns in der Früh, wie immer, sie hat gesagt, dass es heiß ist. Es war auch heiß, aber feucht-heiß, also eine gute Hitze, aber sie hat gesagt, dass es zu heiß ist, *viiiieeeel zu heiß, oh maaiiin Gott*, du weißt ja, wie sie das immer gesagt hat. Aber sie hat ganz normal ausgesehen, geschwitzt hat sie halt, aber es war ja auch heiß, und sie hat Blumen gebracht, die roten Blumen – keine Ahnung ... die auf der Wiese wachsen, die hat sie auch noch gepflückt für den Gastraum, bevor sie zu uns gekommen ist in der Früh, und dann ... dann ist sie mit dem Korb zum Markt gegangen.«
Wenn Irina etwas erzählte, spielte sie es immer szenisch nach. So hatte sie sich gerade einen imaginären Korb unter den Arm geklemmt und änderte dann die Körperhaltung, um sich selbst beim Putzen darzustellen.
»Und ich hab halt so geputzt und so, und dann krieg ich den Anruf von Evelyn, du weißt, wer Evelyn ist, die Blumenverkäuferin, und die ruft mich an – also auf der Klippe – und sagt mir, Mammie liegt mit grauem Gesicht auf dem Gemüsemarkt, *zementgrau* hat sie gesagt, und ich bin sofort losgerannt, ich hab nicht einmal zugesperrt, das ist mir aber erst später aufgefallen, und der Papa und Bill waren ja bei der Zuckerrohrernte. Und ich renne zum Gemüsemarkt und sehe da, bei dem Stand vom Marko, sitzt sie vor den Artischocken

auf einem Hocker, und Evelyn hält sie fest und Marko hält sie fest – sie ist ja schwer –, und sie hängt so auf dem Stuhl und ist voller Schweiß, ihre Bluse ganz nass – Evelyn wollte ihr was zu trinken geben, aber sie hat ihren Mund nicht getroffen und alles danebengeschüttet –, und ihre Augen waren so halb offen, und man hat nur das Weiße gesehen, und ich hab sofort gedacht, *Oh je! Oooooohhhhiiijeeeee!*, weil sie so komisch ausgesehen hat, zementgrau mit weißen Augen. Und ich hab mit ihr geschimpft, weil sie schon seit Tagen gesagt hat, vielleicht sollte sie zum Doktor, weil, etwas sei komisch, ihre Hände seien so taub, und ich hab mit ihr geschimpft und gesagt, *Jetzt musst du aber zum Doktor! Jetzt aber wirklich!*«

Dabei schimpfte Irina auch gleich noch mal mit mir.

»Und Evelyn hat gesagt, sie habe den Doktor schon angerufen, aber die sind halt nicht gekommen, diese Scheiß-Notärzte, über eine halbe Stunde haben sie gebraucht, und da hat sie dann schon zu atmen aufgehört, und der Marko und sein Bruder haben versucht, sie wiederzubeleben, ich weiß nicht, ich erinnere mich nicht, was dann war, sie haben sie auf den Boden gelegt und die Füße hochgelagert und ihr Eis aufgelegt und dann ... Evelyn hat mich in den Krankenwagen gezerrt, und wir sind ins Krankenhaus gefahren.«

Sie trat mit ihren Flipflops gegen einen kleinen Stein, der vor uns den Weg entlanghüpfte.

»Sie hat einen Tumor im Gehirn gehabt, haben sie gesagt, einen hühnereigroßen Tumor im Gehirn. Und es war ein Wunder, dass sie so lange gelebt hat mit dem Tumor, haben sie gesagt. Schau, da ist das Grab.«

Wir standen vor dem Grab meiner Mutter. Meiner leib-

lichen Mutter, der Ehefrau unseres Vaters, die vor langer Zeit gestorben war.
Es war dasselbe Grab. Sie hatten die beiden unter dieselbe Grabplatte gelegt.
Ich warf einen verwirrten Blick zu Irina, die ihn nicht erwiderte.
Der Grabstein trug die Namen meiner beiden Mütter. In feinen goldenen Lettern. Untereinander.
Meine Mutter. Und meine zweite Mutter.
Ariana Grill geborene Jung.
Und.
Maria Anastasia Klementina Salome Venezia Tozil.
Das hatte ich nicht gewusst. Niemand hatte mir gesagt, dass man die beiden ins selbe Grab gelegt hatte. Ich hätte vielleicht Einspruch erhoben, wenn mich jemand gefragt hätte. Aber keiner hatte mich gefragt, weil ich kein Handy gehabt hatte.
Das Grab war ein Blumenmeer, auf dem Blumenwellen hin- und herschwappten. So viele Blumen auf dem Grab meiner Mütter.
In mir brannte das schlechte Gewissen, weil ich keine Blumen gebracht hatte. Da war ich schon nicht beim Begräbnis gewesen, hatte keine Verantwortung übernommen, hatte nicht mitentschieden, wo man die tote Mammie begraben sollte, und dann hatte ich nicht einmal Blumen gebracht. Was war ich nur für eine Tochter.
Mammie hätte nicht im selben Grab wie meine Mutter begraben sein wollen. Sie hätte gefunden, dass ihr das nicht zustände. Sie hatte immer großen Wert darauf gelegt, uns zu zeigen, dass sie wusste, wo ihr Platz war – den sie selbst definiert hatte.

Ich war Tausende Male zusammen mit ihr vor diesem Grab gestanden, und sie hatte mich immer aufgefordert, fleißig zu beten.
Sie hatte von unserer leiblichen Mutter wie von einer gottgleichen Heiligen gesprochen, ein Abbild der Jungfrau Maria, deren heilige, gottgleiche Nachkommen wir waren, Bill und ich. Eine Mutter, die wir verehren und anbeten sollten und die dafür von einer Wolke aus über uns wachte und weinte, wenn wir schlimm waren.
Mammie hätte sich selbst niemals wichtig genug genommen, in diesem Grab zu liegen. Sie hätte das nicht gewollt.
Sie hatte uns in die Kirche geschleppt, uns auf die engen Bänke gezwängt und war selbst während der ganzen Predigt in der letzten Reihe stehen geblieben, weil sie gefunden hatte, dass bedeutendere Leute die Sitzplätze verdient hatten. Sie war immer als Letzte ehrfürchtig den Mittelgang entlanggeschritten, um sich die Hostie abzuholen, hatte dabei schuldbewusst den Blick gesenkt und sichtlich mit dem Wunsch gekämpft, dem Pfarrer die Hände oder den Rocksaum zu küssen.
Sie hatte sich zu uns ins Boot gesetzt, aber sie hatte nie das Kommando übernommen. Sie hatte meinem Vater die Entscheidungen überlassen und war nur manchmal unzufrieden gewesen (zum Beispiel, als Irina zu uns gekommen war). Sie hatte darauf bestanden, in einem Haus in der blauen Stadt zu wohnen, in einer Wohngemeinschaft mit mehreren alleinstehenden Frauen aus den verschiedensten Ländern, weil sie es (streng katholisch, wie sie gewesen war) unvertretbar gefunden hätte, unverheiratet mit einem Witwer

unter einem Dach zu leben. Manchmal war sie erst im Morgengrauen nach Hause gegangen und in der Früh schon wieder bei uns gewesen, aber sie hatte darauf bestanden.
Sie hatte eine übertriebene Bescheidenheit zur Schau gestellt, eine Bescheidenheit, die sie immer ein bisschen außerhalb gehalten und uns daran gehindert hatte, sie vollständig als Mutter-Ersatz anzusehen.

Sie kam als Gastarbeiterin auf die Insel.
In ihrem Heimatdorf gebe es keine Frauen, erzählte sie uns. Die Frauen verließen das Dorf und zogen durch die Länder, legten weite Strecken zurück, überquerten Grenzen und Gewässer und fanden in reichen Ländern zwar illegale, aber anständig bezahlte Arbeit, als Altenpflegerinnen oder als Betreuerinnen körperlich oder geistig behinderter Menschen. Das waren gute, langfristige Jobs, stabile Einnahmequellen - die Frauen betreuten und pflegten vierundzwanzig Stunden am Tag, sieben Tage die Woche, dreihundertfünfundsechzig Tage im Jahr, lebten (illegal) in den Häusern der zu betreuenden und pflegenden Personen und verdienten (illegal) gutes Geld, das sie nach Hause schickten.
Die Männer blieben zu Hause und bauten mit dem geschickten Geld große, schöne, palastartige Häuser, fotografierten sie und schickten die Fotos den arbeitenden Frauen. Die arbeitenden Frauen sammelten diese Fotos und zeigten sie bei Gelegenheit her, verglichen sie untereinander und schickten Verbesserungsvorschläge nach Hause.
Mammies Haus war ein dreistöckiger, lachsfarbener Kasten mit einer weißen Tür und goldener Türschnalle,

goldenen pseudo-barocken Balkongeländern und Treppen aus Marmorimitat. Vor dem Haus, auf beiden Seiten der Tür, standen weiße Statuen von anmutigen Frauen in wallenden Gewändern auf der staubigen Straße, die braun von getrocknetem Hühnerblut war. Der Innenhof (den man nicht fertigstellte, weil man für ein fertiges Haus Steuern zahlen müsste) war eine halb überdachte Schlammgrube mit Outdoor-Küche.
Mammie zeigte uns die Fotos immer wieder, zusammen mit weiteren Fotos.
Ein verschmitzt lächelnder Mann mit zusammengekniffenen Augen und ein paar Zähnen im Mund. Zwei kleine Kinder – ein zweijähriges Mädchen und ein Baby, das, kaum drei Wochen alt, schon mit Schmuck behängt wurde. Die kleinen Mädchen waren Mammies Kinder, der verschmitzt lächelnde Mann mit den paar Zähnen ihr Ehemann.
Sie war in dem frauenlosen Dorf aufgewachsen, während ihre Mutter im Ausland gearbeitet und ihr Vater das Haus umgebaut und getrunken hatte. Kaum dass sie volljährig gewesen war, hatte sie geheiratet und war schwanger geworden, und sobald ihre Kinder laufen und brabbeln konnten, war sie losgezogen, um ihre Mutter in Rente zu schicken, ihre Familie zu versorgen und Geld für die Verschönerung des Hauses aufzutreiben. Sie hatte alles schnell und effizient erledigt.
Dann brach in ihrem Land ein Bürgerkrieg aus, die einsamen Männer ohne Frauen begannen, sich die Schädel einzuschlagen und jagten Mammies Haus mitsamt ihrer Familie in die Luft. Mammie wurde von einer Gastarbeiterin zu einer Geflüchteten. Und hatte kein Zuhause mehr, in das sie hätte zurückkehren können.

Eine Freundin holte sie auf die Insel und quartierte sie in ihrer WG ein. Sie arbeitete auf dem Markt, erntete Wein, Äpfel und Oliven, war Küchengehilfin und Köchin, sie putzte Bürogebäude und Privatwohnungen, kehrte Stiegenhäuser und Straßen. Sie putzte im »Admiral Benbow«, als Ariana Grill starb und zwei Kleinkinder, einen ungesprächigen Mann und ein Gasthaus hinterließ.
Ich war ein Jahr alt. Mein Bruder drei.
Mammie sah dem ungesprächigen Mann ein paar Tage lang zu, wie er zwischen Kochen und Bierausschenken dem kleinen Jungen die Nase putzte und Karotten für das Baby pürierte, dann griff sie ein. Sie hob das schreiende Baby aus dem Kinderwagen, der hinter der Theke im verqualmten Gastraum stand, nahm den kleinen Jungen bei der Hand und sagte zu unserem stummen Vater: »Ich mache Kinder, du machst Gasthaus.«
Unser Vater nickte stumm und dankbar. Er war Anfang zwanzig, schwer überfordert, und sein Herz war gebrochen.
Er hieß Bartholo Grill.
Mammie nannte ihn Herr Bartho.
Die wenigen Dinge, die ich von ihm und Ariana Grill wusste, hatte mir Mammie erzählt. Sie war die einzige Quelle für die Geschichten meiner Familie.
»Und das war gut mit Gasthaus, weil kost fast nix und plötzlich ist Arbeit. Ist Geld. Ist Zuhause. Sehr gut Mann dein Papa ist! Und Mama war schön. So schön. Oh maaaiiiin Gott bitte, schön, so schön!«
Dass sie schön gewesen war, war eines der wenigen Dinge, von denen ich mich selbst überzeugen konnte, denn es gab Fotos von einer kleinen, zierlichen, aber

temperamentvoll wirkenden Frau mit wilden dunklen Locken und einem großen breiten Mund.
»Und gut! Soooo gut! Herzensgut, oh maaaiiin Gott.« Sie hatte in den wenigen Jahren, die mein Vater sie gekannt hatte, auch einen bleibenden Eindruck hinterlassen, denn er interessierte sich nie mehr für eine andere Frau.
Mammie und er waren ein Team.
Sie machte Kinder. Er machte Gasthaus.
Sie hatte ihre kleinen Mädchen nicht aufwachsen sehen. Uns schenkte sie ihre Mutterliebe, die so üppig aus ihrem großen Herzen quoll. Sie war eine Frau wie eine weiche Wolke. Sie trug mich auf ihren kurzen, starken Armen stundenlang herum und sang mir Lieder vor. Sie lächelte immer und lachte viel. Sie flocht mir Zöpfe, band mir Schleifen in die Haare und sagte mir wieder und immer wieder, was für ein wunderschönes kleines Mädchen - was für eine kleine *Prinzessin* - ich sei.

Jetzt waren die beiden - meine beiden Mütter - unter dem Grabstein vereint. Die kleine Frau mit den wilden schwarzen Locken, die für uns Mutter-Maria-gleich auf einer Wolke saß, von der aus sie winkte und weinte, und Mammie, die Frau, die eine Wolke gewesen war, unsere gute Fee, mit ihrem Vanilleduft, ihren massigen Oberarmen, ihren wogenden Riesenbrüsten, ihren kurzen, starken Beinen, die manchmal prall wie aufgeblasene Luftkissen ausgesehen hatten.
Die besonders heißen Tage hatte sie unter der Laube neben der Küche verbracht. Im Schatten der Laube, in der Brise vom Meer. Sie hatte einen Plastikeimer genommen, ihn mit kaltem Wasser und Eiswürfeln ge-

füllt und ihre Füße hineingestellt. So hatte sie Kartoffeln geschält, Petersilie gezupft, Oliven entkernt und dabei vor sich hin gesungen.
Ich stellte mir vor, wie die beiden unter der Grabplatte saßen und Schnaps tranken, obwohl ich nicht wusste, ob meine Mutter jemals Schnaps getrunken hatte. (Man stelle sich das vor: eine besoffene Mutter Maria.) Mammie würde das Beste aus der Situation machen, ihr Geschichten erzählen, ihr Glas nachfüllen und keine Ausrede gelten lassen, wenn Ariana Grill nicht mehr konnte. Sie würden viel Spaß miteinander haben.
Ich zupfte ein paar Piniennadeln von den Blumenkränzen und besprühte sie mit einer Gießkanne, obwohl sie frisch gegossen aussahen. Dann wusste ich nicht mehr weiter.
Irina neben mir betete fleißig. Sie flüsterte irgendein Gebet vor sich hin, den Rosenkranz vielleicht, immer wieder, immer wieder. Dabei zählte sie mit ihren Fingern. Mammie hätte das gemocht und es fleißig gefunden.
Irina hatte Mammie gern gehabt, so gut sie konnte, denn Mammie hatte Irina nicht so gern gehabt. Ihr Gleichgewicht war durch Irinas Ankunft durcheinandergeraten. Zum einen hatte Irina nicht – nie – gewusst, wo ihr Platz war (wo Mammie gefunden hatte, dass ihr Platz sei, und Mammie hatte eine seltsam irrationale Angst vor ausländischen Minderheiten gehabt, die sie manchmal sehr ungerecht sein ließ). Zum anderen hatte Irinas Ankunft die Autorität der heiligen Himmelsmutter infrage gestellt, weil Irina durch ihre Nicht-Blutsverwandtschaft aus dem Zuständigkeitsbereich der Himmelsmutter fiel und Bill und ich

das ungerecht gefunden und uns bei Mammie darüber beschwert hatten, dass unsere Mutter Irina nicht beschützte.

»Sie ist jetzt sicher in ihrem Himmel, wo sie immer hinwollte«, sagte Irina, als sie mit der fleißigen Beterei fertig war.

»Ja«, sagte ich, obwohl ich Atheistin war.

Irina nickte. »Bei ihren kleinen Mädchen und ihrem Mann und ihrem Haus. Und deine Mutter hat sicher nichts dagegen, dass Mammie bei ihr im Grab liegt.«

»Nein, sicher nicht, aber Mammie vielleicht ...«

Irina zog die Schultern hoch und ließ sie bedeutungsvoll wieder fallen. *So war Mammie eben gewesen.*

Ich schwieg.

Wir wanderten den Hügel hinab zurück in die blaue Stadt, an wild wachsenden Ohrenkakteen und vertrocknetem Gestrüpp vorbei. Die Sonne brannte auf die staubige Straße. Aus der Ferne tönte Baustellenlärm über das Geschrei der Zikaden. Die gläsernen Windräder stachen aus der staubigen Landschaft und blitzten wie die blank polierten Zähne eines Raubtiers.

# SCHAU SIE DIR AN

Ich wusste nicht, was ich mit Irina reden sollte.
Wenn es Bill gewesen wäre, mit dem ich über die staubige Straße gelaufen wäre, hätte ich mit ihm die Grabordnung besprechen und mich darüber beschweren können, dass Mammie das so nicht gewollt hätte. Und er hätte mir wahrscheinlich erklärt, dass Mammie sich zwar immer für minderwertig gehalten habe, wir mit dieser Geste aber posthum zeigten, dass sie zu uns gehört habe. Dass Mammies Freundinnen – vor allem die besten Freundinnen Rosa, Linda und Mitzi – ihm und unserem Vater um den Hals gefallen seien, weil sie so gute Menschen seien, die keinen Unterschied machten zwischen Blut und Wasser …
Oder er hätte etwas ganz anderes gesagt.
Vielleicht, dass es eine finanzielle Frage gewesen sei, dass Mammie kein Geld gehabt habe und wir auch nicht, um ein neues Grab auszuheben.
Er hätte auf alle Fälle irgendetwas gesagt, anders als Irina, die schwieg und auch keine Anstalten machte, etwas zu sagen. Ich hatte ihr alle Fragen gestellt, die mir einfielen, und sie hatte auf jede kurz und einsilbig geantwortet. Zwischen meinen Fragen wurde die Stille immer dicker und die Pausen immer drückender, und in meiner Brust breitete sich ein brennendes Gefühl aus. Der Oktopus auf meiner Brust kringelte frustriert seine Tentakel.

Irinas Handflächen fuhren über Farne, die am Straßenrand wuchsen, sie zupfte Blätter von tief hängenden Zweigen, pflückte eine grüne Kirschpflaume, polierte sie in ihrem Kleid, kostete sie, verzog das Gesicht und spuckte sie auf die Straße.
Ich sah ihr verstohlen zu.
Wie könnte ich ein Gespräch beginnen? Ein Gespräch – im Idealfall –, wie wir es vor ein paar Jahren geführt hätten. Eines, bei dem wir beide reden konnten, was uns einfiel und wie es uns einfiel, ohne Angst davor zu haben, nicht die richtigen Worte zu finden.

»Was ist deine Lieblingszahl?«, hatte ich sie einmal gefragt, als wir gemeinsam von der Schule nach Hause gegangen waren. »Meine Lieblingszahl ist fünf. Fünf ist die schönste Zahl.«
Sie hatte meine Frage nicht verstanden, was meine ich, schönste Zahl, was sei eine schönste Zahl?
Ich hatte erklärt: »Na ja, die Neuner sind auch schön, aber sieben ist eine blöde Zahl.«
Für sie war das unverständlich gewesen. Zahlen seien wichtig, hatte ihr unser Vater erklärt, weil sie Zahlen fürs Rechnen brauche, damit sie im Gasthaus kassieren können würde. Deswegen hatte sie ganz passabel kopfrechnen gelernt, mit allem anderen hatte sie sich in der Schule sehr geplagt. Die Feinmotorik fürs Buchstaben-Malen. Die Aufmerksamkeit für Rechtschreibung. Die Liebe zum Detail beim Satzbau. Die Bedeutung der Worte *richtig* und *falsch*. Und die Genauigkeit beim Lernen ihrer Unterschiede. Mich hatte das nicht gewundert. Sie war ja auch kein Mensch, wie ich gewusst hatte, sondern ein Feen-Elfen-Monster aus dem

Meer, mit geheimnisvollen Gedanken. Meeres-Gedanken. Feen-Elfen-Monster-Gedanken.
»Warum findest du das eine Zeichen schön und das andere nicht?«
Ich hatte versucht, mich zu erklären: »Na ja, wegen der Form, aber auch wegen der Funktion.«
»Welche Funktion?«
»Na ja, wegen ... aaaach, wie soll ich das jetzt sagen? Na ja, fünf ist so glatt und gut und flutscht so schön durch alle anderen Zahlen durch, aber sieben bleibt immer irgendwo stecken.«
Sie hatte mich verwirrt angesehen. »Aber es gibt doch überhaupt keine Zahlen, das ist doch alles erfunden mit den Zahlen, wegen dem Geld.«
Das hatte ich nicht glauben wollen. »Nein, es gibt auch einen Stein und zwei Steine, nicht nur einen Cent, zwei Cent, drei Cent.«
»Aber wozu ein Stein, zwei Steine? Es gibt ja nicht Einstein, Zweisteine.«
»Doch. Ein Stein, zwei Steine! Drei Steine! Vier Steine!«
»Aber *der* Stein ...«, und sie hatte auf einen, dann auf einen anderen gedeutet, »ist nicht derselbe wie *der* Stein.«
»Nein, eh nicht!«
Sie hatte genickt. »Wenn man also sagt, das sind zwei Steine, und die beiden da drüben sind auch zwei Steine, dann stimmt das nicht, denn es sind ja jeweils andere Steine. Es ist dasselbe, aber auch nicht dasselbe, also passt es nicht wirklich. Also nur unwirklich. Also ist eines erfunden.«
»Hä?« So viel sophistische Hirnakrobatik war zu viel für meinen kleinen Kopf gewesen.

Sie hatte hinzugefügt: »Nur beim Geld passt es wirklich, weil beides erfunden ist, verstehst du?«
Bis heute hatte ich kein Argument gefunden, das diese Logik widerlegt hätte.

Ich überlegte immer fieberhafter. Irgendwas musste mir doch einfallen. Ich hatte mich doch jahrelang mit ihr in meinem Kopf unterhalten, hatte unzählige Gespräche mit ihr geführt, während ich ums Überleben gekämpft hatte, im weißen Krankenhaus, in Robins Wohnung, in der Kiffer-WG auf dem schwankenden Festland, seit ich schiffbrüchig war. Was hatte ich noch nicht gefragt? Irgendwas musste mir doch einfallen.
Wiegehtesdir? Wieistesfürdichimgasthaus? Wieistes fürdichohnemammie? Wasmachstdudennsonstso? Wassagstduzudenwindrädern? Wassagstduzumeinem oktopus?
Der Oktopus bohrte von außen einen Tentakel in meinen Magen. Ich hatte verlernt, mit ihr zu sprechen, konnte nur mehr Un-Sprache sprechen und keine interessanten Fragen mehr stellen.
Seit dem Theaterstück war alles zwischen uns vernichtet, auch wenn man keine brennenden Trümmer und keine Leichen herumliegen sah.
Stille.
Leere.
Unendlicher Raum zwischen uns.
Jahre zwischen uns.
Und kein Werkzeug, die Raumzeit zur Seite zu schaffen.
Wir trabten nebeneinander über die staubige Straße den Hügel hinab.

Die blaue Stadt lag unter uns und blitzte blau in der Sonne. Die Luft flimmerte. Es sah wirklich fast so aus wie immer. Nur wenn man den Kopf hob, sah man das Heer an Windrädern aus dem Süden auf sie zukommen. Rotierend, gläsern-weiß und schlank.
Die blaue Stadt lag in der Bucht, ausgebreitet um den Alten Hafen, in den die schnurgerade Hauptstraße mündete. Das Rathaus an ihrem höchsten Punkt, die Kirche und der Kirchplatz in ihrer Mitte, die blauen Häuser säumten sie. Blau die Wände, die Sockel, die Ornamente, Verzierungen, Umrandungen und Säulen. Das Rathaus war nicht blau, sondern weiß. Aber es hatte eine blaue Tür.
Die Bewohner gaben sich Mühe mit der blauen Stadt, aber sie war altersschwach. Dass der Fischmarkt zugesperrt hatte, war ein schwerer Schlag für sie gewesen. Der Fischmarkt hatte zugesperrt, weil die Standgebühr erhöht worden war, und die Leute hatten gesagt, es lohne sich nicht mehr. Wer die Standgebühr erhöht hatte und warum, und woher die Leute jetzt ihre Fische nahmen, wusste ich nicht. Manche bestellten sie wohl online. Außerdem gab es einen Supermarkt, der tiefgefrorene Fische verkaufte. Die jährliche Wein- und Schnapsverkostung im Oleandergarten in der Schlossruine war ebenfalls eingestellt worden, weil die Standgebühr erhöht worden war. Aber das war schon lange her, und inzwischen vermisste sie niemand mehr.
In der blauen Stadt läuteten die Glocken. Wenn man in der Nähe der Kirche war, musste man jetzt seine Gespräche unterbrechen und warten, bis sie fertig geläutet hatten. Die Glocken waren sehr laut. Es war ein Konzert, das über mehrere Minuten ging, eine seit Jahr-

hunderten immer gleiche Melodie, die jeder mitsingen konnte und die den meisten auf die Nerven ging.
Ich sang in Gedanken mit, während Irina Farne auszupfte und sie durch ihre Finger gleiten ließ.
DIMM-DUMM-DIMM-DIMM
DUM-DUM-DIM-DUUUMMM
Irina fing an, laut mitzusingen.
Die Einwohner hatten (weil sie gehört hatten, dass das irgendwo anders funktioniert hatte) vor langer Zeit die ganze Stadt blau angestrichen, um Touristen anzulocken. Sie hatten Oleander an die Straßenränder gepflanzt, hatten Gehwege und Rasenflächen angelegt und alles sorgfältig gepflegt. Es waren ein paar Touristen gekommen, und man hatte am Ostufer begonnen, ein Vier-Sterne-Hotel zu bauen, aber weil der Ansturm nicht groß genug gewesen war, hatten sie irgendwann einfach aufgehört, und jetzt stand das Skelett des Vier-Sterne-Hotels in der Landschaft, und man konnte durch zwei Reihen bienenwabenartiger Zimmer zum Meer sehen. Die Touristen wohnten entweder im Hotel in der Stadt oder am Strand beim Eremiten, aber viele kamen ohnehin nicht.
Trotzdem hatten sich die Bewohner weiterhin bemüht. Sie hatten die Neuzugezogenen tatkräftig bei der Eröffnung von Kebab-Buden und Billigläden unterstützt. Sie hatten die Kellnerinnen in Englischkurse geschickt. Englischsprachige Speisekarten gedruckt. Günstige Wohnungen gebaut. Die Arbeiter vom Industrieviertel in die Gemeinde zu integrieren versucht.
Hoch über ihren Köpfen aber wirbelten die Windräder und warfen das Sonnenlicht zersplittert in tausend Farben auf die Zahnlücken der Stadt. Auf die alten Häu-

ser mit den zugemauerten Fenstern und Türen. Auf die Zu-verkaufen-Schilder in den leeren Schaufenstern.
Wir gingen durch die Stadt, weil Irina Milch kaufen musste, was sie in der Früh vergessen hatte. Sie sagte, sie vergesse ständig etwas. Mammie hatte immer die Einkäufe übernommen.
Die blaue Hauptstraße wirkte wie ein Friedhof für Geschäfte, Eisdielen und Restaurants. Viele Gastgärten hatten geschlossen. Die Tische und Stühle waren weggeräumt oder standen verschnürt und staubig an den Wänden. Es waren Leute unterwegs, die Stadt war nicht gänzlich ausgestorben, aber es kam mir alles leer und still und einsam vor.
Wir gingen schweigend zum Ende der Straße. Tony's Kiosk hatte geöffnet. Dort sammelte es sich, fast alle Tische waren besetzt. Es gab sogar Musik. Tony selbst pennte an den Kiosk gelehnt auf einem Plastikstuhl im Schatten. Seine Sonnenschirme waren weit geöffnete SUNFISH-Blumen, mit SUNFISH-Logo, bunten Fischen und Blasen darauf.
Im Kiosk stand Kiosk-Maria, Tonys Frau, und sah auf einem kleinen Bildschirm fern. Ihre Haare wehten im Wind eines Ventilators, der auf sie gerichtet war. Es lief eine Telenovela mit tragischer Musik und einem blonden Mann, der auf einem weißen Pferd durch eine englische Landschaft ritt und dabei ganz traurig aussah.
Irina begrüßte Kiosk-Maria, hob die Hand und winkte. Kiosk-Maria sah aus dem Kiosk in die hell erleuchtete Welt. In ihren Augen lag der englische Schmerz des blonden Mannes auf seinem weißen Pferd. Wahrscheinlich musste seine Geliebte einen anderen heiraten.

»Hallo Irina«, rief sie, und ihre Stimme war ein dunkles Tal voller Trauer.
Irina ging auf sie zu. Ich trottete hinterher.
»Ist es schon fünf?«, fragte Irina und lehnte sich über die Kiosk-Theke.
Es war noch nicht fünf. Kiosk-Maria schüttelte den Kopf und seufzte tief.
*Was für ein Unglück für Count Lanchester, dass es noch nicht fünf war!*
Ich lehnte mich neben Irina an die Kiosk-Theke. »Seit wann habt ihr SUNFISH-Sonnenschirme?«, fragte ich.
Kiosk-Maria blinkte englischer Schmerz aus den Augen. »Ach, schon eine Weile. Wir verkaufen jetzt größtenteils SUNFISH. Die machen uns gute Preise und liefern hierher, wenn wir ihre Schirme aufstellen.« Dann unterbrach sie sich. »Klarissa?«
Sie flüsterte jetzt, als wäre meine Anwesenheit ein Geheimnis. Ein *englisches* Geheimnis. Der schöne Count Lanchester auf seinem weißen Pferd hatte mich geschickt, um die Lady von Manchester bei Nacht und Nebel aus dem Schloss des hässlichen und bösartigen Duke von York zu entführen.
Nun gut.
Auf.
In.
Die.
Schlacht.
Ich nickte und grüßte.
Kiosk-Maria war fassungslos. »Klarissa, du bist ... Das darf doch nicht ... Tony! Tony! Wach sofort auf, schau, wer hier ist! Schau sie dir an!«
Die englische Blase um uns herum zerplatzte.

Kiosk-Maria war eigentlich nicht viel älter als Irina und ich, aber sie wirkte fast, als könnte sie unsere Mutter sein. Sie hatte drei Kinder und Tony. Sie war eine Frau wie ein Traktor.
Sie schrie so laut, dass die Leute, die auf den Plastikstühlen vor dem Kiosk saßen, erschreckt die Köpfe herumrissen und Tony wie vom Blitz getroffen aus seinem Sessel fuhr. Er stolperte auf mich zu und schüttelte mir die Hand, ohne mich wirklich wahrzunehmen.
»Das ist die Kleine von der Klippe«, verkündete Kiosk-Maria den Kiosk-Besuchern. »Sie ist aufs Festland gezogen und hat Krebs gekriegt, und jetzt ist sie wieder hier.«
Ich dankte ihr für diese taktvolle Zusammenfassung meines Lebens, aber sie war schon dabei, mich herumzuzeigen. Ich merkte, dass ich die meisten der herumsitzenden Leute kannte, und nickte und lächelte in verschiedene Richtungen. Irina lehnte an der Theke und sah auf den vernachlässigten englischen Mann auf seinem weißen Pferd. Mammies Freundin Mitzi kam auf mich zu und umarmte mich. Dabei spürte sie, dass ich keine Brüste mehr hatte, zuckte zusammen und drückte mich noch fester. Dann küsste sie mir die Wangen, die Stirn und meinen Kopf in dem meerinnereienfarbenen Tuch. Ich war froh, dass mich irgendwer umarmte, aber dann brach sie in Tränen aus (wegen Mammie, nicht wegen mir), und ich musste sie trösten.
Kiosk-Maria war unzufrieden darüber, wie sich die Situation entwickelte, und gab eine Runde SUNFISH-Schnaps aus, um die Stimmung zu heben. Ich stieß mit einem Mädchen aus meiner ehemaligen

Klasse an, das erzählte, es würde jetzt auch bald aufs Festland ziehen (und eine Zahnlücke in der Stadt hinterlassen), ich stieß mit den Leuten von der Windmühle und vom Karussell an, mit Tony und Kiosk-Maria und bemerkte dann, dass Irina in all dem Trubel verschwunden war. Ohne mir Bescheid zu sagen.
Vielleicht war es mittlerweile fünf.
Kiosk-Maria fragte mich Dinge über das Festland und wusste die Antworten alle selbst. Was gut war, denn ich hätte sie nicht gewusst. (Wo kann man den frischesten Fisch essen? Welche Bar war die angesagteste von allen Bars? Welcher Park der schönste? Welcher Strand der breiteste? Welches Eis das leckerste?) Einige der Umhersitzenden wussten die Antworten auch, aber sie waren sich nicht immer einig und fragten mich, weil ich es ja am besten wissen müsste.
»Aber Klarissa ...«, raunte Kiosk-Maria verschwörerisch, beugte sich über die Kiosk-Theke und spuckte mir kleine Wassertropfen ins Ohr. »Haben sie dir da kein Plastik einsetzen können, wie bei dieser Schauspielerin, die sich ihre Brüste durch Implantate ersetzen lassen hat, du weißt schon, wie heißt sie noch gleich?«
Ich ließ sie nachdenken und zuckte die Schultern.
»Ich hab ihre Silikonbrüste gegoogelt, die sehen ganz natürlich aus.«
Ich nickte.
»Und bei dir haben sie das nicht machen können?«
»Doch, aber ich wollte nicht.«
»Du wolltest nicht? Na gut, das ist wahrscheinlich sehr teuer, oder?«
»Die Krankenkasse hätte das bezahlt.«
»Ja? Und du wolltest nicht? Warum nicht?«

»Ich weiß nicht. Ich wollte nicht.«
Sie sah mich ratlos an. »Na gut ... wenn es deinen Mann nicht stört ...«
»Ich habe keinen Mann.« Ich konnte sehen, was sie dachte, und mein Gesicht begann zu glühen. Mein Kopf pochte. »Schau mal.«
Ich knöpfte dic oberen Knöpfe meines Hemdes auf und zeigte ihr meinen Oktopus.
Sie starrte.
Der Oktopus starrte zurück.
Sie trank einen Schluck SUNFISH-Schnaps. »Halleluja«, sagte sie dann und trank noch einen Schluck SUNFISH-Schnaps. »Und warum bitteschön ein Oktopus?«
Ich zuckte die Schultern.
»Ein bisschen aggressiv, oder?«
Dann drehte sie sich weg.
Ich wünschte, Irina wäre hier und ich könnte mit ihr gemeinsam auf die Klippe fliehen, weil es fünf war.
Ich wünschte, sie wäre hier, dann müsste ich vielleicht gar nicht fliehen.
Auch wenn wir nichts miteinander zu reden hatten, sie kannte mich doch, sie musste mich doch kennen, sie hatte gesagt, es sei gut, dass ich wieder da war ...
Ich knöpfte mein Hemd zu, damit niemand sonst meinen Oktopus sehen konnte, obwohl ich wusste, Kiosk-Maria würde es allen erzählen. Allen allen allen.

## WAS ICH IM WASSER SAH – 4

*Ich beuge mich über die Pfütze und klingele.*
*Die Klingel ist kaputt und klingelt nicht.*
*Also klopfe ich.*
*Ich trete in die Pfütze und klopfe noch einmal. Lauter.*
*Dann rufe ich: »Irina!« Und erhalte keine Antwort.*
*Ich rufe und klopfe noch ein paarmal, dann werde ich ängstlich.*

*Sie ist zu Hause, er hat mir versichert, dass sie zu Hause ist, sie gehe gar nicht mehr raus, hat er gesagt, aber vielleicht hat sie einen Moment seiner Unachtsamkeit genutzt und ist geflohen, aus der Wohnung unter dem Wellblechdach und die Treppen hinab und den Hügel hinab und mit wehenden Haaren zum Wasser.*
*Wo sonst sollte sie hin als zum Wasser.*

*Ich drücke die Türklinke.*
*Es ist nicht verschlossen, die Tür lässt sich öffnen, aber mit Mühe. Ich drücke mit aller Gewalt, und zwischen Tür und Türstock schießt Wasser ins Freie, strömt über meine Füße auf den Gang, tropft hallend ins Treppenhaus, und ich zwänge mich durch einen schmalen Spalt nach innen und versuche, die Tür schnell wieder zu schließen, um das Wasser aufzuhalten, es wird nicht weniger, ich drücke mich mit all meinem Gewicht gegen die Tür und lasse das Schloss schließlich zuschnappen.*
*Es schnappt ganz langsam zu.*

*Jetzt stehe ich im Wasser.*
*Bis zu den Knöcheln sind meine Füße versunken. Es hat die Türschwelle überschwemmt und steigt weiter.*
*Es ist schleimig und weich, wie kleine Quallen.*
*Es stinkt, wie brackes Wasser im Hochsommer stinkt.*

*Die Wohnung ist dunkel.*

*Im ersten Moment sehe ich nichts außer dem Kühlschranklicht, das aus dem offenen Kühlschrank ins Wasser leuchtet, sich dort spiegelt und verdoppelt, aber nicht weit dringt.*
*Die Kühlschranktür bewegt sich leicht in den Wogen, die ich werfe.*

## KANNST DU OKTOPUSSPRACHE

*Ich werde mir nichts mehr wegnehmen lassen. Ich werde mir keine fremde Realität aufpfropfen lassen und nicht mehr in jemand anderes Theaterstück mitspielen. Ich werde nur mehr nach meinem eigenen Wertesystem agieren. Ich habe überlebt. Ich bin eine Überlebende. Auch wenn ich dabei eine halbe Frau oder Un-Frau geworden bin.*

Warum hatte ich nicht die Macht, mich einfach in die Welt hineinzustellen und meine Zeichen in ihre Haut zu schreiben, sodass auch die anderen sie sehen und lesen konnten?

Ich ärgerte mich darüber, dass ich mich so einschüchtern ließ, von Kiosk-Maria, der Frau wie ein Traktor, mit ihrem panzerstarken Vorbau, den sie vor sich herschob wie ein Pflug seine Schaufeln. Sie stand immer breitbeinig, und ihre Brüste thronten auf ihren verschränkten Armen, erhoben und stolz wie Kanonenkugeln. Ihre Ellbogen und Nippel zum Kampf bereit, englische Schlösser einzunehmen, Burgherren - inklusive weißer Pferde - zu retten, dem Duke von York die Fresse zu polieren oder - noch besser - ihn mit SUNFISH-Produkten (die machten ihr einen guten Preis) zu vergiften und selbst den Thron zu besteigen. Sie wusste über alles Bescheid und hatte zu allem eine Meinung. Wer wie mit wem was. Wer wann und warum.

Ich hatte immer das Gefühl gehabt, nichts von der Welt zu verstehen. Ich verstand die Welt nicht. Ich hatte an

ihrer Entstehung nicht mitgearbeitet, war niemand, der Welten erschuf und Häuser baute, Windparks plante und Gesetze gestaltete. Standgebühren erhöhte. Ich sah durch die Kamera in die Welt, das war das Einzige, was ich ihr abgewinnen konnte, Formen, Schatten, Bewegungen, Farben. Der Mensch im ästhetisierten Mikrokosmos.
Ich hatte viele Jahre in der Stadt auf dem Festland gewohnt und war bis zum Schluss durch sie hindurchgewandert wie eine Touristin. Auf der Insel kannte ich mich auch nicht aus, wusste nicht, wo die wilden Brombeeren wuchsen, hatte mich Tausende Male auf dem Meer verirrt und hätte nie wieder an Land gefunden, wenn Irina nicht dabei gewesen wäre, die Norden, Osten, Süden, Westen permanent im Kopf hatte. Ich verlief mich sogar in meiner Heimatstadt!
Ich musste kurz stehen bleiben und nachdenken, wo ich war.
Wo war ich?
Ich hatte mich verlaufen.
Natürlich nicht wirklich verlaufen, die Stadt war zu klein, um sich wirklich zu verlaufen, aber ich war doch irgendwie von meinem Pfad abgewichen, kurzfristig planlos und orientierungsbedürftig.
Da stand ich.
Staunend wie die Kuh vorm neuen Tor.

Zu Hause wollte ich im Gasthaus helfen, aber ich war zu müde, und man schickte mich schlafen.
Ich stieg mit schweren Füßen die Treppen nach oben ins Bad, versuchte kalt zu duschen, aber es war zu kalt, und ich duschte nur halbkalt. Dann inspizierte ich

mein Gesicht. Ich sah wirklich wie eine Schiffbrüchige aus. Falten um die Augen und auf der Stirn, die blieben, auch wenn meine Züge entspannt waren. Die Augen groß und rot und mit violett-grünen Schatten darunter. Rund herum graugelbe Haut, die jetzt gerötet von der Sonne war. Haarstoppeln. Dunkel für jemanden, der fast blond gewesen war. Feine, dünne Halme auf den Augenbrauenknochen. Ein Schimmer von Wimpern.
Ich rieb meinen Oktopus mit Creme ein und ging in das dampfende Schlafzimmer. Von unten hörte man dumpfe Gasthausgeräusche. Musik – die Musik von unserem Vater – und Menschen, die durcheinanderredeten. Hin und wieder lautes Lachen. Ich fand ein Nachthemd in dem Kasten, es war von Mammie. Es war zartrosa und weiß, tief ausgeschnitten und hatte Puffärmel. Ich zog es mir über den Kopf, fand, dass ich damit wie eine Psychopathin aussah (der Oktopus, der aus den Spitzen blinzelte!), suchte und fand Bettzeug, machte das Licht aus und den Ventilator an, öffnete die Dachluke und rollte mich auf der Seite des Bettes, auf der ich früher geschlafen hatte, zu einer Kugel zusammen. Der Ventilator knackte, das Meer rauschte, im Gastraum lachte jemand.
Ich schloss die Augen und schlief.
Ich träumte, dass Irina mit meinem Oktopus redete und dass sie schließlich so laut wurde, dass ich davon erwachte, und ich erwachte, und da war sie und redete wirklich, und sie redete Oktopussprache, aber sie schlief dabei, also schlief ich auch wieder ein.
Als ich schließlich ganz erwachte, war sie nicht mehr da. Wie lange hatte ich geschlafen? Mein Kopf brummte, und der Ventilator brummte, und ich hatte Mücken-

stiche auf den Beinen und das Gefühl, dass es spät war. Ich kletterte aus dem Bett und musste mir wieder die Frage stellen, was ich anziehen sollte. Das Problem würde sich erst lösen, wenn ich meine Sachen aus der Stadt waschen würde. Ich öffnete also die schmierige Reisetasche und stülpte sie um. Sie erbrach Kleidungsstücke, Bleistifte und Bücher auf den Fußboden. Die Sachen der Fremden. Der Schiffbruch haftete an ihnen und der Gestank der Stadt. Ich stopfte sie in die Waschmaschine und tappte im Nachthemd und barfuß die Treppen zum Gasthaus hinab.

Dort lag mein Vater auf der Holzbank neben dem Kamin, auf der er immer lag, wenn keine Gäste da waren, und las Zeitung. Das Radio plapperte und dudelte vor sich hin. Mein Vater schaute auf und sah mich an. Sein Blick war scharf. Ich lächelte flüchtig und ging zur Kaffeemaschine hinter der Theke.

»Magst du auch?«, fragte ich ihn.

Sein Blick war eine Messerspitze, die sich in meinen Oktopus im Rüschendekolleté bohrte. Ich kehrte ihm den Rücken zu, schäumte Milch, und als ich das Dampfrohr abdrehte, brummte er, was *ja* hieß. Gleichzeitig hieß es auch, dass er bereit war, mit mir zu kommunizieren.

Ich machte Caffè Latte für uns, mischte zerstoßene Vanilleschoten in die geschäumte Milch, gab drei Löffel Zucker für meinen Vater dazu und verzierte das Ganze mit Schokoladenstreuseln. Mein Vater trank den Kaffee in einem Zug, ohne dessen Schönheit zu bewundern. Die Milch blieb an seinem Bart hängen. Ich löffelte langsam den Milchschaum, während ich mich im Gasthaus umsah. Das Licht hier hatte eine ganz

eigene Qualität, es fiel in Strahlen, so dicht, als könnte man es anfassen. Von der hohen Decke hing allerhand Kram, Steuerräder, Fernrohre, Netze, Bojen, Rettungsringe, ausgestopfte Fische, darunter ein ziemlich großer Schwertfisch mit einem sehr langen Schwert. Die Sachen waren staubig, ein ewiger Staub lag auf ihnen, der dem Licht diese Qualität einer anderen Zeit gab.
Die Wände waren blau, gedämpfter blau als außen. Hinter der Bar hingen dicht beieinander Bier-, Whiskey- und Rumwerbungen aus alten Zeiten. Sie waren auf Blech oder auf dickes Papier gedruckt, das gelb war vom Zigarettenrauch. Neben der Küchentür war eine riesige Weltkarte in Sepiatönen auf die Wand gemalt. Sie zeigte neben Kontinenten, Ländern, Gebirgen und Gewässern auch die Meeresströmungen, Winde und Seewege. Von Mammie wusste ich, dass unsere Mutter sie gemalt hatte. Auf der Weltkarte war die Insel Ei als ein winzig kleiner Punkt eingezeichnet, ein Mücken-Ei, und daneben hing eine alte Schatzkarte. Es war ein vergilbtes, gerahmtes Stück Papier, auf dem wiederum eine Insel abgebildet war, die streng genommen nicht wie Ei aussah, die mich (und schließlich auch Irina) aber trotzdem jahrelang zur Schatzsuche animiert hatte. In der rechten oberen Ecke strahlte ein Kompass die Himmelsrichtungen wie ein Stern ins Meer, und verschiedene Wegweiser, darunter ein Gerippe, deuteten auf den Schatz. Wir waren uns sicher gewesen, dass wir nur die Zeichen nicht richtig lasen, dass es sich dabei aber ganz bestimmt um unsere Insel handelte.
An der anderen Wand stand ein Bücherregal mit dicken, gebundenen Büchern, deren Ränder speckig und deren Seiten gelblich waren. Auf dem obersten Regalbrett

thronte ein Schiff in einer Flasche, das ich früher sehr gerne angeschaut hatte.
Der Kamin auf der gegenüberliegenden Seite, neben dem mein Vater lag, ragte wie ein dicker, warmer Bauch in den Raum. Ariana Grill hatte sein Fenster und den Schriftzug »Zur schwankenden Weltkugel« mit kleinen blauen Glasstücken verziert. Gerahmte Kupferstiche hingen um den Kamin herum. Sie zeigten Seejungfrauen, die Fischer aus Booten zogen, Sirenen, die auf ihren Inseln sangen und die Matrosen wahnsinnig werden ließen vor Sehnsucht, Riesenkraken, die Segelschiffe mit ihren Tentakeln umschlangen, Drachenköpfe, die sich aus Gewitterwolken hoben.
Die Tische waren aus hellem Holz und glänzten von den Tausenden Menschenhänden, die darauf gelegen waren. Auf ihnen standen schmale Kupfervasen, und lange Kerzen tropften Skulpturen auf das Holz. In den Vasen waren keine Blumen. Das war Mammies Beitrag gewesen. Sie hatte die Kneipe mit Blumen dekoriert, hatte Blütenblätter über die Theke gestreut und überall duftende Zweige aufgestellt.
Irina betrat den Raum mit einem Wischmopp und einem Eimer voll Wasser. Ich hob den Kopf und wollte etwas zu ihr sagen, wusste aber wieder nicht, was. Unser Vater war mittlerweile auf seiner Bank eingeschlafen.
»Alles klar?«, fragte ich sie schließlich.
Sie nickte. »Gut geschlafen?«
Ich nickte. »Warst du schon schwimmen?«
Sie nickte.
»Ich noch nicht.«
Sie nickte wieder.
Gute Güte, was für ein Gespräch.

Ich ging im Nachthemd in den Garten, um Blumen zu suchen und meinen Oktopus zu beruhigen, der schon wieder seine Tentakel in meine Gedärme drückte, und fand hinter der Steinmauer, die um unseren Garten lief, kleine gelbe Blumen, Butterblumen. Ich pflückte alle, die ich finden konnte.
»Du hast heute Nacht mit meinem Oktopus geredet«, sagte ich zu Irina, während ich die Blumen auf die leeren Vasen verteilte. Das war mir plötzlich wieder eingefallen. »Kannst du Oktopussprache?«
Sie blickte kurz auf, mir ins Gesicht und wandte sich gleich wieder ihrer Arbeit zu.
Ich musste mich an einem Stuhl festhalten, bis sich das Schwanken des Bodens beruhigt hatte, dann schob ich ihn an das Regal hinter der Theke, kletterte darauf und begann die oberen Fächer auszuräumen, die staubig und spinnwebenbehangen waren. Manche Gläser klebten am Holz, und ich musste sie vom Regal reißen. Irina füllte die Kühlschränke auf und brachte die leeren Flaschen in den Lagerraum unter der Treppe. Wir arbeiteten schweigend. Unser Vater schlief auf seiner Bank. Das Radio dudelte vor sich hin. Schließlich war Irina fertig und ging, ohne ein Wort zu sagen. Ich putzte noch eine Zeit lang Regale und wanderte dann durch die Klippen zur Bucht, wo ich Irina vermutete. Sie war nicht da. Weder am Strand noch im Meer. Vielleicht weit draußen, oder unter Wasser, wie die Oktopusse.
Ich stand mit den Füßen in der Brandung und sah zum Horizont. Dann ließ ich mich ins Wasser fallen und tauchte unter. Ich schrie unter Wasser auf, weil es so kalt war. Mein Schrei war ein dünner, leiser Laut, gegen

das dumpfe Dröhnen des Meeres in meinen Ohren. Ich blieb unter Wasser, solange ich konnte.

Im Sand glitzerten kleine Goldblättchen neben weißen Kieseln und schwarzen Steinflocken. Ich schlief im Schatten ein, weil ich mich so verausgabt hatte, und wurde wach, weil die Sonne gewandert war und mich verbrannte. Ich fühlte mich schwach und heiß glühend, und meine Zunge klebte am Gaumen, zwischen meinen Zähnen knirschte der Sand, und mir fiel auf, dass ich ein Gefühl im Magen hatte, ein Brennen und Ziehen, das man vielleicht Hunger nennen konnte. Hunger. Hatte ich schon lange nicht mehr gehabt.

Ich wankte zurück zum Gasthaus, schlich in die Küche und suchte im Kühlschrank nach etwas, das ich essen könnte. Plötzlich kam Irina herein und stellte sich neben mich. Ich hielt inne. Sie holte verschiedene Gläser aus dem Kühlschrank, Oliven, eingelegte Tomaten und Mozzarellabällchen, und begann, sich alles durcheinander in den Mund zu schieben.

»Und Robin kommt gar nicht?«, fragte sie mich kauend.

Ich schüttelte den Kopf.

Sie aß weiter.

Ich war zu lange in der Sonne gelegen, mein Gesicht glühte wie im Fieber. Die Sonne hatte mir wie ein Hammer auf den Kopf geschlagen. Mein Kopf war heiß und schwer.

Ich lehnte mich an einen Küchenschrank.

»Du musst Wasser trinken«, sagte sie.

»Ich muss mich hinsetzen«, sagte ich, torkelte in den Gastraum und setzte mich auf die Bank neben dem Kamin, von der mein Vater inzwischen verschwunden war. Es war heiß, so heiß, trotz offenem Fenster, Wind

und Ventilator. Ich konnte mich nicht erinnern, dass es früher hier auch so heiß gewesen war. Die Sonne schlug hart auf die staubige Landschaft. Wie lang diese Tage waren, wann kam denn endlich die Nacht?
Meine Arme und Beine glühten.
Meine Hände waren eiskalt.
Ich kühlte mein Gesicht mit meinen Händen.
Dann fiel mir ein, dass ich duschen könnte, stand auf und musste mich gleich wieder setzen, weil mir schwarz vor Augen wurde.
Irina kam mir nach und hielt mir ein Glas Wasser hin. »Geh dich duschen, dann schmier ich dich mit Joghurt ein«, sagte sie, und ich brummte wie mein Vater und bewegte mich nicht.
»Mit Joghurt einschmieren hilft!«
Ich brummte. Sie sah auf mich hinunter. Einen Moment lang. Dann ging sie, und ich schlief auf der Holzbank ein.

## DA IST JEMAND

Ich musste viel schlafen. Und ich schlief. Ich schlief mehr, als ich wach war. Wenn ich gerade einmal nicht schlief, schleppte ich mich von einem Schlafplatz zum anderen. Dann schlief ich wieder.

Die Hitze der Sonne, das ewige Schnauben des Meeres, das Pfeifen des Windes, die heftigen Gewitter, das Quietschen und Krachen und Knacken der Wände und Türen, die sirrenden Insekten in der Nacht, die großen Vögel aus dem Eukalyptuswald, die Anwesenheit von so viel Natur schlug mich nieder. Alles war so bunt und so grell und so laut und roch so extrem.

Mein Sonnenbrand war schlimmer als gedacht. Ich hatte Blasen an der Hüfte, auf den Oberschenkeln und auf den Schultern. Manchmal wachte ich auf, weil ein Sandkörnchen sich zwischen mich und meine Liegefläche geschoben hatte und der Sonnenbrand wütend aufflammte.

Ich war untauglich für die Arbeit im Gasthaus, auch untauglich für alles andere. Essen konnte ich kaum. Alles machte mich müde. Leute kamen und wollten mich sehen, und ich ließ mich nicht blicken. Ich versteckte mich, wenn es fünf war.

Eines Tages überraschte mich Mammies Freundin Rosa auf der Bank im Gasthaus, auf der normalerweise mein Vater schlief. Sie klopfte leise auf den Tisch, um sich bemerkbar zu machen, stellte vorsichtig das Kuchenblech ab, das sie trug, und flüsterte: »Hallohallo, ich bin es, nicht erschrecken, ich bin es nur.« Sie war klein und quadratisch wie Mammie, mit wogendem Gang. Auch eine Wolkenfrau, an der alles weich war. Sie hieß Maria Rosa, aber weil fast alle hier Maria hießen, hatte sie ihren zweiten Vornamen zum Rufnamen gemacht. Ich grüßte verschlafen und setzte mich auf.

Rosa arbeitete als Vierundzwanzig-Stunden-Pflege bei einer alten Frau und hatte immer nur kurz Ausgang, wenn die Familie der alten Frau zu Besuch kam. Sie machte Kuchen und verkaufte sie ans Gasthaus, froh, etwas zu tun zu haben, während sie der alten Frau beim Dahinvegetieren zusah.

Sie sank neben mir auf die Bank, griff mir an die Stirn und zog pfeifend Luft durch die Zähne. Dann rief sie so laut nach Bill, dass mein Kopf davon zu pochen begann. Bill kam aus dem Garten und küsste Rosa auf die Wange. Sie hielt mit einer Hand ihn, mit der anderen mich und erklärte ihm, dass sie mir eine Medizin zusammenbrauen würde und er sie abholen müsste. Dann ließ sie ihn los, strahlte mich an und lobte mich, weil ich gertenschlank war, *wie eine Balletttänzerin*, und weil ich den Krebs besiegt hatte.

»Ich habe für dich gebetet. Jeden Tag.«

Ich lächelte schüchtern und bedankte mich. Das war ja lieb, dass sie für mich gebetet hatte.

»Und jetzt ist sie gesund«, sagte Rosa zu Bill, stolz, als hätte allein ihre Beterei mich gesund gemacht.

»Sie sieht mir gerade nicht sehr gesund aus«, meinte Bill.

Aber Rosa wusste es besser: »Sie hat sich noch nicht eingewöhnt, sie kämpft noch gegen die Insel.«

Ich kämpfte noch gegen die Insel.
Das stimmte vielleicht, immerhin war ich gerade erst angespült worden und aus dem Wasser gekrochen. Ich wusste noch nicht, wie ich hier überleben konnte. Wo es einen sicheren Platz gab. Welche Tiere und Insekten gefährlich waren und welche nicht. Welche Menschen gefährlich waren und welche nicht. Was man essen konnte und was nicht.
»Hier ist es rau und wild. Das Klima ist hart«, sagte Rosa.
Sie berührte mich immer wieder mit ihren Wolkenfingern und nannte mich »liebes, schönes Kind«, obwohl sie meinen Oktopus aus dem Ausschnitt starren sah. Sie sagte, ich solle mich mit den Zehen hineingraben in die Insel. Aber meine Zehen hatten Sonnenbrand.
Mammie fehlte, die das raue, harte Klima weicher gemacht hätte, die mir gar nicht erlaubt hätte, ohne Sonnenschutz in die Sonne zu gehen, die mit mir Blumen pflücken und Kuchen holen gegangen wäre und die Essen in kleinen Dosen in mich hineingestopft hätte.
Rosa ging zu ihrer alten Frau zurück, und ich wünschte, sie wäre geblieben.

In der Nacht träumte ich von Mammie und träumte, dass sie tot war, und weinte darüber und erwachte, weil ich weinte, und Irina, die neben mir lag, schreckte aus dem Schlaf und fuhr hoch.
»Was ist los?«, rief sie.
Ich hielt die Luft an, um nicht zu schluchzen, und sie lauschte in die Nacht und sank dann zurück in die Kissen.

Ich wartete. Ich wollte nicht, dass sie mich weinen hörte. Nach einer Weile zog ich leise den Tränenrotz durch die Nase.

Irina war wach. »Hast du einen Albtraum gehabt?«, flüsterte sie.

»Ich habe von Mammie geträumt.«

Sie drehte sich zu mir. Ich hörte die Kissen rascheln und spürte einen leichten Luftzug, ihren Atem vielleicht. Sehen konnte ich nichts, es war so schwarz, alles Licht war aus. In der Stadt sah man immer etwas, so fest konnte man die Vorhänge nicht verschließen, dass das Licht der Straßenlaternen, der Autos und Leuchtreklamen nicht durchsickerte, es war nie dunkel wie hier, so dicht und schwarz.

Wir schwiegen und hörten auf unseren Atem und den Atem der Brandung, der gegen die Klippen krachte.

Dann fing sie leise flüsternd an, mir etwas zu erzählen, eine Geschichte, die ich ihr vorgelesen hatte, viele, viele Male. Sie hatte sie auswendig gelernt und erzählte sie jetzt Wort für Wort, wie sie in dem Buch stand, und manche Passagen konnte ich mitsprechen und andere wusste nur sie, und sie erzählte leise flüsternd, ihre Stimme ein weicher Ball, ihr Atem ein warmer, feuchter Hauch in meinem Gesicht.

*Ich erinnere mich an ihn, als wäre es gestern gewesen, dass er an die Tür zur Schenke gestapft kam, seine Schifferkiste in einem Schubkarren nachziehend, ein großer, starker, schwerer, nussbrauner Mann. Sein teeriger Zopf fiel über die Schulter seines fleckigen blauen Rocks, seine Hände waren schwielig und rissig mit schwarzen, abgebrochenen Fingernägeln, und der Säbelschmiss über seiner Wange war von wild-weißer*

*Farbe. Ich erinnere mich, wie er sich umsah und dabei vor sich hin pfiff und wie er dann das alte Lied anstimmte, das er später so oft sang.*

Das Lied.
Das mir immer half.
Als sie es sang, lachte ich leise. Sie sang es so wie ich.
Sie war mit mir in den Eukalyptuswald gegangen, um dort einen Schatz zu finden, und ich hatte ihr dieses Lied vorgesungen, auf dem Weg, die Klippen entlang auf den Eukalyptuswald zu.
Der Eukalyptuswald erstreckte sich nördlich von unserer Klippe über ein breites Gebiet, den Berg hinauf. Man hatte ihn dort angelegt, um den Boden trockenzulegen. Jetzt war er nicht mehr aufzuhalten, er breitete sich immer weiter aus, ließ die andere Vegetation verdorren und bedrohte das Grundwasser. Von unserer Klippe aus konnte man die Spitzen der silbergrünen Bäume sehen, deren ölige Blätter im Wind unheilvoll säuselten. Irgendetwas war da.
Wenn man am Abend durch den Wald fuhr, sah man manchmal zwischen den dunklen Baumstämmen bläulich-grünliche Schimmer. Vielleicht waren es Glühwürmchen, vielleicht waren es fluoreszierende Pilze, vielleicht waren es optische Täuschungen. Mammie hatte gesagt, es wären Geister, sie hatte sie »die untoten Toten« genannt und mir verboten, alleine in den Wald zu gehen, in dem schon so viel Schlimmes passiert war. Für sie war es doppelt schlimm gewesen, weil es die Geister von *Sündern* waren. Es war ein Selbstmörderwald. Hier kamen die Leute her, wenn sie nicht mehr leben wollten.

Ich wäre nie alleine hineingegangen, ich hätte mich nicht getraut, aber Irina, die sich nur vor seltsamen Dingen gefürchtet hatte (dem Fernseher, Computer, Autos und Waschmaschinen), hatte keine Angst vor der Begegnung mit den untoten Toten gehabt. Nachdem ich ihr erzählt hatte, dass in dem Eukalyptuswald vielleicht ein Piratenschatz vergraben war, war sie sofort losgelaufen.

Ich war mir sicher, dass dort *irgendwas* war.

Ich hatte Irinas Hand gehalten, als wir den Wald betreten hatten. Wir waren entlang der Küste gewandert, wo man zwischen den dicken Stämmen das Meer hindurchschimmern sah, und ich hatte ihr flüsternd von dem Piratenschatz erzählt. Er sei bestimmt unter einem sehr hohen Baum vergraben worden. Wir müssten uns nach drei hohen Bäumen in einer Linie umsehen. Unter dem mittleren und höchsten würde der Schatz vergraben sein. Wir hatten uns weiter in den Wald gewagt. Die Bäume hatten fleckige Schatten auf uns geworfen. Die Luft war angenehm frisch gewesen und hatte nach Eukalyptusöl gerochen.

Manche der Bäume hatten dort, wo die Rinde sich geschält hatte, neongrün, orange, pink und violettblau geleuchtet.

Als würden sie Farben bluten.

Irina hatte vor sich hin gebrabbelt, wie sie das oft getan hatte. »Eins, zwei, drei, ja so ist es gut, fünfzehn ... Pferde legen Eier. Und jetzt zum Wetter ...«

»Stimmt gar nicht, Pferde legen gar keine Eier!«

Plötzlich war sie stehen geblieben.

»Da ist jemand.«

Sie hatte das ganz ruhig und nüchtern gesagt und geradeaus gedeutet. »Da vorne.«

Sofort hatte mich die Angst überfallen. Ein Geist. Ich hatte es gleich gewusst. Der ehrwürdige Geist von Captain Flint, der seinen Schatz bewachte. Ein Geist mit einem Gesicht, das blau vom Rum-Trinken war, und einem dreieckigen Hut. Vielleicht einem Papageiengeist auf der Schulter.
Ein Vogel hatte gekreischt.
»Gehen wir!«, hatte ich gejammert und mich an Irina geklammert. Natürlich würde Captain Flint seinen Schatz bewachen und nicht zulassen, dass zwei kleine Mädchen (ein kleines Mädchen und ein fremdes, wunderschönes Mädchen, das kein Mädchen und kein Mensch war) ihn ausgruben.
Ich hatte sie fortziehen wollen, aber sie war gestanden, fest wie ein Eukalyptusbaum, und hatte in den Wald geschaut.
»Schau, da sind drei hohe Bäume.«
Sie hatte meine Hand losgelassen und war ein paar Schritte vorgetreten. Da war zwischen den Bäumen eine Gestalt erschienen. Ein Mann. Ein Mann kam auf uns zu. Ich erinnerte mich nicht an sein Gesicht. Wenn ich jetzt daran dachte, hatte ich den Eindruck, sein Gesicht war eine Maske gewesen. Eine maskenhafte Fratze. Blau-rot-violett. Mit großen weiten Augen. Wulstigen Augenbrauen. Wilden Haaren. Die Hände am Hosenschlitz seiner schmutzigen Jeans. Ich hatte zu kreischen begonnen, aber es war wie in einem Traum gewesen, nur in meinem Inneren hatte es geschrien, und nach draußen war lediglich ein zischend gepresster Laut gedrungen.
Mit zwei, drei schnellen Schritten war er bei mir gewesen, hatte mich auf die Seite gestoßen und sich auf

Irina geworfen. Irina hatte nach Luft geschnappt, ihr Gesicht war ganz blau geworden. Dann war sie nach hinten gefallen, er auf ihr und ich daneben. Seine Hand in ihren Haaren. Die bunten Stämme der Eukalyptusbäume hatten getanzt und waren dabei blassblau geworden, als wäre Nebel aufgezogen. Was hatte ich gehört? Schnaufen. Jeansstoff auf Haut. Rascheln. Reißen von Kleidung. Dann plötzlich ein lauter, klatschender Laut. Und ein überraschter, kurzer Schrei. Ein ersticktes Röcheln. Ein Knacken wie von trockenen Zweigen. Dann noch eines, laut und hohl, gefolgt von vielen, als würden kleine Zweige brechen. Ein Schlürfen und Schmatzen. Und ich hatte mich aufgerichtet, meine Finger im Erdboden, um zu spüren, wo unten gewesen war und wo oben.

Meine Schwester war verschwunden. Der fremde Körper tauchte in ein weit klaffendes, dunkles Loch. Ein Loch?

Was dann passiert war, wusste ich nicht genau.

Ein zweiter Geist war aufgetaucht.

»Keine Angst, Mädchen, ich bin der gute Geist der nackten Männer«, hatte er zu mir gesagt, oder vielleicht hatte er es auch nicht gesagt. Wir hatten Irina getragen, die schlaff und knochenlos zwischen uns gehangen hatte. Auf einmal war sie wieder da gewesen, meine Schwester, ihre Kleider zerrissen.

Sie hatte sich nicht bewegt, bis wir ins seichte Wasser der Felsenbucht gelangt waren, wo die Brandung ihr die teerig-klebrige Farbe abgewaschen hatte. Ein Zucken war durch ihren Körper gegangen, und sie hatte sich in die Wellen geworfen.

Sie hatte tagelang nichts gegessen und literweise Wasser in sich hineingeschüttet.

Sie hatte mich gefragt, ob ich böse auf sie war, weil wir den Schatz nicht gefunden hatten. Und ob ich sie *trotzdem* noch mochte.
»Trotz was?«
Sie war dieser Frage immer ausgewichen.
Irgendwann hatte ich aufgehört zu fragen und es vergessen. Erst jetzt fiel es mir wieder ein. Jetzt, wo ich schlief und sie mir die Geschichte von der Schatzinsel erzählte.
Mammie hatte mit uns geschimpft, weil wir in den Eukalyptuswald gegangen waren. »Was macht ihr in diese Wald, wo nur Geister sind, ihr dumme Mädchen! Sucht woanders eure Schatz!«

## DU HAST DA WAS

Nach ein paar Tagen begann sich meine Haut zu schälen. Ich konnte feine, dünne Hautblättchen von meinen Oberschenkeln und meiner Stirn ziehen und Hautfetzen aus meinen dunklen Haarstoppeln rubbeln.
Bill hatte mir eine Salbe aus zermahlenen Haferflocken und Joghurt zusammengepanscht, die er und Irina mir ins Gesicht, auf den Kopf und auf die Beine gestrichen hatten. Ich war zu schwach gewesen, um mich zu wehren. Ihnen machte die Hitze nichts aus, die wirklich heiße Zeit liege noch vor uns, ich solle mich auf die nächste Hitzewelle freuen.
Aber dann wurde es besser.
Meine Haut beruhigte sich, und ich hinterließ nicht mehr in allen Kleidungsstücken Hautflocken. Ich spannte eine Hängematte zwischen die Obstbäume im Garten, wo ich im Schatten schlief. Ich half mit kleinen Dingen im Gasthaus. Mit Säften. Und Salaten. Dazwischen las ich die alten Bücher aus dem Gasthaus und las Irina daraus vor, die immer öfter zu mir in die Hängematte kletterte und die Geschichten hören wollte, die sie ohnehin fast auswendig kannte. Die Geschichten waren dieselben, nur wir waren anders. Zumindest ich. Ich war sehr anders.
Ich las Geschichten von Schatzinseln, von Piraten und von Männern, die nach Schiffbrüchen auf einsame Inseln gespült wurden, sich die Erde und das Getier

darauf unterwarfen und die sich dann vor Menschenfressern verstecken mussten, um nicht gefressen zu werden. Die Schiffbrüchigen waren zum Glück viel schlauer als die Menschenfresser.
»Ich bin wie Freitag«, sagte Irina. Das hatte sie früher auch gesagt, als ich ihr dieses Buch vorgelesen hatte.
Ich widersprach – wie früher – heftig: »Freitag ist ein fiktiver Charakter, erfunden von einem weißen Mann, der die Alleinherrschaft der weißen Männer argumentativ stützen will.«
Dieses Argument hatte ich früher nicht angeführt.
»Aber mir muss man doch auch immer alles erklären.«
Das Buch wäre ein besseres Buch, wenn man auch Freitags Weisheiten und Geheimnisse erfahren würde und nicht nur die der Eroberer, fand ich.
»Zuerst kolonialisiert er das Land und dann die Gedanken im Kopf der anderen, indem er ihnen seine Dogmen aufpfropft.«
Irina sah mich mit großen Augen an. »Du bist aber klug«, sagte sie fast erschrocken.
Ich schüttelte heftig den Kopf und schämte mich, weil ich so geschwollen dahergeredet hatte. Ich wollte gar nicht, dass sie mich klug fand. Ich wollte, dass sie mich mochte.
Nach unserem Erlebnis im Eukalyptuswald hatte sich unsere Bindung gefestigt und war das geworden, was sie dann gewesen war. Der Boden, auf dem ich mich durch die Welt bewegt hatte. Mein Süßwasser.
Sie sah mich von der anderen Seite der Hängematte aus an. In ihren Augen war ein seltsames Flimmern. Als würden viele Gedanken dahinter vorbeiziehen, die sie nicht aussprechen wollte, warum auch immer. Ich

sah zurück. Zwischen uns lag die Raumzeit wie eine Schlucht. Eine Schlucht für Piraten, zum Reinfallen.
»Ich habe lange studiert, und dann habe ich mein Studium abgebrochen.«
»Weil du krank warst!«
»Egal. Ich habe nichts in der Hand und muss jetzt wieder anfangen, kellnern zu lernen.«
Kellnern. Überleben.
Sie lachte.

Jede Woche gab es ein Fischfest im Gasthaus, wenn Bill und mein Vater (ohne Bob) ihren frischen Fang brachten. In der ersten Woche lag ich wie ohnmächtig im Bett. In der zweiten Woche half ich in der Küche mit den Vorbereitungen und verkroch mich dann, um mich den Gästen nicht zeigen zu müssen. In der dritten Woche blieb ich und half. Und zeigte mich. Zeigte auch meinen Oktopus.
Der Oktopus selbst war nichts wirklich Besonderes. Viele Leute waren tätowiert, es gab eine Unmenge an Hobby-Tätowierern auf Ei. Die meisten experimentierten und übten an sich selbst. Sie hatten krakelige Schriftzüge, verbeulte Meerjungfrauen, zerknitterte Rosen, verzogene Schiffe und lahme Seeungeheuer auf Arme und Beine tätowiert. Sie probierten mit verschiedenen Tintenfarben, verschiedenen Nadeln und verschiedenen Techniken herum. Manchmal verlief es, und die Meerjungfrau hatte lebenslänglich ein blaues Auge.
Was die Leute interessierte, war das Kirchenchormädchen ohne Brüste. Die meisten kannten mich von früher. Ich kannte sie auch von früher. So richtig viel konnte ich mit ihnen nicht anfangen.

Rotbuller-Edi fragte mich, ob ich jetzt auf Frauen stehe. Seine besten Freunde Mirko, Ben und Fleischhacker-Michi lachten und hörten schlagartig auf zu lachen, als ich mit »Ja« antwortete. Bibi, die für die Inselzeitung arbeitete, sagte, dass sie mich bewundere. Einer sagte, ich hätte jetzt eine *viel ruhigere Energie* als früher. Ein anderer fragte mich, ob ich MDMA hätte. Oder LSD. Oder Mushrooms. Eine Freundin von Kiosk-Maria flüsterte laut, dass ich mich verschandelt hätte. Der Cowboy (ein Stammgast, der immer einen Cowboyhut trug) fragte mich, wie ich ihm das hatte antun können, und sagte, er sei *jetzt aber sehr enttäuscht.*
Bibi von der Inselzeitung nahm mich zur Seite, um mir noch schnell etwas Wichtiges zu sagen, sie habe da eine Idee gehabt, *und zwar, wie wäre es,* wenn sie einen Artikel für die Inselzeitung über mich schreiben würde. Immerhin sei ich eine regionale Künstlerin und man müsse alles Regionale fördern, jetzt, in diesen schwierigen Zeiten. Ich nickte und war einverstanden und freute mich ein bisschen.
Bill werkte am Grill, schwitzte an den Schläfen und wischte sich sein Gesicht an der Schulter ab. Neben ihm fehlte Bob, der Grillen liebte.
Mammie fehlte überall.
Unser Vater wanderte mit einem kleinen Glas Rotwein herum und sah nach dem Rechten. Irina trug acht große Biere. Ich drei.
Die Klippe war ein Haupttreffpunkt geworden, und das Gasthaus florierte. Früher hatten sich die Bewohner des Abends über die ganze Hauptstraße der blauen Stadt verteilt. Ihr Aussterben hatte uns viel Kundschaft eingebracht.

Ich versuchte durchzuhalten bis zum Schluss, aber noch bevor die letzten Gäste gekommen waren, merkte ich meine Erschöpfung so heftig, dass ich die Zähne zusammenbeißen musste, um nicht loszuheulen, während ich Teller in die Küche trug. Meine Arme zitterten. Ich stellte die Teller unter der Laube ab und setzte mich an den Tisch.

Da waren zwei, die sich einen Joint teilten. Ich hatte sie zuerst nicht gesehen, ich hätte lieber meine Ruhe gehabt.

Eine von ihnen war Mammies Freundin Linda, der andere ein Mann mit blassem Gesicht und einer exzentrischen Brille, den ich nicht kannte.

»Ich bin erschöpft«, sagte ich zu ihnen. Sie nickten und sahen mich an. Linda stellte ihre Wasserflasche vor mich.

»Du hast da was«, sagte der Mann mit dem blassen Gesicht und der exzentrischen Brille und deutete auf meinen Ausschnitt.

Ich wollte aufstehen und gehen, konnte aber nicht. Also sah ich weg. Er nahm den Joint und zündete ihn mit zwei Feuerzeugen an, die beide halb kaputt waren, das eine hatte nur Gas und das andere nur Reibung, atmete ein und wieder aus. Rauchwolken stiegen ihm aus Nase und Mund. Im Kerzenlicht verdichteten sie sich zu Nebelschwaden.

»Oktopusse sind Aliens«, sagte er in den Rauch hinein.

»Ich weiß«, sagte ich. Ich hatte darüber gelesen. Ich hatte alles über Oktopusse gelesen, was das Internet hergab. Es passierte gerade recht viel in der Oktopusforschung.

»Du weißt das?« Im Nebel bewegte sich sein Mund.

Linda lachte laut. »Bist du froh, dass du wieder da bist?«
Ich wackelte mit dem Kopf und wusste es nicht.
»Ich weiß es nicht.«
»Ich bin froh«, sagte Linda. »Du hast so eine Kraft. Warst du schon beim Eremiten?«
Ich schüttelte den Kopf.
Der Eremit, der gute Geist der nackten Männer.
»Geh zu ihm. Er wird dir guttun«, sagte sie.
»Ich muss schlafen«, sagte ich, stand auf und konnte wieder stehen.
Der Mann mit dem blassen Gesicht und der exzentrischen Brille wollte mir die Teller abnehmen, aber ich ließ ihn nicht, verabschiedete mich und ging in die Küche. Das Waschbecken war voller Teller, Fischgräten, Brotstücke, Soße, Servietten, Salatreste und Gläser. Die Armen! Sie würden das heute noch aufräumen müssen. Ich wollte helfen und noch irgendetwas tun, aber ich war am Ende meiner Kräfte, kroch die Treppen hinauf ins Bett und wurde vom Schlaf erschlagen.

# LANGE WIRD ES DAS HIER ALLES NICHT MEHR GEBEN

Bills dritte schlechte Nachricht war die unkonkreteste seiner schlechten Nachrichten gewesen. Und sie ließ sich am besten in eine Schachtel packen, weil sie niemand wirklich verstand und weil sie keine - oder bis jetzt noch keine - direkten Konsequenzen für uns hatte.

Die schlechte Nachricht saß am Boden ihrer Schachtel und öffnete nur hin und wieder den Schachteldeckel von innen, lugte über den Schachtelrand, zeigte ihre gläsernen, blitzenden Zähne, aber man konnte den Deckel sofort wieder zuknallen und ihn mit etwas beschweren, damit er nicht noch mal so leicht aufging. Mit Fischfesten zum Beispiel. Mit Fischen, Kellnern, Plaudern oder Blumenpflücken.

Ich hatte nicht viel über die dritte schlechte Nachricht erfahren und auch nicht viel über sie nachgedacht.

Als Bibi von der Inselzeitung kam, um einen Artikel über die regionale Künstlerin Klarissa Grill zu schreiben, deren Inspiration die einzigartigen Schauplätze und die Bevölkerung von Ei waren, änderte sich das.

Sie kam mit einem Fotografen, der mit seinem Handy ein paar Bilder von mir und meiner Familie und unserem Gasthaus machte und dann in der Küche verschwand, um mit Bill zu plaudern. Ich wunderte mich darüber, dass er ein Handy und keine Kamera hatte,

sagte aber nichts, weil ich die beiden nicht entmutigen wollte.
Bibi war ein süßes, ein bisschen dickes Mädchen mit violett gefärbten Haaren, die sie auf ihrem Kopf zu etwas, das wie ein Vogelnest aussah, auftürmte. Sie trug große Kreolen in den Ohren und Armreife an den Handgelenken, die bei jeder Bewegung klimperten und die sie abnahm, als sie das Diktiergerät einschaltete.
Zuerst fragte sie mich nach meinen aktuellen Projekten, und ich musste zugeben, dass ich in letzter Zeit nicht sehr aktiv gewesen war. Meine letzten Filmfragmente waren gruselige Selbstporträts, in denen ich mir die Haare kämmte und sie büschelweise in der Bürste hängen blieben. Die Künstlerin als Abbild des Zerfalls. Das sich zersetzende Subjekt. Chemo-Kunst.
»Aber ich hoffe, dass ich bald wieder das Glück haben werde, mit meiner liebsten Darstellerin zusammenzuarbeiten, und zwar mit meiner Schwester«, sagte ich so laut, dass auch Irina es hören konnte, die hinter der Theke gerade die Zapfhähne polierte. Bibi hob die Augenbrauen, machte sich Notizen und fragte Irina, ob sie sie im Anschluss auch interviewen dürfe. Ich freute mich, als ich sah, wie Irinas Augen zu leuchten begannen. Sie ließ von den Zapfhähnen ab und kam zu uns an den Tisch, wo ich zur Seite rückte, damit sie alles gut im Blick hatte.
Nachdem ich meinen (kurzen und nicht sehr ruhmreichen) Werdegang erzählt hatte, wollte Bibi unsere Meinung zur lokalen Politik und zur Entwicklung der Insel hören.
»Gläserne Windräder zu bauen scheint derzeit ein Hauptinteresse zu sein«, sagte ich. Irina sagte nichts.

Bibi lachte kurz und trocken auf. »Du meinst STARFISH! Die Firma hat Land gekauft, um überall Windräder aufzustellen. Wir werden das globale Zentrum der Windräder, das Mekka der Windräder, Windräder, Windräder überall, nichts als Windräder, die ganze Insel wird ein Windpark!«

Ihre Wangen begannen zu glühen, und bei jedem »Windräder« fuhr sie mit der Hand durch die Luft, als wolle sie irgendwen ohrfeigen.

Der Eroberer von Ei war kein Mensch, sondern eine Firma, dachte ich und sagte: »Aber grüne Energie ist doch gut.« Alle fanden, dass grüne Energie gut war. Bibi nickte, um zu zeigen, dass auch sie fand, dass grüne Energie gut war.

»Aber sie ruinieren die ganze Infrastruktur, weißt du, was sie machen wollen? Sie wollen die Schule schließen! Sie beginnen mit den Schulen, den Krankenhäusern und den Kleinunternehmern. Sie erlauben nicht mehr, dass man auf dem Friedhof neue Gräber aushebt, stell dir das vor! Und ich glaube, sie haben bereits die ganze Innenstadt gekauft. Je weniger Infrastruktur es gibt, desto mehr Leute gehen freiwillig. Ist euch noch nicht aufgefallen, dass die Cottages der reichen Engländer leer stehen? Oder dass die Olivenplantagen des reichen Spaniers verwildern?«

»Also glaubst du, dass sie die ganze Insel entvölkern wollen?«

Bibi nickte mit rotem Gesicht.

Aus dem Ei schlüpft ein gläsern-rotierender Seestern.

Der Wind der Veränderung ist grün.

Ich sah Irina an. »Hast du das gewusst?«, fragte ich sie.

Sie zuckte die Schultern.

»Kommen auch Windräder hier auf die Klippe?«
Irina wusste es nicht. »Hoffentlich nicht«, sagte sie. »Denk an den Papa. Der geht doch hier nie weg.«
Bibi schlug mit der flachen Hand auf den Tisch. Jetzt war ihr ganzer Kopf rot, nicht mehr nur ihre Wangen. Sie strich sich ein paar lose violette Haarsträhnen aus dem Gesicht. »Ich denke auch immer an meine Oma. Und an die anderen Alten. Was soll aus denen werden?«
Auf der Insel habe ein großes Sterben begonnen, meinte Bibi. Die Alten gingen unter wie der Captain auf seinem Schiff.
»Na, dann habe ich ja wieder etwas zu tun«, sagte ich und sah Irina an. »Wir machen einen Film über die neuen Eroberer, die das Land auf Umweltschutzmission unterwerfen. Es ist nicht mal eine Gehirnwäsche nötig. Die Eingeborenen wissen bereits, dass grüne Energie gut ist – jeder weiß, dass grüne Energie gut ist.«
Bibi schob sich ihre Armreife einen nach dem anderen wieder auf die Handgelenke.
»Lange wird es das hier alles nicht mehr geben«, sagte sie düster.
Der Oktopus auf meiner Brust kringelte seine Tentakel. Ich sah auf meine braungebrannten Handgelenke, die auf dem polierten Holz des Tisches lagen. Neben meiner Hand stand die kleine Kupfervase mit Rotklee und Margeriten darin, die ich heute in der Früh gepflückt hatte. Von der Blumenwiese aus hatte ich die gläsern-blitzenden Windräder in der Ferne gesehen und mir überlegt, dass ich sie filmen sollte, wie sie da halbtransparent gegen den blauen Himmel standen. Elegant. Fein. Natürlich. Schön. Ganz anders als Strommasten oder Fernsehtürme.

Sie würden die schwankende Weltkugel zu Fall bringen. Wohin auch immer eine Weltkugel fallen konnte, ins Nichts, es gab ja keinen Boden für den Aufprall.
Irina legte mir ihre Hand auf den Arm. Ich sah, dass mein Arm immer noch verboten dünn war. Ihre Finger waren glatt und kühl. Und unglaublich stark.
»Hast du das ernst gemeint, was du zu Bibi gesagt hast? Willst du wirklich wieder einen Film mit mir machen?«, fragte mich Irina, als Bibi gegangen war.
»Natürlich!«, rief ich. »Immer!«

Vor langer Zeit hatte Irina einen Schuh am Strand gefunden.
Sie hatte immer Dinge am Strand gefunden, die sie aufgesammelt und mitgenommen hatte.
Der rote Damenschuh hatte mich zu meinem ersten Film inspiriert, den ich für die Aufnahmeprüfung an der Filmakademie eingereicht hatte. Der Schuh war alleine und verlassen in der Felsenbucht gelegen. Warum es wohl nur einer war? Wo war der andere? Und wo war die Dame, die ihn dort verloren hatte? Warum war sie mit diesen Schuhen über die Felsen geklettert? Lief sie immer noch mit einem hochhackigen roten Schuh durch die Welt? Eine hinkende Femme fatale?

Laufzeit: 09:00 min. Farbe: Farbe. Sound: Stereo. Format: Digital HD Video. Code: H.264. Titel: *Die Waffen der Frau*

Wenn Irina einen Film machen wollte, würden wir natürlich wieder einen Film machen. Sie war ja schon der halbe Film.

»Wir machen einen Film über den Weg in eine scheinbar bessere Welt, für die viele kleine Leute ihre Lebensgrundlage opfern ...«

Irina sah mich kritisch an. »Das ist zu kompliziert«, sagte sie. Sie hatte natürlich recht. Mit meiner kleinen Kamera war so etwas – wenn man keine geniale Idee hatte – größenwahnsinnig und zu kompliziert. Ich warf ihr einen bewundernden Blick zu. Ich liebte sie. Und es war fast wieder so wie früher. Vielleicht war die Schlucht nur ein Kratzer im Boden. Und die Piraten waren alle freiwillig hineingesprungen, um sich für die bessere Welt zu opfern. Der Oktopus hatte ihr Opfer dankend angenommen.

Wir hatten immer tagelang über Filme geredet und waren allen Details gegenüber sehr aufmerksam gewesen. Irina übersah nie etwas. Aber ich war diejenige, die anfangen musste.

Am nächsten Tag wickelte ich mir einen Schal um den Kopf und ging mit der Kamera spazieren. Zuerst kurze Strecken, dann immer längere. Mich interessierten die Zahnlücken der Stadt. Die geschlossenen Geschäfte, die zugemauerten Fenster und Türen, die leer stehenden Häuser, die Ruine des Vier-Sterne-Hotels und der tote Fischmarkt.

Dort traf ich dann Bob. Mit seiner Zahnlücke.

## WAS ICH IM WASSER SAH – 5

*Ein leises Schnaufen dringt vom Wohnzimmer herüber. Dann gurgelt und blubbert es. Wasser schwappt hin und her und gluckst in den Spalten zwischen den Möbeln der Küchenzeile, die gleich neben dem Eingang angebracht sind. Leise tröpfelt es über den Kühlschrank. Der Wasserhahn rauscht.*

*Sie hat alle Abflüsse verstopft, und der Boden ist aus Vinyl. Er hält das Wasser wie ein Schwimmbecken.*
*Aber es steigt in die Wände, wellt die Tapeten – sie haben ein Blumenmuster, ich erinnere mich, es ist zu dunkel, um es zu sehen – und wird sie schimmeln lassen.*
*Es riecht schon nach Schimmel.*
*Und nach Algen und nach Fisch.*
*Die Luft ist nass.*
*Sie hat das Klima der Wohnung verwandelt. Sich einen tropischen Sumpf geschaffen.*
*Irina war das.*
*Es ist ein typischer nächster Schritt.*

*Ich schlucke den sauren Speichel, der sich in meinem Mund gesammelt hat, beiße die Zähne zusammen und wate durchs Wasser den Gang entlang an der Küchenzeile vorbei ins Wohnzimmer. Dabei taste ich nach der Wand, sie fühlt sich nass an, alles fühlt sich nass an.*
*Meine Schritte schlagen Wellen, die in die unteren Fächer des Kühlschranks schwappen. In das Seitenfach für die Flaschen.*

*Mich ekelt vor dem Wasser, es ist schleimig und warm. Der Fußboden ist pelzig, und kleine Algenhaare streifen meine Zehen. Ich stolpere noch einen Schritt nach vorne, meine Hand erreicht die Kante, wo die Flurwand zur Wohnzimmerwand wird. Wieder höre ich Gurgeln. Es kommt vom Sofa, das ich kaum erkenne. Hinter dem Sofa sind Fenster, deren Rollläden runtergelassen sind, aber die an manchen Stellen nicht richtig schließen. Dünne weiße Streifen Sonnenlicht schneiden in die Dunkelheit. Die Vorhänge bewegen sich in den Wellen. Sie sind fein wie Schleier und werfen grünliches Licht ins Wasser, wie helle Jade.*
*Auf dem Sofa klatscht etwas.*
*Gewöhnt euch, Augen, da auf dem Sofa liegt Irina. Das Licht trifft nur die Sofalehne, Irina ist in den Schatten getaucht.*
*Etwas klatscht aufeinander.*
*Ich wage mich vorwärts.*

*»Hallo, meine Liebe, wie geht es dir?«*

*Es stinkt nach toten Fischen, liegt hier irgendwo ein toter Fisch?*

*»Du machst ja Sachen. Warum hast du denn die Wohnung unter Wasser gesetzt?«*

*Meine Augen gewöhnen sich langsam an die Dunkelheit.*
*Ich sehe kleine Wasserspinnen feine Netze spannen.*
*Ich sehe braune Algen, die an den Polstern des Sofas zu Irina hinaufklettern.*
*Ich sehe kleine Kaulquappen im schmutzigen Wasser schwimmen.*
*Und trete auf ihre glitschigen Leiber.*

# DU WEISST NICHT, WER ICH BIN

Es war früh am Morgen. Der Markt hatte geöffnet. Ich kaufte mir eine Mango und zog mit der Kamera los. Die Luft war frisch und klar. Die Sonne war gerade aus dem weißgoldenen Wasser aufgetaucht. Die Möwen kreischten. Die Schwalben flitzten. Die Gemüse- und Käsehändler schrien und schwatzten.
Ich traf auf Evelyn, die Blumenverkäuferin, die Mammie hatte sterben sehen. Ich war ihr bis jetzt noch nicht begegnet und versuchte, mit ihr zu reden, aber sie war nervös und flattrig, warf beinahe ihre Blumen hinunter und entschuldigte sich dafür bei mir. Ich beschloss zu gehen, schlenderte am Alten Hafen entlang und bog dann hinauf zum geschlossenen Fischmarkt.
Das war bestimmt der traurigste Platz der ganzen Stadt, mit dem hässlichen Hochhaus dahinter. Der Fischmarkt selbst war ein trostloser Anblick. Grau und staubig und einsam.
Ich wanderte durch die Ruinen und versuchte mich zu erinnern, wie es früher hier ausgesehen hatte.
Die riesigen glotzenden Fischaugen, die einen anstarrten. Die dicken Fischmäuler, die beleidigt ihre Mundwinkel nach unten zogen. Die glibberigen Tentakel der Oktopusse, die gefesselten Scheren der lebenden Hummer und Krebse. Die Makrelen, Dorsche und Sardinen, die mit senkrecht aufgestellten Kiemen und gekrümmten Körpern ihre letzten Atemzüge auf dem gebroche-

nen Eis taten, während sie schon mit Gemüse dekoriert waren. Ich erinnerte mich an die großen Eimer mit Wasser und Fischblut, in denen sie die Messer wuschen, und an die Fischinnereien auf dem Boden, um die sich die Hunde und Vögel rauften. An die Petersiliensträußchen. An die Schwertfischköpfe mit Augen wie Glasperlen und offenem Maul, unterhalb der Rückenflosse sah man die Wirbelsäule, ein perlfarbener schimmernder Kreis im rosigen Fleisch. Ich erinnerte mich, wie die Verkäufer die Fische bei den Kiemen gepackt und der Länge nach entzweigehackt hatten, an den Knall des Hackbeils auf die Platte. Wie sie die Wirbelsäule mit dünnen, langen Messern vom Fleisch getrennt hatten. Bill und Bob hatten ihre Fische hergebracht und sie an die Händler verkauft. Stolz. Manchmal mit einer Auktion für ein besonders schönes Exemplar.
Als ich hier zum ersten Mal gesehen hatte, wie man eine lebende Languste ins kochende Wasser geworfen hatte, hatte ich geweint. Ich hatte mir eingebildet, die Langusten würden im Topf um Hilfe schreien. Ich hatte ihre Schreie gehört, ganz hohe, feine Schreie. Wie Elfen. Irina hatte nach den Fischköpfen gefragt. Sie hatte ihre dünnen, glatten Finger unterhalb der Augen in die Köpfe gebohrt und den kleinen weißen Ball, die Wange, herausgezogen. Sie hatte ihn roh wie eine Erdnuss in den Mund geworfen. Einmal hielt ihr ein Fischhändler einen noch zuckenden Oktopustentakel hin, und sie steckte ihn sich in den Mund. Ich konnte sehen, wie er von innen gegen ihre Wange zuckte und ich hatte mich fast übergeben.
Ich filmte die alten Fischbuden im Licht der aufgehenden Sonne. Die Buden, in denen gekocht worden war,

hatten Bretterwände. Die Sonne warf mit ihren Strahlen regenbogenfarbene Sechsecke zwischen die alten Bretter. Ich drehte mich langsam und filmte die Straße hinunter, Richtung Sonne und Meer. Da trat mir jemand vor die Linse.

Ich erkannte ihn zuerst nicht.

Ich filmte, wie er auf mich zukam, eine Silhouette im Sonnenlicht. Seine Schritte waren langsam, torkelnd und müde. Seine Arme schlenkerten an seinen Seiten. Er trug einen Rucksack, der nicht schwer zu sein schien. Seine Hosen hingen tief. Seine Schultern auch.

Von wo mochte er kommen? Vom Meer nicht, dafür schlurfte er zu sehr. Die Leute, die vom Meer kamen, hoben ihre Beine beim Gehen. Sie hatten ihr Gleichgewicht unter Kontrolle. Dieser Mensch aber ging, als könnte er nicht richtig sehen, er stolperte über Gehsteigkanten, ruderte unbeholfen mit den Armen und fuhr sich mit den Händen immer wieder über das Gesicht. Er trug eine Pilotenbrille mit bunt verspiegelten Gläsern. Er sah mich nicht. Dann erkannte ich ihn. Das Sonnenlicht sprang in sein Gesicht. Es war Bob.

Der Fehlende.

Er ging an mir vorbei. Ich filmte sein Profil und dann seinen Rücken. Es wunderte mich, dass er nicht aufsah, bemerkte er nicht, dass ich eine Kamera auf ihn richtete? Als er wieder als Ganzes auf meinen Bildschirm passte, sah ich seiner Silhouette noch eine Weile nach. Er ging blind durch den toten Fischmarkt auf das hässliche Hochhaus zu, das im goldenen Sonnenlicht aussah, als wäre es ein brennender Elfenbeinturm.

Als er an der Eingangstür angekommen war, rief ich: »Bob!«

Er drehte sich um und sah durch seine bunt verspiegelte Pilotenbrille in meine Richtung. Ob er wohl alles bunt verspiegelt sah?
»Ja?«, rief er verunsichert zurück.
Ich ging auf ihn zu. Ich musste ihm ziemlich nahe kommen, bis er mich erkannte. Als er mich erkannte, erschrak er, das bemerkte ich, trotz Sonnenbrille. Dann nahm er die Brille ab und konnte seine Augen nicht von meinem Oktopus lösen. Der Oktopus starrte zurück. Während die beiden sich anstarrten, redeten Bob und ich.
Wir redeten unsinniges Zeug.
Jaechtargdassdujetztwiederdabistoder?
Duhastmichgarnichterkannt.
Ichschaunichtichbinschonganzgagawegenmeinem scheißjob.
Wasmachstdenn?
Egal.
Aha.
Unddeintyp?
Keintyp.
Aha.
Wir wussten nicht recht. Ich war aufgeregt und freute mich, Bob zu sehen. Ich wäre am liebsten auf und ab gehüpft. Aber ich beließ es dabei, wild zu gestikulieren und zu grinsen. Er sah so nett aus und so schön, und er war der alte Bob, mit seinem kindlich-verwegenen Piratengesicht und seinen Haaren wie verbranntes Gras, den ich schon so viele Male angesehen hatte und den ich jetzt nach Veränderungen absuchte.
Als Erstes bemerkte ich die Zahnlücke. Ein Loch hinter dem linken oberen Eckzahn. Man sah es, wenn er

sprach, wenn er lächelte und wenn er rauchte. Er zeigte mir, wie er sich eine Zigarette in die Zahnlücke klemmen konnte. Die Geschichte, wie es zu der Zahnlücke gekommen war, war ihm peinlich. Aber er erzählte sie doch.

Ich hatte mich in seine Wohnung eingeladen. Er wollte eigentlich schlafen, aber ich ließ ihn nicht. Seine Wohnung war klein und stickig und voller Plastik. Die Möbel hatte er wahrscheinlich vom Fischmarkt geklaut. Die Tapeten zeigten vergilbte Blumenmuster, bei deren Anblick einem noch heißer wurde. Er besaß eine alte Couch, die sein Bett war. Dusche und Küche lagen, durch einen Plastikvorhang abtrennbar, im Eingangsbereich.

»Schön«, sagte ich, als ich mich umsah.

»Ich hab gerade kein Geld, ich muss Schulden abbezahlen.«

»Du hast einen Balkon mit Markise und Blick aufs Meer!« (Und auf den toten Fischmarkt.)

»Ja eh ... ich bin ja noch nicht lange hier.«

Ich machte die Balkontür auf und trat nach draußen. Die Sonne blendete mich. »Bill hat mir erzählt, du bist vom Hausboot geflogen.«

Bob folgte mir mit zwei Tassen schlammig braunem Kaffee und stellte sie auf einen kleinen wackeligen Hocker aus Plastik. Ich teilte meine Mango mit ihm.

»Der Edi, der Trottel, hat mich rausgeschmissen. Weißt du, warum?«

»Nein.«

Er setzte sich und rührte in seinem Kaffee.

»Er hat ja jetzt seine Freundin da einquartiert, Marie-Antoinette heißt sie, eh eine Nette. Der Edi war ein-

mal nicht da, ich bin in der Hängematte am Achterdeck gelegen und habe Musik gehört, und sie kommt, setzt sich zu mir, und wir haben halt geredet, nur geredet, ganz normal. Sie hat Rosenlikör getrunken, aber ich habe nichts getrunken, gar nichts, ich trink so was ja nicht. Und sie fragt mich so, wie es mir geht, und ich habe eh jemanden gesucht, mit dem ich reden kann, über die Lilli. Verstehst du, ich liebe diese Frau, ich liebe sie über alles, verstehst du? Und die Marie-Antoinette hört mir zu, und dann fragt sie irgendwann, ob sie sich zu mir legen darf, weil ihr kalt ist, und für mich war das alles so urplatonisch, verstehst du, und wir liegen so da und reden, wie schön die Sterne sind und über alles, und irgendwann sagt sie, dass sie mit mir schlafen will, und fängt an, mich anzugrapschen, und meinen Gürtel hat sie aufgemacht, und ich so *hör auf jetzt!*, und sie so *warum denn?* – und dann ist der Edi gekommen und hat uns gesehen und ist ausgeflippt und hat meine Sachen ins Wasser geworfen und mich rausgeschmissen. Dabei hab ich gar nichts gemacht.«
Ich musste lachen.
»Das ist nicht lustig! Mir geht es echt nicht so gut gerade. Die Lilli hat mich sitzenlassen, nein, eigentlich ist sie mir davongelaufen. Vielleicht kennst du sie ja ...«
Ich kannte keine Lilli.
»Ich liebe diese Frau, ich liebe sie über alles, und sie ...« Er biss an seinen Fingernägeln. »Ich weiß nicht, was ich falsch gemacht habe, sie hat mich am Telefon beschimpft, sie hat gesagt, ich sei komplett wahnsinnig und sie wolle nichts mehr mit mir zu tun haben, und ich weiß ja nicht, was ich falsch gemacht habe, ich weiß nicht, was ich falsch gemacht habe.«

Ich wollte mehr von der Zahnlücke hören und nicht mit ihm grübeln, was er bei Lilli falsch gemacht haben könnte. Er hatte alle seine Freundinnen – und es waren recht viele gewesen – entweder in den Wahnsinn getrieben oder in die Flucht geschlagen. Niemand wusste, wie er das anstellte.

Er spuckte seinen abgebissenen Fingernagel auf den Fischmarkt.

»Ich habe mir gedacht, ich häng mich auf. Mein Leben ist ein Trümmerhaufen, ich will nicht mehr. Freundin weg, Wohnung weg, keine Kohle und Schulden wegen der Kaution für diese Scheiß-Wohnung, in der ich sowieso nicht lange bleiben kann, weil sie das Haus abreißen wollen, und dem Edi schulde ich Geld, und mein Vater hat Mist gebaut und ... und Mammie ist tot! Nein, danke, echt nicht. Ich will einfach nicht mehr. Ich hab mir einen Strick besorgt und bin in den Eukalyptuswald gegangen. Stundenlang bin ich da herumgerannt, bis ich einen Baum gefunden habe. Der muss ja passen, der Baum.«

Ich nickte.

»Ich bin auf den Baum geklettert und hab das Seil um einen Ast gewickelt. Ich habe den Ast lange geprüft, er war fest. Ein starker, guter Ast. Ich hab einen Henkersknoten gemacht, mir die Schlinge um den Hals gelegt und bin gesprungen, und der Ast ist durchgebrochen, und weil ich mir vorher die Hände zusammengebunden habe, konnte ich dann auch mein Gesicht nicht schützen und bin mit dem Zahn gegen einen Stein geschlagen.« Und er machte das Geräusch eines herausbrechenden Zahns. »Schaut scheiße aus, oder?«

Ich sah mir seine Zahnlücke an. »Na ja, nein ... nicht wirklich. Irgendwie steht es dir.«

Die Zahnlücke machte ihn verwegener und wilder. Er lächelte, und seine noch vorhandenen Zähne waren schön und weiß.

»Und du hast keine Brüste mehr«, sagte er abschließend.

»Stimmt.«

»Dafür hast du einen gefährlichen Oktopus.«

»Ja.«

»Wenn ich Geld habe, lasse ich mir einen Goldzahn machen.«

»Gute Idee.«

Er steckte sich eine Zigarette in die Zahnlücke, wollte sie anzünden, ließ dann aber die Hände sinken, und sie blieb unangezündet in seiner Zahnlücke stecken.

»Und weißt du, was mir dann passiert ist? Ich habe wieder einen Geist gesehen.«

»Ja?« Ich war ganz Ohr.

»Ich glaube, es war ein Geist. Auf einem Traktor. Ich bin lange dort herumgelegen, wo ich vom Baum gefallen bin, und es ist dunkel geworden, und du weißt eh, wie dunkel es dort werden kann, und irgendwann war es ganz schwarz, wirklich schwarz, auch kein Mond und nichts, und ich liege da und beweg mich nicht, und auf einmal hör ich einen Traktor. Aber einen Traktor so auf High Speed, echt schnell und auch echt laut. Und der kommt näher, und ich denk mir so, *what the hell?* Ein Traktor? Und dann seh ich ihn, so ein metallenes Reflektieren von Licht, keine Scheinwerfer, und das Ding fährt um mich herum, echt im Kreis jetzt, um mich herum, mehrere Male, und der Boden zittert, und ich steh halt auf, die Schlinge noch um den Hals, und der Ast hängt dran, und der Typ auf dem Traktor schreit und lacht, *hahaha, du weißt nicht, wer ich bin, hahaha*! Immer wieder, immer wieder, und dann ist er abgebogen und weg.«

»Hast du dich gefürchtet?«

»Nein, pffff… Kurz hab ich gedacht, es könnte mein Vater sein, aber mein Vater kann ja nicht Traktor fahren.«

Er zündete die Zigarette an, zog daran und gab sie mir.

»Und jetzt willst du dich nicht mehr aufhängen?«

»Weiß ich nicht. Ich schaff ja nicht mal das. Ich bin zu blöd, um mich aufzuhängen. So ein Scheiß!«

»Zum Glück hast du dich nicht aufgehängt«, sagte ich zu ihm.

Er zuckte mit den Schultern.

»Zum Glück holzen sie bald den Eukalyptuswald ab.«

## DER FLUSSWELS GLAUBT, ER KÖNNE ALLES FRESSEN

Eines Tages kam er dann.
Meiner Einladung folgend.
Ich stellte mir vor, wie er seine Stunden geheimer Arbeit tapfer abgearbeitet und seine Habseligkeiten eingesammelt hatte, seine Zigaretten, sein Feuerzeug, seine Geldbörse, sein Handy und seinen Schlüssel, von seinem Arbeitsplatz aufgestanden war, sich mit einem Winken von seinen Kollegen verabschiedet hatte, mit denen er noch nie mehr als ein paar Worte gesprochen hatte, einen langen Flur entlanggegangen war, weitere Räume mit geheimen Arbeitern passiert und auf die geheimen Geräusche durch die geschlossenen Türen und auf das schmatzende Geräusch seiner Schuhe gelauscht hatte. Er war in einen Aufzug gestiegen und hatte sich während des geräuschlosen Dahingleitens im Spiegel besehen. Blass. Fast grau im Gesicht. Die Augen blutunterlaufen. Langsam war er über die Betonplattform gegangen, wo die gläsernen Türme standen, insgesamt acht, und hatte sich gegen den Wind krümmen müssen, der unaufhörlich in seine Richtung wehte.
Die Bushaltestelle war nagelneu, vor kurzer Zeit hatte man die alte abgerissen und einen anmutigen gläsernen Kasten (passend zu den Türmen) an ihrer statt aufgestellt, der zwar gegen Wind schützte, aber aus ästhetischen Gründen keine Sitzgelegenheiten hatte und in

dem man natürlich nicht rauchen durfte. Also war er vor dem gläsernen Kasten gestanden und hatte versucht, sich unter seinem Hemd eine Zigarette anzuzünden.

Sein Handy hatte in seiner Hosentasche vibriert. Er hatte abgehoben, ohne zu sehen, wer der Anrufer war, denn das Smartphone war im grellen Licht der Sonne schwarz und verspiegelt gewesen. Dann hatte er lautlos über seine Unachtsamkeit geflucht und sich auf die Lippen gebissen. Seine Mutter. Er hob nie ab, wenn seine Mutter anrief.

Am Anfang hatte er sie durch das laute Krachen, das der Wind in seinem Handy erzeugt hatte, kaum verstehen können. Er hatte das Handy dicht an sein Ohr gepresst und versucht, es mit einer Hand vom Wind abzuschirmen. Warum er sich Mühe gab, zu verstehen, was sie sagte, wusste er nicht.

»Du meldest dich ja auch nie, immer muss ich dich anrufen! Meine Freundinnen erzählen mir, wie sie mit ihren Kindern gemeinsam in den Urlaub fahren, und dich kriegt man nicht einmal ans Telefon!«

*Deine Freundinnen haben ihre Kinder auch nicht verlassen und Zweitfamilien gegründet.*

»Arbeitest du immer noch für kein Geld in dieser Kneipe? Stell dir vor, dein Bruder heiratet im Mai. Und da musst du kommen! Und wenn ich dich persönlich von deiner Insel holen muss! Wie geht es denn deiner ... deiner ...«

Er hatte einen Halbbruder. Er erinnerte sich dunkel.

»Wir haben uns getrennt.«

»Ja, so bist du eben, du willst dich nicht binden, ich verstehe schon, das heißt natürlich auch Verantwortung übernehmen. Trinkst du? Ob du trinkst? Alkohol?«

»Na ja ...«
»Oje, das habe ich befürchtet. Ich sage dir eines, mein Lieber, Alkoholiker sind die grauenhaftesten, ekelhaftesten Menschen auf der Welt. Sie stinken, sind verquollen, dumm, primitiv und abstoßend. Dein Vater war ein hübscher Kerl, wirklich, das war er. Und es passiert schleichend, weißt du. Es schleicht sich so an. Oft merkt man es selbst nicht. Und dann ist es zu spät.«
Er ging um die gläserne Bushaltestelle herum, während er telefonierte. Als er sich umdrehte, sah er gerade, wie ihm der Bus davonfuhr.
Seine Knie zitterten.
Er warf einen verzweifelten Blick in alle Richtungen und sah das Meer zwischen den gläsernen Türmen in der grellen Sonne glitzern. Wie unschuldig schön es glitzerte. Am liebsten hätte er geweint.
Aber er weinte nicht. Er beschloss, zu uns zu kommen. Vielleicht, um sich zu betrinken.

Wir auf der Klippe verkosteten gerade Schnaps.
Der alte Kilian, der zusammen mit seinem Freund Joachim Zorres der Hauptschnapsproduzent auf der Insel war, hatte uns seinen neuen Ertrag vorbeigebracht. Er legte sich mächtig ins Zeug und bestand darauf, alles zu probieren, redete viel und laut, schimpfte über die Windräder, fluchte, dass sie nächstes Jahr vielleicht kein Zuckerrohr mehr ernten könnten, und widersprach sich im nächsten Moment lauthals selbst, als müsste er irgendwen überzeugen. Joachim Zorres redete nicht so viel, aber wenn er einmal etwas sagte, stoppte der alte Kilian mitten im Satz, war ganz Ohr und schrie alle an, die ihn unterbrachen. Deswegen war

um Joachim Zorres' Worte eine geheimnisvolle Aura entstanden, ähnlich wie bei unserem Vater, der noch weniger sprach als Joachim Zorres.
Der alte Kilian und Joachim Zorres hatten gerade einen Bernhardiner geerbt, von Joachim Zorres' Schwester, die ein Kind bekommen hatte, kurz nachdem sie aufs Festland gezogen war. Der Bernhardiner lag stumm zu Joachim Zorres' Füßen und blickte traurig in die Welt. Der alte Kilian erzählte, der Bernhardiner sei depressiv und hätte einen gescheiterten Selbstmordversuch hinter sich, von dem er sich erholen müsse. Joachim Zorres' Schwester und ihr Mann hatten für den Bernhardiner in ihrer neuen, kleinen Festlandwohnung ein Zelt aufgestellt, in dem der Bernhardiner schlafen sollte, jetzt wo das Baby da war. Sie hatten nicht gewusst, wie Baby und Bernhardiner harmonieren würden, vor allem weil das Baby nicht ganz gesund war. Der Bernhardiner hatte in der Nacht das ganze Zelt aufgefressen und war dann halb erstickt in der Früh von der Schwester gefunden worden. Das Zelt – circa vier Quadratmeter Plastik – hätte zu einem Darmverschluss und zum Tod des Bernhardiners geführt, wenn Joachim Zorres' Schwager ihn nicht sofort zum Tierarzt gebracht hätte, der ihn notoperiert hatte. Ich fand diese Geschichte sehr ergreifend und setzte mich neben den Bernhardiner auf den Boden, um ihn zu streicheln. Joachim Zorres goss einen Schuss Rum in den Wassernapf des Bernhardiners – für die Verdauung, wie er meinte. Dem Bernhardiner schien der Rum zu schmecken, es war auch ein erstklassiger Rum. Wir tranken auf den Bernhardiner und prosteten ihm zu, weil er nicht gestorben war, und der Bernhardiner schien es uns zu

danken, und sein Blick wurde ein bisschen weniger traurig.
Irina, die keine Hunde mochte, saß mit verschränkten Beinen auf der Theke und trank extra viel Rum. Sie sah durch die offene Tür auf den Pfad, der zur Klippe führte, und sagte plötzlich, ein wenig lallend: »Ich glaube, da kommt Bob.«

Bob war außen klebrig von Salzwasserwind und Sonnenschweiß. Innen von bösen Geistern, dem Gespräch mit seiner Mutter und von geheimen Arbeitsdetails, die er niemandem erzählen durfte.
Er war durch den Staub den Ei-Berg hinaufgestapft und auf der anderen Seite hinuntergestapft. In seinem Kopf krachte und rauschte es, und zwischendurch hörte man Melodien und Gesprächsfetzen vorbeiwehen, Videos, die sich die geheimen Arbeiter gegenseitig schickten. Ein Schimpanse vergewaltigt eine Ziege, ein Typ fängt eine Giftschlange mit der Hand, ein Oktopus frisst einen Hai, ein Astronaut wringt ein Handtuch in der Schwerelosigkeit aus und zeigt, wie das Wasser sich geleeartig über die Hände breitet, eine Explosion, ein Erdbeben, Nordlichter, Terroranschläge, Sternschnuppen, Kometen, Aliens …
Sie setzten sich wie böse Geister im Kopf fest, sobald die äußeren Reize nachließen, und vertrieben Bobs Gedanken.

Als er durch die Tür kam, schrien wir alle erfreut auf, sogar die stillen Herren, unser Vater und Joachim Zorres. Der Bernhardiner bellte. Der alte Kilian fing an zu singen, und Bill sang mit. Irina sprang von der Theke auf Bob zu und fiel ihm um den Hals. Wir begrüßten ihn wie einen verlorenen Sohn, der aus dem Krieg zurückgekehrt war. (Das lag natürlich auch am Rum, aber nicht nur.)

Bob war verwirrt. Er hatte nicht damit gerechnet, dass wir uns so freuten. Irina hatte ihn noch nie so heftig umarmt. Seine Hände hingen planlos in der Luft. Sie löste sich von ihm und brachte ihm ein Glas Rum. Den Rum schüttete sie teilweise auf ihr Kleid, das bereits voller Rum-, Wasser- und Spülmittelspritzer war, und teilweise auf sein Hemd.

»Es tut mir schrecklich leid«, kicherte sie und wischte an seiner Schulter herum, obwohl er an der Hüfte nass war. Dann torkelte sie zurück und kletterte wieder auf die Theke, um dem Bernhardiner nicht zu nahe zu sein. Ich redete dem Bernhardiner gut zu, damit er sich durch Bobs Auftreten nicht verstoßen fühlen und beginnen würde, den Wassernapf zu fressen. Dann fiel mir ein, dass auch Bob ein verhinderter Selbstmörder war und man auch ihm gut zureden musste.

Der alte Kilian schenkte nach. Auch dem Bernhardiner. Bill verweigerte, weil er die Kneipe bald öffnen musste. Unser Vater lud Bob, den alten Kilian, Joachim Zorres und den Bernhardiner ein, bei uns zu essen. Irina kippte ihren Rum und sprang von der Theke. Ich ließ mir von dem Bernhardiner auf die Oberschenkel sabbern, traute mich nicht aufzustehen, aus Angst, es könnte ihn traurig machen, und lächelte zu Bob hinauf, der Irina anstarrte.

Ich sah seinen Blick.

Er glitt über ihre langen, kühlen Finger, die das Glas

hielten, über ihre karamellfarbenen, cremigen Schultern, ihre glänzenden goldenen Augen.
Die Liebe fiel in ihn wie ein Komet in den Ozean. Ein großer Komet. Einer, der Tsunamis auslöste, die Strände, Städte und Straßen überschwemmten, Häuser, Autos und Strommasten mit sich rissen und Atomkraftwerke explodieren ließen.
Bobs Herz blieb zuerst stehen und hämmerte dann Technobeats. Darkprogressivetechnotribalhousepsytrancebeats. Seine Hände wurden eiskalt. Seine Wangen begannen zu brennen.
Irina schwebte davon, das Feen-Elfen-Monster, um weitere Dinge auf ihr Kleid zu schütten, und ich sah zu, wie Bobs Herz zuerst stehen blieb und dann in Technobeats weiterschlug. Ich sah es und dachte mir: »Oje.«
*Oohhhijeee.*

Vor Jahren, vor vielen, vielen Jahren, waren Bob und ich einmal gemeinsam auf dem Markt in der blauen Stadt gewesen. Ich weiß nicht mehr, wie es dazu gekommen war, dass weder Bill noch Irina mitgekommen und ich mit Bob alleine gewesen war. Ich hatte noch nicht recht gewusst, was ich von ihm halten sollte. Er hatte mir viel auf den Busen gestarrt, was ich gehasst hatte. Aber Bill hatte mir von Bobs Mutter erzählt, die ihn verlassen hatte, und dass sein Vater der betrunkene Irre war, der auf der Klippe Lokalverbot hatte, weil er einmal im Sitzen auf einen Barhocker uriniert hatte. Also hatte ich Mitleid mit Bob gehabt und nett zu ihm sein wollen.
So wurde ich Zeugin einer Prophezeiung. Vor der kleinen blau-weißen Kirche waren zwei alte, verhutzelte Frauen (potentielle Mitglieder von Mammies gefürch-

teter Zigeunermafia) gesessen. Eine hatte mit ihren drei Zähnen an einer Brotrinde gelutscht. Zwischen den drei Zähnen und der Brotrinde stieß sie ein paar unverständliche Worte hervor. Bob warf ihr eine Münze zu. Damals hatte er noch viel Geld gehabt. Fisch-Geld. Taschen-Geld. Trink-Geld vom Fischmarkt.
Sie blinzelte Bob freundlich an und grapschte nach seiner Hand. Bob war zurückgezuckt, hatte aber seine Hand in der ihren gelassen. Sie sah sich die Linien auf seiner Handfläche an. Ihre Augenbrauen zogen sich wie Gewitterwolken zusammen. Bob hatte geduldig gewartet. Ich hatte mich neben die Alten auf die Stufen der Kirche gesetzt und ungeduldig gewartet. Mit den Knien gewippt. An meinen Haaren gezupft. Laut geseufzt. Durst gehabt. Aufs Klo gemusst.
Die alte Frau hatte Bobs Hand inspiziert. »Du fischst?«, hatte sie gefragt.
Bob hatte genickt und mir einen Blick zugeworfen. Ich hatte die Augen verdreht. Natürlich konnte man seiner Hand ansehen, dass er fischte. Die Schwielen von den Tauen, der Dreck unter den Fingernägeln, die verbrannte Haut auf den Handrücken ...
»Und du glaubst, du kannst alles fangen?«
Bob hatte die Schultern gezuckt. Eigentlich glaubte er schon, er könne alles fangen, sie hatten erst am Vortag einen riesigen Schwertfisch an Land gezogen.
»Der Flusswels glaubt, er könne alles fressen, aber dann trifft er seine Rotfeder, seine *Schicksals*-Rotfeder, und er schnappt zu und stopft ihren Kopf in sein großes Maul. Er hat das größte Maul unter den Fischen, und er stopft und stopft, aber die Rotfeder bleibt stecken und kann nicht vor und nicht zurück. Der Flusswels

kann nicht schlucken und nicht würgen, und die Rotfeder schlägt mit der Schwanzflosse und steckt fest in dem Maul, und ihre Kiemen sind eingeklemmt in dem Maul, das blockiert ist von dem Körper, der in ihm steckt, und so sterben sie beide im gierigen Kuss vereint, zwei Schwanzflossen, die gegeneinander schwimmen, und kein Kopf, der denken kann.«
Bob und ich hatten sie fassungslos angestarrt. Die meisten anderen Zigeunermafia-Mitglieder erzählten den Fischern von großen Wellen oder feuchten Weibern, die sie ins Meer lockten, und den Nicht-Fischern von schönen, dunklen Fremden.
Ich hatte überlegt, ob ich ihr meine Hand auch hinhalten sollte, aber da sie mich keines Blickes gewürdigt hatte, hatte ich mich dagegen entschieden. Bob, der hübsche blonde Junge mit den braungebrannten Fischerarmen, schien ihr besser gefallen zu haben als das kleine, vollbusige Kirchenchormädchen. Sie hatte seine Hand gar nicht mehr loslassen wollen.
»Vielen Dank«, hatte ich gesagt. »Wir müssen jetzt gehen.«
Ich war aufgestanden. Bob stand unverändert da. So war er. Er hatte Respekt vor Leuten mit Weisheiten. Sie hatte seine Handfläche gestreichelt.
Bob hatte ernst genickt, obwohl er bestimmt nichts verstanden hatte.

Auf der Klippe, war ich mir sicher, verstand er noch immer nichts. Er ließ sich von meinem Vater an den Tisch ziehen, wo der alte Kilian und Joachim Zorres saßen, stolperte über den Bernhardiner und schüttete noch mehr Rum auf sein Hemd. In seinem Kopf wogte der

Tsunami und überschwemmte die bösen Geister. Riss ihre Häuser um. Zerstörte ihre Kirchen, ihre Tankstellen, ihre Vergnügungsviertel, ihre gläsernen Türme und ihre Windräder. Die bösen Geister ertranken. Die Kinder der bösen Geister ertranken. Die Großmütter der bösen Geister ertranken. Vielleicht hatte eine von ihnen die Flut prophezeit. Aus der Hand eines bösen Geistes gelesen.

Ich setzte mich zu ihnen an den Tisch, neben Bob, der inzwischen zwei Gläser Rum getrunken hatte und wieder sprechen konnte.

»Schön, dass du es endlich geschafft hast«, sagte ich zu ihm.

»Ich musste«, sagte er und erzählte mir von den bösen Geistern. Dabei sah er sich immer wieder nach Irina um. Bill legte ihm die Hand auf die Schulter. »Komm öfter«, sagte er.

Irina grinste ihn breit an.

## WILL ER WAS VON MIR

Bob war geübt in der Kunst, sich ein Mädchen zu fangen. Er wusste, wo man die Netze auslegte und welche Köder man einsetzte. In den ersten Tagen unternahm er Versuche, sich mit der Schwester zu verbrüdern. Die Verbrüderung mit Bill und die Versöhnung mit unserem Vater zu vertiefen. Er sah sich meine Filme an und lobte mich in den höchsten Tönen. Er brachte sich ein, wenn wir über unser neues Projekt redeten (was mir ein bisschen auf die Nerven ging). Jedes Mal, wenn er mich sah, beteuerte er, wie gut ich aussähe, wie gut meine Haare aussähen (ich hatte wieder Haare), wie cool mein Oktopus wäre.

Mich interessierte Bobs geheime Arbeit, und ich fragte ihn, ob er etwas mit den Windrädern zu tun habe. Oder mit diesen seltsamen Zecken. Er wurde nervös und erzählte von einem Vertrag, der ihm verbiete, über die geheime Arbeit zu sprechen. Alles, was ich erfuhr, war, dass Bob für die Firma arbeitete, die die Windräder und gläsernen Türme bauen ließ. STARFISH. Ich fragte mich, wozu grüne Energie-Gewinner geheime Angestellte und geheime Verträge brauchten. Bob schien das nicht zu interessieren.

Er war jetzt ständig im Gasthaus. Wir wurden unfreiwillig Zeugen der gesamten Bandbreite seines Balzrituals, denn Irina war schwer von Begriff. Er erfand kleine Ausreden, um aufzutauchen, half beim Kellnern, half in der Küche, brachte unserem Vater Wunderheilöle und übernachtete in Bills Zimmer, weil es zu spät geworden war. Er erzählte Geschichten über seine Fischereiabenteuer. Wie Bill und er in einen Sturm gekommen waren. Wie sie einen Hai aus dem Wasser gezogen hatten. Wie sie bei strömendem Regen den Motor auseinandernehmen und wieder zusammensetzen mussten. Wie sie einmal alle ihre Vorräte verloren hatten. Wie stürmisch es geworden war. Wie heiß es geworden war.

Er lud Musiker ein, brachte seine Gitarre mit und organisierte eine Feier zum Geburtstag meines Vaters, bei der er mit allen Frauen, die im Gasthaus waren, tanzte. Irina stand die ganze Nacht hinter der Bar und zapfte Bier. Ich verteilte Bier an die durstigen Gäste. Unser Vater saß an der Theke und empfing Geburtstagswünsche. Dabei rauchte er, obwohl er Krebs hatte. Bill schwitzte in der Küche.

Bob machte alles andere. Er redete mit allen, er ließ nachschenken, er machte aus, wer die nächste Runde Schnaps zahlte, er überzeugte die Leute, noch mehr Zaza, Pommes und Antipasti zu bestellen, er schwärmte vom Kabeljau-Sahne-Kartoffel-Auflauf, er flirtete mit den Frauen, lobte die Männer, blinzelte verschmitzt zu Irina hinüber, die es meistens nicht sah, spielte (schlecht) Gitarre und sang Liebeslieder.

Schließlich bemerkte Irina etwas. Irgendetwas.

»Irgendetwas ist mit Bob«, sagte sie, als wir gemeinsam Gläser aus der Spülmaschine räumten.

»Wirklich?«

»Er schaut mich die ganze Zeit an. Warte kurz ... da! Jetzt wieder!«

Bob sang in schlechtem Englisch, dass er leben und geben wolle und ein Minenarbeiter war, der nach einem Herz aus Gold schürfte. Dabei begleitete er sich selbst auf der Gitarre. Er warf Irina einen Blick zu, bei dem mich ein Gänsehautschauer überlief. Er war ein Minenarbeiter mit einem Presslufthammer, der den ganzen Berg sprengen würde, um an das Herz aus Gold zu kommen.

Und er war ein Fischer mit einer Harpune. Sein Geschoss hatte mich gestreift und Irina getroffen. Sie fasste nach meiner Hand. Ihre Hand war kalt und nass. Und klebrig vom Bierschaum. Ich drückte ihre kalten Finger.

»Will er irgendwas von mir?«

Bob jammerte weiter, dass er auf der Suche nach einem Herzen aus Gold den Ozean überquert hatte. Die Mine, die das Herz aus Gold barg, zitterte. Der Berg zitterte mit. Bill, der gerade aus der Küche gekommen war, hustete in sein Wasserglas.

»Findest du auch, dass Bob sich komisch benimmt?«, fragte Irina ihn.

Ein Speerfischer mit einem blitzartigen Wurfgeschoss wartet am Meeresgrund, hinter Felsen oder Steinen versteckt, bis ihm der Fisch vor die Harpune schwimmt. Dann schießt er. Sein Speer hat Widerhaken.

»Was will er? Will er was von mir?«

Sie verstand nichts von Annäherungsversuchen, Romantik und Sentimentalität. Als ich ein kribbeliger Teenager gewesen war, der nervös gekichert hatte, wenn die Typen von der Tauchschule auf die Klippe gekommen waren, war Irina vollkommen unberührt geblieben von den Testosteronwellen, die über die Bar zu uns geschwappt waren. Hatte sie überhaupt jemals einen Freund gehabt? Zumindest keinen wirklichen, da war ich sicher. Aber jeder Fisch kann gefangen werden. Und Irina war schon vom Speer getroffen. Sie hing am Widerhaken.

»Was soll das, Bob?«, pöbelte sie ihn an, kaum dass er sein Lied ausgeplärrt hatte. Fast hätte sie ihn gegen einen Tisch gestoßen.

Er legte die Gitarre zur Seite. »Was soll was?«, fragte er und lächelte sie an. Seine weißen Zähne blitzten. Die Zahnlücke blitzte auch.

»Hör auf, mich so anzustarren!«

Bob ließ sich nicht verunsichern. Er hatte die Harpune in der Hand. »Ich wollte nicht lästig sein, tut mir leid«, sagte er und fuhr sich durch die Haare.

»Dann hör auf, mich anzustarren!«

Und sie drehte sich um und ging zurück zur Bar, aber Bob nutzte den Moment, und der Moment war einer, in dem Mammies Freundin Linda zu ihrem Instrument griff und ihren Trommler und Cellisten auf die Bühne holte und Bob Irinas Hand ergreifen und zu ihr »Tanz mit mir« sagen konnte.

Irina sträubte sich, aber Bobs Arm lag schon um ihre Hüften, und er zog sie zu sich, so nah, dass sie ihn riechen musste, und sie roch ihn und hörte auf, sich zu sträuben.

Bill und ich sahen uns an. Über die Leute und die Bar, durch die Rauchwolken hindurch, schaute auch unser Vater uns an.

Bob flüsterte Irina etwas ins Ohr. Der Tsunami rollte mit seinen Worten auf sie zu und schlug über ihr zusammen. Sie roch das Wasser und das Salz. Sie wurde

rot. Dann stolperte sie, weil das Gasthaus ins Schwanken geriet, wenn die Hüterin außer Gefecht gesetzt war, und Bob fing sie auf. In seinen starken Armen.
»Schnaps?«, fragte ich Bill. Er schüttelte den Kopf.
Ich sah mich nach etwas um, das ich tun konnte, und fand durstige Gäste. An der Bar. Rotbuller-Edi, seine besten Freunde Mirko, Ben und Fleischhacker-Michi und ein blondes, schönes Mädchen. Vielleicht war es die von Bob verführte oder nicht-verführte Marie-Antoinette. Sie ließ Bob und Irina nicht aus den Augen. Rotbuller-Edi erwiderte meinen Blick.
»Vor dem ist echt keine sicher«, sagte Rotbuller-Edi laut, während ich Bier für alle zapfte. »Hat die Lisa gleich vergessen.«
»Welche Lisa?«
»Seine Letzte.«
Seine Letzte hatte Lilli geheißen, aber ich korrigierte ihn nicht.
»Ich hab immer gedacht, an euch traut er sich nicht ran«, sagte Rotbuller-Edi, weil ich nichts sagte. »Wegen Bill.«
»Magst du einen Schnaps?«, fragte ich ihn, aber er sagte nein, er müsse noch Auto fahren.
Bob flüsterte Irina etwas ins Ohr, was sie laut auflachen ließ. Er lachte auch. Sie lachten wie zwei Kinder, die ein Geheimnis hatten.
Ich drehte mich weg und reichte Rotbuller-Edis Freunden ihr Bier. Dann fragte ich die Vielleicht-Marie-Antoinette, ob sie auch noch was wolle, und sie riss ihren Blick von dem tanzenden und kichernden Traumpärchen und richtete ihn stattdessen auf meinen Oktopus.

»Rum«, sagte sie ohne bitte und danke zu meinem Oktopus.
Ich schenkte ihr ein und schrieb es auf Rotbuller-Edis Rechnung. Rotbuller-Edi zog die Augenbrauen hoch, als sie ihr Glas kippte. Ich räumte Gläser in die Spülmaschine, richtete mich auf und sah Bob, der auf einmal über die Bar gelehnt auf mich wartete. Irina stand dicht neben ihm. Sie hing an seinem Arm. Ihr Gesicht glühte.
»Darf ich sie kurz entführen?«, fragte mich Bob, der Entführer.
Ich warf einen hilfesuchenden Blick zu meinem Vater, aber der hatte eine Hälfte seiner Aufmerksamkeit auf Tony von Tony's Kiosk gerichtet, der ihm augenscheinlich etwas Lustiges erzählte, und die andere Hälfte auf die Musiker, zu denen sich jetzt dieser Mann mit dem blassen Gesicht und der exzentrischen Brille setzte, den ich beim Fischfest kennengelernt hatte, und sich eine Ziehharmonika umhängte. Er hatte vorhin versucht, mich noch einmal in ein Gespräch über Oktopusse zu verwickeln, aber ich war ihm ausgewichen. Ich hatte keine Verbündeten. Ich sah mich nach einer Ausrede um und fand keine. Alle hatten zu trinken. Niemand wollte zahlen.
»Ja, klar«, sagte ich mit einer Stimme, die brach, sodass ich mich räuspern musste. Mein Hals war völlig trocken. Meine Hände zitterten.
Ich sah sie durch die Tür gehen. Bob ging voraus. Dann war sie verschwunden.
In meinen Ohren pochte Blut. Ganz stetig pochte es und dirigierte meine Bewegungen. Irina ging mit Bob nach draußen. DUMM DUMM. Was, noch ein Bier?

DUMM DUMM. Der Zapfhahn, die Kühlbox, der Messbecher für die Schnäpse. DUMM DUMM. Geschirrspüler auf. Saubere Gläser raus. Dreckige Gläser rein. Drücken, bis es brummte. DUMM DUMM. Gläser einräumen. Theke abwischen. Teller in die Küche tragen. DUMM DUMM DUMM.

In der Küche war es stickig.

Ich stolperte gegen ein leeres Tablett, das auf der Anrichte stand.

»Was ist denn mit dir los?«, fragte mich Bill. »Du bist blass wie eine Leiche.« Er selbst war rot von der Hitze und schwitzte an den Schläfen.

»Ich? Was, nein, alles gut.«

Ich stolperte zur Bar zurück. DUMM DUMM. Auf einmal stand mein Vater neben mir und legte mir die Hand auf den Rücken. Ich lächelte ein schnelles, flimmerndes Lächeln. Er goss uns einen Schnaps ein. Auf seinen Geburtstag. Ich stieß an und trank. Dann fragte er mich mit einem Blick, ob ich in Ordnung war. Ich lächelte etwas breiter. Er deutete auf einen Stuhl. Ich setzte mich.

Einen Moment lang saß ich da und spürte die Weltkugel schwanken, wie ein kleines Boot bei leichter Brise. Auf und ab. DUMM DUMM.

*Fünfzehn Mann auf des toten Manns Kiste*
*Ho ho ho und 'ne Buddel voll Rum.*

Ich sprang von meinem Stuhl auf und goss mir nach.

*Suff und der Teufel, die holten den Rest*
*Ho ho ho und 'ne Buddel voll Rum.*

Das Gasthaus begann sich zu leeren. Linda und ihre Band hatten aufgehört zu spielen. Ein paar Betrunkene sangen noch. Ich ging durch den Raum, sammelte alle leeren Gläser ein und brachte sie zur Bar. Als ich dort ankam, war Irina wieder da. Sie stand hinter der Theke und nahm die leeren Gläser entgegen.
»Wo kommst du denn her?«, fragte ich sie.
»Wieso? Von draußen. Du hast uns doch rausgehen sehen.«
»Und wo ist Bob?«
»In der Küche.«
In der Küche, wo er sich von Bill die Erlaubnis zur Entführung seiner Schwester holte, nachdem die Schwester schon entführt worden war.
»Er ist schon hübsch, oder?«
Ich polierte den Schriftzug, der in die Theke eingelassen war. »Zur schwankenden Weltkugel«.
»Bob, meine ich«, fuhr sie fort, »Mammie hat immer gesagt, dass er so schön ist, erinnerst du dich? *Oh main Gott, so ein scheeeener Mensch. Du bist so ein scheeener Mensch, du Schlingel.*«
Ihr Gesicht glühte. Ihre Augen glänzten. Sie sah aus, als würde sie Licht ausstrahlen. Fluoreszierend.
»Und er ist auch so lustig.«

# ICH WILL DIE FISCHE SEHEN UND DIE KNOCHEN

Vielleicht hatte ich ganz grundlegend etwas nicht verstanden. Diese Konstruktion der langfristigen zwischenmenschlichen, sexuellen Beziehung, gemeinhin Liebe genannt. Dass die Menschheit sich in Paare zusammentat, um paarweise ihren Alltag zu bewältigen, war eine Art unausgesprochenes Gesetz, dem die meisten folgten.

Ich hatte mit Robin eine Partnerschaft betrieben, die meiner Meinung nach eine Freundschaft und Kollegenschaft gewesen war, verbunden durch unser gemeinsames Interesse und vertieft durch meine schwesternlose Einsamkeit. Diese Beziehung war aus Gründen, die ich nicht vollständig nachvollziehen konnte, als die wertvollste Beziehung in meinem Leben konnotiert worden. Von allen, und schließlich auch von mir. Unabsichtlich.

Robin und ich hatten uns in meinem zweiten Jahr in der Stadt gefunden. Vor dem schwarzen Brett der Schule. Am schwarzen Brett war Robins Plakat gehangen. Schwarzer Filzstift auf pinkem Papier.

*Suche Kameramänner* (vielleicht ..., so hatte ich überlegt, auch -frauen?), *Lichttechniker* (vielleicht auch -innen?), *Tonmeister* (vielleicht auch -innen?), *Statisten m/w und Schauspieler m/w für Spielfilm.*

Ich (zweite Klasse Oberstufe, weißblusig, langhaarig, pausbäckig, kirschmündig, vollbusig) stand minutenlang davor und las es immer und immer wieder, zögerte, wartete, überlegte und wollte schon gehen und bis morgen darüber nachdenken, als er (dritte Klasse Oberstufe, haremhosig, undergecutted, leinenbeschuht) mich ansprach.

»Hast du gerade zufällig mein Plakat gelesen?«

»Wer ... ich ... ja.«

»Hi! Das ist mein Plakat. Ich bin Robin.« Und er zeigte auf das Plakat, auf dem der Name »Robin« stand.

»Hallo.«

»Hallo ...?«

»Klarissa.«

»Also, Klarissa, wofür interessierst du dich? Schauspiel? Ich kann mir gut vorstellen, dass ich eine Rolle für dich habe. Ja, ich hätte da zum Beispiel ...«

»Nein. Kamera.«

»Kamera?«

»Ich mache Filme. Und ich würde gerne mehr über Kameratechnik lernen und über Schnitt.«

Von da an arbeiteten wir Tag und Nacht und wurden dabei Freunde. Wir besetzten Mitschüler für die Hauptrollen und feilten an Robins Drehbuch. Robins Freunde, die ich durch den Dreh kennenlernte, waren alle arbeitswütige Filmbesessene, denen keine Stunde zu spät und keine Arbeit zu mühsam war. Ich liebte es, liebte das Team und hatte endlich das Gefühl, nicht mehr ganz alleine in der Stadt zu sein. Es war fast wie zu Hause.

Robin besorgte mir einen gebrauchten Laptop und zeigte mir, wo ich gecrackte Video-Schnitt-Programme

herunterladen konnte. Er fand, dass ich gesellschaftskritisch, visionär, genial und eine Künstlerin sei. Er überredete mich, die Aufnahmeprüfung an einer renommierten Kunstakademie zu machen, die ich wirklich schaffte. (Robin schaffte sie nicht.)
Am Tag der Bekanntgabe hatten wir Sex.
Dann weinte ich und wollte nach Hause.
Zu meiner Schwester.
Aber ich wollte ihn nicht auf die Insel mitnehmen. Robin würde die Stadt mitbringen. Er würde mein Stadt-Ich mitbringen. Das Ich, das mit ihm zusammen war, mit ihm in Kneipen ging, mit ihm Filme schaute und Filme entwickelte und alles andere.
Das Ich, das ich dann geworden war. Un-Ich. Das Ich, das sich alles wegnehmen ließ.
Und vor allem wollte ich Robin nicht mit Irina bekannt machen.
»Wisst ihr, sie will mich ihrer Familie nicht vorstellen«, verkündete Robin eines schönen Abends. Wir saßen auf der Straße im Bermudadreieck auf weich gepolsterten Würfeln auf dem Kopfsteinpflaster und tranken Weißwein und aßen Salzbrezeln.
Ich war an jenem Abend längere Zeit verschwunden, um mit Irina zu telefonieren, und setzte mich gerade wieder zu ihnen, als Robin der Runde verkündete, dass ich ihm meine Familie vorenthielt.
»Wie kommst du denn auf so was? Sie haben nur alle wahnsinnig viel zu tun. Ich fahre auch nur hin, weil sie meine Hilfe brauchen.«
»Aber ich könnte doch auch helfen.«
»Das ist nicht so lustig. Kellnern. Kochen. Fische ausnehmen.«

Das führte zu einer großen Aufregung. Alle waren hellauf begeistert von der Idee, Fische auszunehmen. Ich geriet in Verlegenheit und sagte, dass wir nicht genug Schlafplätze hätten.
»Ich schlafe auf dem Boden«, sagte Robin. Dann fasste er mich um die Hüfte und zog mich zu sich. »Du kannst deine rurale Vergangenheit nicht ewig vor mir verstecken. Ich will die Fische sehen und die Knochen!«
Ich dachte, dass es bei dem einen Mal bleiben würde, und kündigte ihn an. Am Telefon.
»Robin kommt mit«, sagte ich zu Mammie.
Mammie war sofort so aufgeregt, dass sie das Telefon meinem Vater weiterreichte. Mein Vater antwortete darauf mit einem ganzen Satz, und er sprach ihn mir klar und deutlich durch das Telefon ins Ohr. Seine Stimme klang fremd, so fremd wie sein rasiertes Gesicht und seine zurückgekämmten Haare, damals, als er ein Spazierstock gewesen war, der sich als Priester in Zivil verkleidet hatte.
»Das freut mich«, sagte er.
»Mein Vater freut sich, dass du mitkommst«, sagte ich zu Robin. Die Worte klangen noch in meinen Ohren. Ich war wirklich überrascht. »Er sagt normalerweise nicht so viel.«
»Dann ist das ja ein gutes Zeichen.«
Es war kein gutes Zeichen.
Mein Vater hatte beschlossen, dass ich Robin heiraten würde. Und Unheil und Krankheit und Schwesternlosigkeit tauchten am Horizont auf. Dunkel wie ein Sturm auf hoher See.
Mein Vater kam uns mit offenen Armen entgegen. Er hatte sich tatsächlich rasiert und seine Haare zu-

rückgekämmt. Sein nacktes Gesicht leuchtete. Robin lächelte verlegen zurück.
Neben meinem wettergegerbten Vater sah Robin kleiner und dünner aus als in der Stadt und wesentlich blasser. Er schien mir schlagartig wie jemand, den ich eigentlich gar nicht kannte.
Mein Vater besah ihn sich mit einem langen Blick. Die langen blonden Haare, die er zu einem Knoten am Hinterkopf zusammengebunden hatte. Seinen Undercut. Seine billigen beigen Leinenschuhe, die beim ersten Regen auseinanderfielen. Seine zerrissenen Hosen. Sein Hemd, seinen Schal, seine Tasche. Seine Hornbrille.
Dann sprach er sein Urteil.
»Gut. Willkommen.«
Er war mit Robin einverstanden. Wahrscheinlich sah er für ihn aus, wie ein Intellektueller aus der Stadt für ihn auszusehen hatte.
Ich blickte zu Irina, die beinahe schüchtern auf mich zukam.
Alle waren eingeweiht, nur ich nicht.

Ich war die BRAUT. Robin war der BRÄUTIGAM. Mein Vater war der BRAUTVATER. Bill war der SCHWAGER IN SPE. Irina war die LEDIGE SCHWESTER. Und Mammie war die HAUSHÄLTERIN.

SCHWAGER IN SPE: Und? Wie war die Reise?
BRÄUTIGAM: Ach, die Zeit ist ganz schnell vergangen. Wir haben das Meer gefilmt. Es war schön. Oder, Klarissa?
BRAUT: Ja.
*Die BRAUT versucht, Blickkontakt zur LEDIGEN SCHWES-*

*TER aufzunehmen, aber die LEDIGE SCHWESTER schaut weg. Die BRAUT geht zur LEDIGEN SCHWESTER und stellt sich neben sie, weiß nicht, was sie tun soll, lächelt schließlich verlegen und haucht ihr ein tonloses Wort entgegen – »Hi« oder so etwas – und berührt sie am Arm. Die LEDIGE SCHWESTER dreht sich zur BRAUT, grinst sehr breit und schaut dann weg und zum BRÄUTIGAM, der ein unbeholfenes Gespräch mit dem SCHWAGER IN SPE begonnen hat.*

SCHWAGER IN SPE: Du machst auch Filme?

BRÄUTIGAM: Ja. Aber ich bin nicht so gut wie sie, oder, Klarissa?

BRAUT: Na ja.

BRÄUTIGAM: Und du bist Irina. Wow! Wahnsinn, dir in echt zu begegnen. Ich habe dich in so vielen Filmen gesehen, ich habe das Gefühl, ich kenne dich schon.

LEDIGE SCHWESTER: ...

BRÄUTIGAM: Du siehst genau so aus wie in Klarissas Aufnahmen.

LEDIGE SCHWESTER: ...

*Die BRAUT merkt, dass ihr die Situation entgleitet, dass sie den BRÄUTIGAM hasst und dass sie ihn jetzt und vor allen nicht hassen darf. Es bildet sich im Hals der BRAUT ein harter, schmerzender Knoten. Die LEDIGE SCHWESTER hat keine Lust zu antworten. Sie hat auch keine Lust auf Kontaktaufnahme zur BRAUT. Ihr Blick ist weich, aber unnahbar. Eine peinliche Stille entsteht, während sich der Knoten im Hals der BRAUT in einen Würgereiz verwandelt. Die HAUSHÄLTERIN rettet die Situation.*

HAUSHÄLTERIN: So, jetzt wir müssen nach Hause fahren, weil Essen ist fertig und Hunger habt ihr auch.

BRÄUTIGAM: Super. Ich habe wirklich Hunger! Du doch auch, Klarissa?

BRAUT: ...
*Die BRAUT hat keinen Hunger, sondern einen Würgereiz.*
HAUSHÄLTERIN: Gibst du mir deine Tasche?
BRAUT: Nein, Mammie, du sollst dich nicht so abschleppen.
*Der SCHWAGER IN SPE nimmt der BRAUT und dem BRÄUTIGAM die Taschen ab und schwingt sie sich über die Schulter.*
BRÄUTIGAM: Wahnsinn. Du bist echt stark.
BRAUT: Bill, wir können unsere Sachen auch selbst tragen!
*Der SCHWAGER IN SPE geht mit den beiden Taschen von der Bühne. Die BRAUT beginnt in dem Moment auf den Sympathiefaktor des SCHWAGERS IN SPE zu hoffen, damit der BRÄUTIGAM abgelenkt ist und sie allein mit der LEDIGEN SCHWESTER sein kann.*

Im Auto griff ich nach Irinas Hand. Sie drückte meine Hand kurz und ließ dann ihre kühlen Finger davongleiten.
Während Robin und Bill erste Versuche unternahmen, sich anzufreunden (»Zeigst du mir, wie man Fische ausnimmt?« »Wir können morgen fischen gehen.« »Hammer! Wir können einfach so fischen gehen! Wie cool ist das denn?« »Aber wir müssen früh raus, so um halb fünf.« »Was, so früh ...«), verschwand Irina mit Mammie in der Küche. Mein Vater gebot mir mit einem Blick, sitzen zu bleiben, ich blieb und wartete, bis sie wiederkommen würde oder ich aufstehen konnte, aber sie kam nicht wieder.
Es war ein Theaterstück, in dem nichts passierte.
Eine Weiche wurde langsam umgestellt. Der Wind

drehte und der Kurs änderte sich. Die Strömung floss plötzlich anders herum. Am Schluss hatte ich meine Schwester verloren.

## WAS ICH IM WASSER SAH – 6

*Froschlaich klebt in transparenten Trauben aneinander und schwebt durch das dunkle Wasser.*
*Auf den Vorhängen vor dem Fenster und der Balkontür wächst Moos in kleinen grünen Halmen.*
*Das Wasser ist jetzt still wie ein tiefer Teich.*

*Meine Schritte lassen die Vorhänge schwingen.*

*Ich warte ab, was sie tun wird, aber sie tut nichts, außer schwer zu atmen. Meine Frage beantwortet sie natürlich nicht, ich weiß ja ohnehin, warum sie die Wohnung unter Wasser gesetzt hat.*

*»Bob hat mich angerufen. Er wollte, dass ich dich besuchen komme«, sage ich jetzt, in der Hoffnung, dass sie das beruhigen wird, und mache einen Schritt auf sie zu.*

*Sie reißt ihre Hände in die Höhe, in einer seltsam weichen, gummihaften Bewegung. Als würde sie ihre Arme nicht beim Ellbogen abwinkeln. Als hätte sie gar keine Ellbogen.*
*Ihre Hände wirken sehr klein, aber ich sehe sie nicht richtig.*

*Als ich ihr nahe komme, beginnt sie zu fauchen, und schlapp klatschen ihre Arme gegen die nassen Polster. Sie strampelt auch mit den Beinen, glaube ich, das platschende Geräusch kommt jedenfalls von der anderen Ecke des Sofas.*
*Ich suche in der Dunkelheit nach ihrem Gesicht und entdecke*

*ihre Augen, die Licht reflektieren wie Glasperlen. Der Schimmer ist da, ganz deutlich. Der Rest ihres Gesichts ist nicht auszumachen, sie hat sich ein nasses Tuch bis zur Nase gezogen, zumindest sieht es im schummrigen Licht so aus.*

*»Bob hat mich geschickt, nach dir zu sehen, weil er sich Sorgen macht. Soll ich ihm sagen, dass es dir gut geht?«*

*Es schnauft und klatscht, als würde jemand schwere Wäschestücke ins Wasser werfen.*

*Ich will mich zu ihr setzen, strecke die Hand nach dem Sofa aus, aber sie zischt mich an.*
*Ich sollte mich wirklich hinsetzen, wenn ich nicht umkippen will, denn mir wird immer schwindliger. Kleine weiße Sterne beginnen vor meinen Augen zu tanzen. Vielleicht darf ich mich ja an dem Sofa festhalten. Ich taste mit einer Hand durch die Dunkelheit und berühre etwas Weiches, Schleimiges, wie Fischhaut ohne Schuppen, und zucke weg. Sie zischt, und etwas klatscht neben mir ins Wasser.*
*Ich trete einen Schritt zurück.*
*Die kleinen Sternchen vor meinen Augen blinken immer greller. Sie sind gar nicht weiß, sondern gelb.*
*Ich will nicht in dieses schleimige Wasser fallen.*

*Wenn es nur nicht so dunkel wäre.*

*Ich rede weiter.*

*»Kann ich etwas für dich tun? Soll ich dir frisches Wasser bringen? Soll ich versuchen, die Wohnung noch mehr zu fluten? Ich könnte einen Schlauch vom Erdgeschoss ...«*

*Sie zischt nur und will nichts davon hören.*
*Sie will bestimmt, dass ich gehe.*
*Aber ich will nicht gehen.*

## SIE FILMT STÄNDIG IRGENDWAS

Wenn man sich in den nächsten Wochen durch das Gasthaus bewegte, traf man überall auf Irina-und-Bob. Irinob. Borina. Ein vierbeiniges Monster.

Sie bemerkten es meistens nicht, wenn sie im Weg waren. Sie waren zu sehr miteinander beschäftigt, aneinander festgesaugt, Körperflüssigkeiten austauschend, die Arme umeinandergeschlungen, die Beine ineinander verwoben.

Wenn Mammie das erlebt hätte, hätte sie ihnen das ausgetrieben. Aber keiner von uns besaß diese Macht.

Unser Vater versuchte es immerhin. Er nahm Bob zur Seite und führte mit ihm ein Männergespräch. Dabei bediente er sich seiner üblichen Kommunikationsformen. Er setzte sich auf die Treppe zu Bob, der gerade vor der Küche Fischinnereien in einen Plastiksack schaufelte. Er deutete mit dem Kopf zu Irina, die in der Küche stand und die ausgenommenen Fische in Folie einwickelte. Dann fixierte er Bob mit hellen, scharfen Augen.

Bob verstand und schwafelte los. »Sie hat so etwas Überirdisches, wie eine Elfe oder wie eine Fee, nicht wahr? Als wäre sie damals vom Himmel gestiegen oder aus einer anderen Welt gekommen. Ich kenne sie ja schon ewig, und trotzdem habe ich sie nie durchschaut – ich meine, kein Wunder, Klarissa ist ja die ganze Zeit an ihr geklebt ...«

Ich musste nach Luft schnappen, als ich das hörte.

Die Augen unseres Vaters verwandelten sich in lauernde Seeungeheuer, und Bob wechselte die Strategie. »Ich meine es ernst, du weißt, dass ich es ernst meine, das weißt du, oder? Ich werde sie heiraten, wenn sie will, ich habe sie noch nicht gefragt, aber ich frage sie, jetzt gleich ... oder nein, morgen! Ich muss noch einen Ring kaufen!«

Natürlich, es störte ihn, dass ich Irina immer wieder von ihm wegholte, um mit ihr Dinge zu filmen, die er nicht verstand. (Zum Beispiel Irina, wie sie neben den Windrädern stand und pustete, als würde sie den Wind erzeugen.) Oder dass er sie meistens bei mir traf, wenn er sie suchte. Oder dass wir unsere Gespräche unterbrachen, wenn er den Raum betrat.

Wir wussten noch nicht recht, was wir machen wollten. Ich hatte noch keine zündende Idee gehabt. Und jetzt fühlte ich mich klebrig, weil er gesagt hatte, ich *klebte* an Irina.

Am nächsten Tag fuhr ich alleine ins Industrieviertel, parkte Bills Moped am Neuen Hafen und wanderte über die Betonplattform. Der Wind riss mich fast ins Meer. Ich sah mich mit zusammengekniffenen Augen um und entdeckte zwischen den gläsernen Windrädern, den Hügel hinaufwandernd, wieder die schwarzen Halbsphären, die mir schon bei meiner Ankunft aufgefallen waren und die ich dann aber vergessen hatte. Sie hockten wie Zecken im Berg und glänzten ölig-schwarz wie Wasserkäfer.

Ich hielt meine Kamera auf sie. Durch die Kamera sahen sie nicht so ungewöhnlich, artifiziell und außerirdisch aus wie in Wirklichkeit. Ich änderte die Lichtsensibilität und sah wieder durch die Kamera. Plötzlich fiel mir auf, dass die Zecken sich bewegten. Zumindest eine von ihnen. Sie krabbelte ganz langsam den Berg hinunter. Ich senkte die Kamera, um mich mit bloßem Auge zu vergewissern. Sie bewegte sich wirklich. Sie kroch auf mich zu. Ich filmte die Zecke, wie sie den Berg hinunterkrabbelte, als mich von hinten jemand grob bei der Schulter packte.

Ich drehte mich um. Vor mir stand ein Mann mit der Aufschrift »Security« auf seiner Jacke. Er war groß, schwarzhaarig und hatte eine riesige Nase.

»Was glauben Sie, was Sie da tun?«, fragte er mich.

»Ich glaube, ich filme Zecken«, sagte ich patzig.

»Geben Sie mir die Kamera«, sagte er.

»Wieso?«

»Hier wird nicht gefilmt«, sagte er. »Geben Sie mir die Kamera.«

»Nein.«

»Ihre Papiere!«

»Warum?«

Sein Walkie-Talkie krachte in seiner Brusttasche. Er drückte einen Knopf und sagte: »Verstärkung!«, ohne es herauszuziehen.

Ich schluckte.

»Woher soll man denn wissen, dass es verboten ist, hier zu filmen?«, fragte ich ihn, aber er gab mir keine Antwort, sondern sah sich nach seinen Kollegen um, die hinter einem gläsernen Turm hervor auf uns zukamen. Die Kollegen sahen aus wie Soldaten, kurzhaarig, glatt rasiert und stramm. In schnellem Schritt kamen sie näher. Sie sahen mich an, als wäre ich eine Terroristin.

»Ihre Papiere bitte«, sagte einer der anderen zu mir und hielt mir seine Pranke entgegen.

»Warum?«, fragte ich.
Als ich noch ein süßes Mädchen gewesen war, war ich aus solchen Situationen immer unbeschadet herausgekommen. Ich hatte geweint, mich dumm gestellt und süß gelächelt. Jetzt wusste ich nicht, was ich tun sollte. Ich wollte nicht mehr süß lächeln. Ich hatte in meinem Leben genug süß gelächelt.
»Was haben Sie da gefilmt?«, fragte mich einer, er war blond und sehr groß.
»Die Windräder am Berg.«
»Warum haben Sie die Windräder am Berg gefilmt?«
»Das wird man doch noch dürfen!«
»Ihre Papiere bitte!«
»Aber was hab ich ...«
»Jetzt reden Sie nicht herum, sondern rücken Sie Ihre Papiere heraus, sonst bekommen Sie eine Strafe wegen Gehorsamsverweigerung«, fauchte ein anderer, der bis jetzt still gewesen war.
Ich kramte in meiner Kameratasche, zog zerknüllte Taschentücher heraus, eine Plastiktüte mit Nüssen, einzelne Nüsse, die sich aus der Plastiktüte befreit hatten. Dann griff ich in meine Hosentaschen und ertastete meinen Führerschein, zerdrückt und gefaltet. Ich strich ihn glatt und reichte ihn den Wartenden.
Sie runzelten die Stirn. »Das wollen Sie sein?«
Einer hielt sich das Bild ganz dicht vor die Augen.
Ich nickte.
»Das sind nicht Sie.« Und er zeigte meinen Führerschein seinen Kollegen. Die schienen genauso wenig überzeugt. »Kommen Sie mit.«
»Nein, bitte, wirklich, das bin ich, es ist nur schon länger her.«

Der Blonde legte seine Hand auf meine Schulter. »Und Ihre Kamera hätten wir auch noch gerne.«
»Nein!«
»Sie verstehen Ihre Lage wohl nicht! Sie wurden hier mit fremden Papieren bei einer gesetzeswidrigen Handlung ertappt!«
Sein Gesicht war rot angelaufen. Mein Herz begann zu klopfen, weil er mich angeschrien hatte, und ich hielt ihm meine Kamera hin, die er mir aus der Hand riss. Ich hoffte, dass er sie nicht kaputt machen würde.
Sie führten mich zu einem flachen Gebäude neben einem der gläsernen Türme. Der gläserne Turm spiegelte uns, wie wir zu viert über die menschenleere Plattform gingen, jeweils einer der Männer zu meinen Seiten und ein anderer hinter mir. Meine Reflexion wirkte unglaublich klein und verloren zwischen ihnen, und sie sah sich hilfesuchend um. Ich konnte nicht davonlaufen.
Wir betraten das Foyer des flachen Gebäudes, wo ein weiterer Security wie ein Rezeptionist hinter einem Empfangspult saß und auf einen Monitor starrte. Einer meiner Securities raunte ihm etwas zu, was ich nicht verstand. Wir gingen an ihm vorbei in einen Raum, der keine Fenster, dafür aber mehrere Türen hatte und der stark klimatisiert war. Meine Arme überzogen sich mit einer Gänsehaut. Die Männer verwiesen mich auf einen Plastikstuhl an einem Tisch. Der Blonde ging nach draußen.
Die Klimaanlage brummte. Ich verschränkte meine Arme vor meinem Oktopus, weil mir kalt war, und sah mich um. Es war kein großer Raum. Außer dem Tisch und zwei Stühlen war er leer. Die Wände waren grau

und nackt. Der Tisch in einem helleren Grau. Auf den Tisch hatten sie meine Kamera und meinen Führerschein gelegt.
Niemand sagte etwas. Hinter mir atmete einer der Securities heftig. Wir warteten. Ich räusperte mich, und es hallte in dem leeren, nackten Raum. Der eine verlagerte hin und wieder sein Gewicht, wodurch seine Schuhsohle auf dem grauen Boden quietschte. Der andere schien nicht einmal zu atmen.
Mir wurde immer kälter. Ich trug nur eine kurze Hose, ein dünnes T-Shirt und Flipflops. Meine beiden Securities hatten schwere Stiefel an den Füßen, lange Hosen und dicke Jacken. Wie sie es in der Hitze draußen aushielten, war mir ein Rätsel, aber hier waren sie im Vorteil.
Ich rieb mir mit den Handflächen die Oberarme, aber es half nicht. Ich schlüpfte aus meinen Flipflops, zog meine Oberschenkel an meinen Brustkorb und legte mein Kinn auf die Knie. Das schien den einen zu stören, denn er räusperte sich, aber ich blieb, wie ich war, und wickelte meine Arme um meine Beine. Das Licht kam aus Neonröhren und zitterte im Takt der Klimaanlage. Wenn sie noch ein paar Grad nach unten drehen würden, könnte man den eigenen Atem aufsteigen sehen.
»Mir ist kalt«, sagte ich.
Sie schwiegen.
»Um fünf muss ich arbeiten«, sagte ich.
Auch das war ihnen egal.
Ich legte meinen Kopf wieder auf meine Knie, die bereits eine ungesunde blauviolette Farbe anzunehmen begannen. Ich machte mich so klein ich konnte, eine knochige Kugel auf einem Plastikstuhl.

Dann ging die Tür auf, und ein neuer Security kam herein, gefolgt von dem Blonden. Der neue war älter und dicker als die anderen, trug eine Mütze und sein Security-Schriftzug war goldfarben. Er schien ihr Chef zu sein. Der Chef sank in den Sessel, würdigte mich keines Blickes und verlangte Kaffee. Der Blonde verließ den Raum. Keiner sagte etwas, bis der Chef seinen Kaffee bekommen hatte. Ich zitterte auf meinem Stuhl. Dann räusperte sich der Chef, nahm meinen Führerschein vom Tisch und sah ihn sich lange an. Dann schaute er endlich zu mir. Ich lächelte nun doch verlegen, obwohl das nichts nützen würde. Meine Zähne klapperten aufeinander.
Er machte ein Geräusch, das vermutlich ausdrücken sollte, dass ich meinem Foto nicht ähnlich sah.
»Sie behaupten also, Sie seien Klarissa Grill.«
Ich nickte.
»Wann und wo ist Klarissa Grill geboren?«
Ich antwortete.
»Wann wurde Klarissa Grills Führerschein ausgestellt?«
Ich rechnete kurz nach und antwortete. Was für ein Verhör. Diese Daten hätte ich auch auswendig lernen können, wenn es nicht mein Führerschein gewesen wäre.
»Und warum läuft Klarissa Grill über Privatgrund und filmt Privateigentum?«
»Klarissa Grill wusste nicht, dass es Privatgrund und Privateigentum ist.«
»In wessen Auftrag ist Klarissa Grill unterwegs?«
»In ihrem eigenen.«
»Warum?«
»Sie findet die gläsernen Windräder so schön.«

»Wer?«
»Klarissa Grill. Ich.«
»Sie schauen aber nicht so aus.«
»Das Foto ist recht alt.«
Er sah es sich noch einmal an und schnaubte.
»Hat man so was schon gehört ... Sie finden die Windräder so schön? Ist euch schon mal aufgefallen, dass die schön sind?« Die Securities brummten undefiniert.
»Und was wollen Sie damit?«
»Ich bin Künstlerin«, sagte ich.
Er lachte laut auf und sagte noch einmal: »Hat man so was schon gehört!« Dann hörte er auf zu lachen. »Gibt es jemanden, der Ihre Identität bestätigen kann?«
Ich nickte und nannte ihm unsere Adresse. Dann ließ er meinen Führerschein kopieren und nahm mir die SD-Karte weg, auf der das Gläserne-Turm-Material gespeichert war. Ich bat ihn, sie mir nicht wegzunehmen, sondern einfach alles zu löschen, doch er blieb stur und gab sie mir nicht zurück. Das war bitter.
»Sie haben großes Glück, dass Sie keine Geldstrafe auferlegt bekommen«, sagte er noch.
»Der Privatgrund ist nicht markiert, und man kann ja nicht riechen, wo er beginnt, immerhin ist eine Plattform darunter der Neue Hafen«, gab ich trotzig zurück.
Er hob warnend eine Augenbraue, und ich war still und sah auf meine blaugefrorenen Hände.
Dann sagte er, ich solle mir einen neuen Führerschein ausstellen lassen.
»Und Ihre Tätowierung müssen Sie unter *besondere Kennzeichen* registrieren lassen.«
Ich nickte brav.
»Wir werden Sie jetzt zu der von Ihnen genannten Ad-

resse bringen und uns vergewissern, dass Sie Klarissa Grill sind.«

Ich seufzte genervt. Er sah mich an, als würde er mir am liebsten eine Ohrfeige geben. Dann hievte er sich aus dem Stuhl und ging ohne Abschiedsgruß.

Wir fuhren in ihrem Security-Auto.

Als wir zum Weg auf die Klippe abbogen, sagte der eine: »Da arbeitet die fesche Kellnerin.«

Die fesche Kellnerin hing mit Bob schmusend über der Theke. Als ich in Begleitung meiner Securities durch die Tür kam, reagierten sie nicht. Erst als ich laut grüßte, fuhren die Verliebten auseinander, entwirrten ihre Glieder und blinzelten ins Licht. Die Securities standen in der Tür und blinzelten ins Dunkel.

»Wollen Sie was trinken?«, fragte ich sie. Immerhin waren wir hier auf meinem Territorium, und ich wollte netter zu ihnen sein, als sie auf ihrem Territorium zu mir gewesen waren.

Die Securities schüttelten die Köpfe. Der Blonde erkannte Bob, ging auf ihn zu und schüttelte ihm über die Bar die Hand. Dann begrüßte er Irina sehr höflich und fragte die beiden, ob ich Klarissa Grill sei. Bob bestätigte. Damit war ihre Arbeit hier getan.

Aber der Blonde hatte einen anderen Blonden gefunden, mit dem er plaudern wollte. Er stellte Bob seinen Kollegen als *Jakob Kreuznaer vom NWDC-Team* vor, lehnte sich an die Theke und deutete mit dem Kinn auf mich. »Wir haben sie im Industrieviertel aufgegriffen, wo sie die Windkraftanlage gefilmt hat.«

Jakob Kreuznaer vom NWDC-Team nickte und seufzte: »Ja, sie filmt ständig irgendwas.« Und als wäre das nicht

genug, sagte er auch noch: »Sie war sehr krank. Brustkrebs.«
Die Welt schwankte so gewaltig zur Seite, dass ich beinahe umfiel.
Der Blonde sah kurz zu mir rüber auf meinen Oktopus, nein, auf meine Nicht-Brüste, auf das Schlachtfeld des Brustkrebses, und nickte.
»Wollt ihr wirklich nichts trinken?«, fragte Jakob Kreuznaer vom NWDC-Team, Herr des Hauses, zukünftiger Schwiegersohn, Erbe des Fischfangs, auserwählt durch und durch.
Der eine stieß den Blonden an. »Warum nicht? Einen Kleinen?«, fragte er seine beiden Kollegen. »Wenn man schon so fesche Gesellschaft hat.«
Er lächelte Irina an, vielleicht charmant – ich konnte es nicht sagen. Jakob Kreuznaer vom NWDC-Team lächelte noch viel charmanter und legte einen schützenden Arm um seine Verlobte in spe. Auch der Dritte wagte sich nun vor, als ihm klar wurde, dass in dem Haus nicht nur verrückte Un-Frauen wohnten. Ich warf Irina einen Blick zu. Sie sah mich nicht an, dafür streifte mich Bobs Blick, in den er einen Hauch von Triumph legte, oder bildete ich mir das ein?
Ich ging durch die Küche in den Garten und setzte mich auf die steinernen Stufen im Schatten der Laube, in die Brise vom Meer. Mir war schwindlig. Ich zitterte noch immer. Ich musste wütend bleiben und nicht einbrechen in den Sumpf, der unter der Wut lag und in dem man versank, wenn man es zuließ.

## UND SIE KLEBT DIE GANZE ZEIT AN DIR

Wir feierten ihre Verlobung.
Irina bekam einen silbernen Ring mit einer hübschen weißen Perle. Bob strahlte wie ein Leuchtturm. Er hatte sie eingefangen, sie, die Elfe, die Fee, und konnte es gar nicht glauben, dass er so viel Glück im Leben hatte. Er küsste sie und küsste sie und küsste sie. Irina drückte sich an ihn. Sie fütterten einander mit Kuchen und leckten sich Mandelcreme von den Fingern. Sie waren ein schönes Paar, fanden alle.
Unser Vater hielt eine kurze, stumme Rede, bei der er den Verlobten seine Handflächen auf die Köpfe legte. Dann lachte er und küsste beiden die Stirn.

Am nächsten Tag verlor Irina ihren Verlobungsring. Sie hatte ihn auf die Ablage bei der Spüle in der Küche gelegt, und da war er jetzt aber nicht mehr. Sie nahm es gelassen.
»Ich heirate ihn sowieso. Ist doch egal, ob ich den Ring hab«, meinte sie. »Wenn du Robin heiratest, heirate ich Bob.«
Ich hob den Kopf und sah sie an.
Robin? Was hatte denn Robin damit zu tun?
»Viel schlimmer ist es, dass du die SD-Karte verloren hast.«
Das stimmte. Wir waren in der Früh beim Elektrogeschäft gewesen, um eine neue zu kaufen, aber das

Elektrogeschäft war geschlossen und ausgeräumt. Eine Zahnlücke geworden. Wir waren durch die Stadt gelaufen und hatten ein anderes Geschäft gesucht, das SD-Karten verkaufte. Aber natürlich gab es keines. Es gab überhaupt nicht mehr viele Geschäfte.
»Vielleicht kann Bob sie zurückholen«, versuchte Irina mich zu trösten. »Immerhin sind die Securities seine Kollegen.«
Ich nickte langsam. Vielleicht. Vielleicht auch nicht. Ohne SD-Karte gab es keinen Grund mehr, an Irina zu *kleben*.
»Vielleicht will er nicht«, sagte ich vorsichtig.
Irina schüttelte den Kopf. »Wir müssen aber einen Film gegen das Windrad-Imperium machen.«
Das stimmte auch. Es wurde immer dringender. Viele Leute verließen die Insel, weil sie von STARFISH verdrängt wurden. Unser Stammgast, der Cowboy, hatte die Rechte an seinem Musikladen verloren. Der alte Kilian, Joachim Zorres und der Bernhardiner konnten den Pachtvertrag für ihre Wein- und Zuckerrohrfelder nicht verlängern. Und – was mir besonders naheging – Mammies Freundin Rosa würde mit ihrer alten Frau aufs Festland ziehen, um sie in einer neuen Wohnung vierundzwanzig Stunden lang zu betreuen.
»Aber Bob arbeitet doch für STARFISH ...«
»Stimmt. Ich arbeite für STARFISH.« Plötzlich stand er in der Tür und sah finster in den Raum. Er war bleich und sah sehr ungesund aus, wie immer, wenn er von seiner geheimen Arbeit kam. Hinter ihm schien die Morgensonne viel zu grell. Die Obstbäume standen gegen das Licht wie unheilverkündende Zeichen. »Worum geht es?«

Ich war richtig erschrocken, ihn zu sehen. Irina sprang auf und warf sich mit solcher Inbrunst auf ihn, dass ihm die Luft wegblieb und er beinahe wieder über die Treppen in den Garten zurückgefallen wäre.

»Bob, mein Liebster, mein Allerliebster! Du! Würdest du uns einen großen Gefallen tun?« Sie drückte ihm Küsse auf Wangen, Stirn, Haare, Hände, Schultern, überall, wo ihr Mund zufällig hintraf. Er sah schon wieder ein bisschen versöhnter aus. »Bitte sag ja! Bitte!«

Er hob sie hoch, setzte sie auf die Ablage und schob sich zwischen ihre Beine. Sie umarmte ihn mit Armen und Beinen, verknotete ihre Gliedmaßen um seinen Torso und biss ihm in den Hals. Er lachte, als sie ihn kitzelte. Dann hielt er inne.

»Wo ist denn dein Ring?«

*Oje*, dachte ich.

Irina ließ sich nicht irritieren. »Der muss hier irgendwo herumliegen, ich habe ihn gerade noch gehabt.«

»Wieso nimmst du ihn ab?«, wollte Bob wissen. Sein Blick hatte sich verhärtet.

»Beim Kellnern und Putzen ist ein Ring ein bisschen unpraktisch. Vor allem einer mit einer Perle«, antwortete ich, um Irina zu verteidigen. Bob warf mir einen Blick zu, der mich getötet hätte, wenn Blicke töten könnten.

»Er muss hier irgendwo sein«, kicherte Irina, die den Ernst der Lage nicht erkannte.

Da brach es aus Bob heraus: »Mir reicht es jetzt langsam mit eurem Hexen-Schwestern-Getue! Willst du überhaupt mit mir zusammen sein?«

Irina wurde blass.

»Es tut mir leid«, sagte sie kleinlaut.

»Du gibst mir die ganze Zeit das Gefühl, die zweite Wahl nach Klarissa zu sein!«, rief er. Mir schoss das Blut in den Kopf. »Und sie klebt die ganze Zeit an dir!«
Schon wieder das klebrige Wort. Mein Herz begann zu klopfen. Meine Knie zu zittern. Adrenalin schoss durch mein Blut. Er fuhr herum und zischte: »Würdest du bitte gehen, damit ich mit meiner Verlobten allein reden kann!«
Ich warf einen Blick auf Irina, die immer noch auf der Ablage saß und mich hilflos anschaute.
»Gehst du jetzt, ich meine es ernst!«, schrie Bob mich an.
»Schrei mich nicht an!«, schrie ich zurück.
Er machte einen wütenden Schritt auf mich zu und hob den Arm, als wollte er mir einen Kinnhaken verpassen oder mich durch die Tür nach draußen stoßen. Aber dazu kam es nicht. Bill betrat die Küche, gefolgt von unserem Vater. Bob trat einen Schritt zurück und richtete sich auf. Unser Vater machte eine Bewegung, die verdeutlichte, dass wir ihm in den Gastraum folgen sollten.
Bill fragte flüchtig: »Warum schreit ihr denn so?«, aber er wollte die Antwort gar nicht hören. In der Hand hielt er einen Brief. Einen Brief mit STARFISH-Logo. Seine Hände zitterten.
Ich stolperte hinter den beiden in den Gastraum. Irina sprang von der Ablage.
Wir versammelten uns um den runden Tisch.
Der Brief wanderte von Hand zu Hand. Dann lag er in der Mitte des Tisches. Das STARFISH-Logo war ein Seestern mit einem langen Arm, der nach unten zeigte

wie ein Penis. Oder ein Kometen-Seestern, der den Heiland verkündet. Oder ein mutierter Seestern, der die Weltherrschaft an sich reißen will. Sie hatten sich was dabei gedacht.

Die Sonne schien schräg durch die Fenster, und durch die offene Tür drangen Meeresrauschen und Baustellengeräusche. Im Raum hing ein Seufzer, den keiner ausstieß.

Unser Pachtvertrag würde nicht verlängert werden.

Wir müssten gehen.

So war es.

Das Gesicht unseres Vaters wirkte erloschen. Bill hatte Flecken im Gesicht und schwitzte an den Schläfen. Irinas Augen fuhren unruhig durch den Raum. Sie hielt Bobs Hand. Er hielt ihre Hand. Ihre Hände waren ein eng verschlungenes Knäuel aus Fingern. Irinas lange kühle Finger, Bobs große, ein bisschen platte Finger mit den abgekauten Nägeln. Die Adern an seinem Handgelenk traten hervor und warfen Schatten. Er hielt das Knäuel Finger zusammen.

Wir hatten es schon geahnt, aber wir hatten es nicht geglaubt.

Jetzt wussten wir es und fingen an, es zu glauben.

Dass man die schwankende Welt so zum Fallen brachte. Ohne nussbraune Piraten mit Messern zwischen den Zähnen und teerigen Zöpfen. Sondern mit einer gläsernen Armee aus Windrädern, die die Welt grüner und besser machten. Mit einem Brief voller kleiner, sauberer Zeichen. Unschuldig weiß. Still und lautlos und zweidimensional.

Mein Vater schüttelte den Kopf und machte ein schnaubendes Geräusch. Es hatte etwas Finales. Er stand auf

und ging zur Tür. Irina, Bill und ich warfen uns alarmierte Blicke zu.
»Papa, wo gehst du hin?«, rief Irina.
Er warf die Tür hinter sich zu. Irina löste ihre Finger aus dem Fingerknäuel, sprang auf und lief ihm nach. Bobs Finger blieben in der Luft hängen und sahen sehr einsam aus.

Tatsächlich begingen viele – oft ältere – Leute hier immer schon Selbstmord, wenn sie sich nicht mehr nützlich fühlten. Die allgemein verbreitete, viel geprüfte und beliebteste Methode war das Erhängen.
Eine Polizistin, die oft auf die Klippe kam, hatte mir vor ein paar Tagen erzählt, dass, wenn das Genick gebrochen war, der Hals bis zu einem Meter lang werden konnte und *dünn wie eine Nudel*. Sie hatte gelacht, während sie *dünn wie eine Nudel* gesagt hatte.
Mir war übel geworden bei der Vorstellung von einem Hals, lang und *dünn wie eine Nudel*, an dessen Ende ein blaues Gesicht hing wie ein Mond.
Die Polizistin hatte die Schultern gezuckt: »Also der schönste Anblick meines Lebens war es nicht, aber ich hab schon Schlimmeres gesehen.«

Wir lauschten hinauf zum Zimmer unseres Vaters. Bill und ich. Wir waren auch aufgesprungen, standen ganz still im Gastraum und warteten.
Als nichts passierte, setzte ich mich wieder und fing an zu reden. »Ich habe von einer internationalen Organisation gelesen«, sagte ich. »Die hilft Menschen, die von Zwangsumsiedlung betroffen sind …«
Irina kam zurück in den Gastraum und warf sich

in einen Sessel. Bob griff sofort nach ihrer Hand und saugte sich an ihr fest. Irina trank einen großen Schluck Wasser.
»Er wird sich heute nicht umbringen. Er hat gemeint, er muss Buchhaltung machen«, keuchte sie, nachdem sie das Glas abgesetzt hatte.
Bill sagte: »Gut.«
Ich sagte auch: »Gut.«
Irina stöhnte. »Aber wie soll es denn jetzt weitergehen, wenn wir hier weg müssen?«
Mir schwamm das Bild vor Augen, wie wir am Hafen standen, mit unserem Hab und Gut, und unseren kranken Vater stützten. Wir könnten in ein Land ziehen, wo es keinen Seestern gab, der die Weltherrschaft an sich reißen wollte.
Bob schlug mit der flachen Hand auf den Tisch.
»Wir werden hier nicht weggehen, das kommt gar nicht infrage, was glauben die eigentlich!«
Bill schnaubte und fragte: »Was willst du denn machen?«
»Wir werden gegen sie kämpfen«, erklärte Bob. »Wir werden uns nicht vertreiben lassen.«
Irina nickte begeistert. »Wenn wir endlich wieder eine SD-Karte haben, machen Klarissa und ich ...«
»Das bringt doch nichts!«, unterbrach sie Bob.
»Was soll das heißen, *das bringt doch nichts*?«, zischte ich.
»Jetzt streitet nicht schon wieder! Warum bist du denn so aggressiv, Klarissa?«, schaltete sich Bill ein.
»*Ich* bin aggressiv?«, rief ich.
»Also ich bin gar nicht aggressiv«, sagte Bob so mild, dass seine Stimme wie Kamillentee klang.

Dann fing er an zu reden. Am Anfang mit der Kamillentee-Stimme, dann immer leidenschaftlicher und lauter. Er redete und redete. Er sagte, er würde nicht zulassen, dass das Gasthaus schließen müsse. Dass mein Vater mit seiner Krankheit woanders hinziehen müsse. Dass ich mit meiner Krankheit woanders hinziehen müsse. (Mir schoss das Blut in den Kopf.) Dass Bill woanders hinziehen müsse, der sein ganzes Leben für dieses Gasthaus gearbeitet hatte!

Er redete nicht schlecht. Klar und einfach. Und trotzdem empathisch.

In meinem Kopf schwappten die Gedanken hin und her. Ich verstand das nicht. Arbeitete Bob nicht für STARFISH? Das passte doch nicht zusammen. Niemand sonst schien diesen Widerspruch zu bemerken. Ich war wohl zu aggressiv.

Bill brummte zustimmende Geräusche. Irina hielt Bobs Hand und bewunderte ihn. Bewunderte seine Wortgewandtheit und seinen springenden Kehlkopf, seinen Mut und seine Entschlossenheit, unseren Vater zu retten. Sein stoppeliges Kinn und den Lichtreflex auf seiner Schulter. Ihre Finger zeichneten Bobs Adern nach. Fuhren den Unterarm entlang und strichen über den blonden Flaum. Zu seinen Fingerknöcheln. Zu seinen Fingerspitzen. Zu seinen zerbissenen Fingernägeln. Dann entlang zu seiner sonnenverbrannten Schulter. Dort blieb ihr Blick hängen und huschte gelegentlich zu seinem Hals, in dem der Kehlkopf wild auf und ab sprang.

Ich zwang mein Blut in Bewegung. »Sag mal, arbeitest du nicht für STARFISH? Was werden die denn machen, wenn du hier eine Widerstandsbewegung gegen

ihre Windräder anzettelst?«, fragte ich so aggressionslos wie möglich.
Bob stutzte. Und sah Irina an. Und lächelte. Er war ein Mann, der alles wollte und mehr.

## ICH BIN SCHON GANZ AUSGETROCKNET

An diesem Abend war die Stimmung im Gasthaus wild elektrisch knisternd.
Bill, Irina und ich wechselten uns in der Küche und hinter der Theke ab, während Bob versuchte, unsere Gäste für seine Widerstandsbewegung zu gewinnen.
Die Gäste nahmen die Idee interessiert auf, viele hatten dasselbe Problem wie wir.
Einige, wie etwa die Leute von der Windmühle, von der Stadtregierung (eigentlich war nur Evelyn von der Stadtregierung gekommen, und die war gar nicht in der Stadtregierung, sondern ihr Mann), Bibi von der Inselzeitung und Rotbuller-Edi (dessen Mutter immerhin die Bürgermeisterin war), waren von Bob angerufen und eingeladen worden. Alle fanden Bob toll. Bob brauchte Irina dringend an seiner Seite, damit sie seine Hand halten konnte.
Irgendwann war ich alleine in der Küche. Ich machte Sandwiches. Grünen Salat, Tomatensalat, Bohnensalat, Kartoffelsalat. Dann richtete ich Antipasti in kleinen Schüsselchen an. Dann briet ich Fisch und Calamari. Dann schnitt ich Brot. Dann machte ich Palatschinken. Dann warf ich die Schneidemaschine an und schnitt Prosciutto.
Als ich zurück in den Gastraum trat, lag eine spannungsgeladene Aufgeregtheit in der Luft.
Mein Vater saß am Ende eines Tisches und rauchte, ob-

wohl er Krebs hatte. Bob stritt mit Rotbuller-Edi, der ein hochrotes Gesicht hatte und Bob »Anarchist« nannte. Bob saß aufrecht und strahlte. Er sah schön aus. Schön und wild und entfesselt. Irina unterstützte Bob, indem sie seine Hand hielt. Ihre Lippen waren blau. Bill unterstützte Bob, indem er zustimmend brummte und heftig mit dem Kopf nickte. Die meisten Leute waren schon etwas betrunken. Bob hatte Freibier versprochen.

»STARFISH ist eine Verbrecherbande«, rief jemand, »und die Regierung steckt mit ihnen unter einer Decke.« Rotbuller-Edi schrie irgendetwas zurück. Bob schrie irgendetwas anderes zurück.

An der Bar stand der Mann mit dem blassen Gesicht und der exzentrischen Brille und lächelte amüsiert.

»Spannend ist das hier«, sagte er, als ich neben ihm an der Bar zum Stehen kam. »Machst du mit? Wenn du mitmachst, mach ich auch mit.«

»Ich habe keine SD-Karte«, sagte ich ohne weitere Erklärung zu ihm und ging zurück in die Küche.

Dort spülte ich die vielen Teller.

Ich war wütend. Die anderen überließen mir die ganze Arbeit, ich hatte keine SD-Karte, und niemand außer mir hatte ein Problem mit Bobs Mangel an politischer Integrität! Irgendwas war da faul! Was machten diese geheimen Arbeiter? Warum hatten die grünen Energie-Gewinner so ein Aufgebot an Security? Warum durfte man dort nicht filmen? Warum bewachten sie die Türme so streng? Oder bewachten sie die Zecken? Was waren die Zecken?

Die Teller klirrten, als ich sie in den Geschirrspüler räumte. Dann putzte ich die Oberflächen mit einer Wut, die sie zum Singen brachte.

Nach einer Weile kam Irina. Der Mittelpunkt der Welt verschob sich. Die ganze Küche wurde wärmer.
»Wenn ich morgen nicht schwimmen gehe, dann trockne ich aus«, sagte sie. Sie hielt ihre Hände unter den rauschenden Wasserhahn.
»Du trocknest aus?«, fragte ich.
»Ja, schau. Ich bin schon ganz ausgetrocknet.« Und sie streckte ihre Zunge heraus, die wirklich ein bisschen seltsam aussah. Dann lachte sie und schnitt eine Grimasse. Ich lachte, weil sie lustig aussah. Dann steckte sie ohne Vorwarnung ihren Kopf unter den Wasserhahn. Ihre langen Haare klatschten in die Spüle. Sie zog den Kopf hervor und schüttelte ihn. Wassertropfen flogen durch die Küche. Sie hielt inne und seufzte. Haarsträhnen klebten in ihrem Gesicht.
»Ich möchte ein Frosch sein, der seinen eigenen Schleim produzieren kann.« Sie sah mich an. »Hast du gewusst, dass Bob so viele Sachen weiß?«
Ich biss mir auf die Lippen.
»Was ist? Wieso schaust du jetzt so?«
»Ich schau ja gar nicht.«
»Du solltest deinen Kopf auch unter Wasser halten.«
»Ja, vielleicht sollte ich das ...«
Sie drehte den Wasserhahn wieder auf und trat vom Waschbecken weg. Ich zögerte. Das Wasser sah kalt und hart aus.
»Mach! Es hilft wirklich!«
Und es half wirklich. Neues, frisches Blut schoss in meinen Kopf und vertrieb das alte, frustrierte Blut. Ich tauchte auf und lachte. Wir redeten allerhand Unsinn, während wir Essen in den Kühlschrank schichteten und die Abfälle in den Müll kehrten.

Bill kam in die Küche und wartete, bis wir fertiggelacht hatten. Er sah von Irina zu mir und wieder zurück zu Irina.
Dann sagte er: »Bob ist gegangen.«
Das Lachen gefror in meinem Gesicht.
Irina sah ihn erstaunt an. »Was? Wieso ist er denn gegangen?«
»Ich weiß nicht, ich glaube, er war böse, weil du so lange in der Küche warst. Frag ihn selbst. Er ist sicher noch nicht weit.«
Doch Irina machte keine Anstalten, ihm nachzulaufen. Sie zog die letzten Essensreste aus dem Spülbecken und stopfte sie in den Biomüll, hob die Tonne hoch und trug sie in den hinteren Teil unseres Gartens, wo sie sie auf den Kompost leerte.
Bill und ich sahen ihr schweigend nach. Dann drehte er sich zu mir, mit strengem Blick, und holte Luft, um etwas zu sagen. Natürlich war er auf Bobs Seite. Alle waren auf Bobs Seite. Er wollte sagen, dass ich Irina zu sehr beanspruchte, dass sie zu Bob gehörte, der sich für uns alle ins Zeug warf, und dass ich egoistisch war und nur an mich dachte, nicht an die anderen, nicht einmal an unseren kranken Vater. Ich wollte nicht hören, was er sagen würde.
»Was hast du eigentlich für ein Problem?«, rief er tatsächlich und versuchte, mich am Arm zu fassen. »Den ganzen Tag schon schleichst du mit diesem griesgrämigen Gesicht herum. Auf wen bist du denn eifersüchtig? Auf Irina? Oder auf Bob?«
Ich wich ihm aus und lief davon. Dieser verdammte Tugendbolzen! Er war der Typ braver Bauer, den man in Kriegen in die erste Reihe stellte, weil er gerne bereit

war, für die Ideologie eines anderen zu sterben. Ein Mitläufer! Der nicht wusste, wo Bangladesch lag! Der alles in Häppchen portionierte und in Schachteln packte!
Ich konnte das nicht. Für mich gab es keine standardisierten Portionen. Alles war ein Wirrwarr und ein Seesturm und warf mich gegen die Planken. Und ich hatte keine Worte, um Ordnung in das Chaos zu bringen. Eifersucht zum Beispiel war ein furchtbar abscheuliches Wort. Das Wort machte das Gefühl hässlich. Und warum sollte mein Gefühl so hässlich sein?
Ich trat wütend gegen kleine Steine, die in alle Richtungen davonstoben.

## ICH KOMME NICHT MEHR

Nebel zog auf. Der blinde Himmel hing schwer wie ein nasses Tuch über der Bucht und verschleierte den Blick zur blauen Stadt. In der Ferne schwammen die milchigen Lichter der Windräder. Irina liebte dieses Wetter. Die Luft, die so feucht war, dass sie auf der Haut einen dünnen Film hinterließ und die Haare kräuselte. Das Gefühl, dass man trank, wenn man atmete.

Der Nebel legte sich auf den flimmernden Staub. Das vertrocknete Gras betrank sich daran. Die Pflanzen saugten gierig Wasser aus dem weicher werdenden Boden, der während der Hitzewelle zu einer Zementdecke erstarrt war. Der Wind schlief, und die Windräder schliefen auch.

Das Klangbild änderte sich. Die Zikaden und Grillen, Bienen und Fliegen hatten Feierabend. Die Luft war erfüllt von dem feinen Rieseln der auf Blätter, auf Holz, auf Wiese, auf Dach, auf Steinmauer tropfenden Wasserperlen. Frösche quakten. Der dunkle, dumpfe Ton eines Nebelhorns hallte übers Wasser. Ein Vogel schrie heiser in die Nacht. Die Möwen schliefen auf ihren Klippen. Das Meer schlief dunkel hinter den Klippen. Nur manchmal hörte ich es, wie es im Schlaf murmelte oder sich den Rücken kratzte, wenn ich allein in dem großen Bett in unserem Zimmer lag. Irina schlief bei Bob.

Sie war seit jenem Abend verschwunden und auch nicht zum Arbeiten gekommen.

Erst ein paar Tage später tauchte sie wieder auf. Sie hatte sich ins Haus geschlichen, ohne jemanden zu begrüßen, und sichtlich in der Hoffnung, von niemandem gesehen zu werden. Ich traf sie zufällig in unserem Zimmer, wo sie wild Kleider aus dem Schrank räumte und in einen Seesack stopfte.

Ich blieb in der Tür stehen. »Und? Alles klar?«

Sie erstarrte und fühlte sich ertappt.

»Ja, sicher«, sagte sie dann, ohne sich umzudrehen.

»Warst du bei Bob?«

»Ja, sicher war ich bei Bob.« Sie versuchte, eine ihrer riesigen Wollwesten in den Seesack zu stopfen, aber sie passte nicht mehr rein. Der Sack war voll und wollte sich nicht schließen lassen. Sie zog die Wollweste wieder heraus und stopfte stattdessen einen bunten Schal hinein.

»Alles okay?«, fragte ich.

»Was soll denn nicht okay sein?« Der Ton ihrer Stimme war neu.

»Bist du böse? Hast du mit Bob gestritten?«

»Nein, ich habe nicht mit Bob gestritten«, zischte sie als Antwort.

Ich gab es auf und ging nach unten. In der Küche hob ich die Deckel von den Töpfen und sah zu, wie die Fischsuppe blubberte, bis Bill mit einer Hand voll Kräuter aus dem Garten kam. Ich wollte in den Gastraum flüchten, weil ich noch immer schlecht auf ihn zu sprechen war, und stolperte gegen Irina, die plötzlich in der Küchentür stand, den Seesack über der Schulter. Sie trug feste Schuhe, was sie nie tat.

»Ich werde in nächster Zeit nicht mehr hier sein«, verkündete Irina der Küche im Allgemeinen.

»Ich will hier nicht mehr arbeiten. Ich komme nicht mehr.«
Bill und ich sahen uns an. Irina sah uns nicht an.
»Und warum kommst du nicht mehr?«, fragte Bill.
Irina ließ den Seesack auf den Boden fallen.
»Warum? Weil ich schon mein ganzes Leben hier in der Kneipe stehe! Seit ich hier wohne, werde ich von euch als Hilfskraft missbraucht! Ich habe mich von euch ausnutzen lassen. Klarissa war so lange auf dem Festland, und ich war, seit ich hier bin, kaum einen Tag weg. Ich kann genauso aufs Festland gehen, wenn ich will.«
Sie hatte laut gesprochen, fast gekreischt, in einer Tonlage, die ich bei ihr überhaupt noch nie gehört hatte.
Bill sammelte sich schneller als ich. »Du willst aufs Festland gehen?«
»Ganz genau, ich werde mit Bob aufs Festland gehen!«, fauchte sie.
Mein Vater kam, durch den Lärm angelockt, in die Küche gehumpelt. Vor Kurzem war ihm beim Holzhacken die Axt entglitten, und er hatte sich in den Oberschenkel gehackt. Er war dünn und blass geworden, weil er in letzter Zeit nur mehr fernsah. Seine ledrige Gesichtshaut hing von seinen Knochen, und seine Augen waren müde.
Irina war durch seinen Auftritt sichtlich eingeschüchtert. Sie sah zu Boden und trat von einem Bein auf das andere.
»Ich gehe für eine Zeit aufs Festland, Papa.«
Er sagte natürlich nichts. Er sah sie an. Sie hob den Kopf und sah scheu zurück.
»Wir werden versuchen, mit der Regierung zu sprechen. Und mit einigen Leuten, die vielleicht über unsere Insel

berichten können. Im nationalen Fernsehen. So können wir vielleicht die Insel retten, Papa.«
Er sagte immer noch nichts.
»Ich war nie weg, Papa. Jetzt könnte ich etwas Sinnvolles machen und versuchen, euch allen zu helfen. Sodass wir nicht wegziehen müssen. Klarissa hat ewig lang studiert, ohne ihr Studium fertig zu machen. Und ich könnte etwas tun, das wirklich hilft.«
Mein Vater sah traurig aus. Es war ein Blick, der mir ins Herz schnitt. Ich hatte mit all meinem Studium nichts zustande gebracht. Ich wusste das. Ich wusste das nur zu gut.
»Und was ist mit Bobs Job bei STARFISH?«, fragte Bill.
»Er arbeitet nicht mehr für diese Verbrecher.«
»Aber warum habt ihr uns nichts gesagt? Wir können doch auch mitkommen, oder, Klarissa?«
Ich sagte nichts. Ich wusste nicht, auf wen ich wütender war und mit wem ich mich solidarisieren sollte.
Bill war ganz weiß um die Nase geworden. Er stotterte: »Ich verstehe nicht, warum ihr uns nichts gesagt habt. Warum habt ihr nichts gesagt?«
Irina wirbelte herum. Ihre langen Haarsträhnen trafen mich wie Peitschen im Gesicht. Sie schrie: »Ich weiß, ihr wollt auch dabei sein. Vor allem Klarissa will ja immer überall dabei sein!«
»Wie bitte?«, rief ich.
Sie sah mich bitterböse an. »Du! Du musst immer im Mittelpunkt stehen. Wenn sich nicht alles um dich dreht, geht es dir nicht gut.«
Der Hass in ihren Worten warf mich fast um.
Die Welt schwankte nicht mehr, sie bebte. Jetzt würde

der Boden einbrechen, und ein neuer Tsunami würde uns überrollen.
Mein Vater gab einen brummenden Laut von sich. Er mochte nicht, wenn wir stritten. Ich konnte nichts antworten. Ich ging durch die Küchentür in den Garten. Mir war schwindlig. Und schlecht. Ich ging zwischen den Obstbäumen hindurch zur Mauer, stieg über die Mauer und lief ziellos weiter. In meinem Kopf drehte sich alles. Ich war seekrank. Ich dachte nichts. Ich ging zu den Klippen und kletterte an ihnen hinunter. Die Klippen drehten sich. Ich krallte mich in den Stein. Was machte ich hier? Das hatte ich schon lange nicht mehr getan, das letzte Mal womöglich als Kind. Hier schliefen die Möwen. Wir hatten ihre Nester entdeckt. Irina und ich. Vor hundert Jahren. Vor Ewigkeiten. Vor Robin. Vor Bob. Ich rutschte ab und schlug mir Schienbein und Knie auf. Ich biss die Zähne zusammen und ärgerte mich, dass ich abgerutscht war und mir wehgetan hatte. Ich war nicht so schwach gewesen. Früher. Jetzt war ich schwach. Mein Knie blutete und schmerzte. Ich hockte mich auf einen Felsen. Mein Knie pochte. Mein Kopf pochte auch. Mir war schwindlig. Vielleicht würde ich hinunterfallen und sterben.
Ich legte meine Stirn auf die Knie und vergrub meinen Kopf in meinen Armen. Das Meer wuchtete sich gegen die Felsen und gluckste in den Felsspalten. Als würde es kichern. Lachte es mich aus? Die Möwen lachten auch.
*Wenn sich nicht alles um sie dreht, geht es ihr nicht gut.*
*Wennsichnichtallesumsiedrehtgehtesihrnichtgutwennsichnicht allesumsiedrehtgehtesihrnichtgutwennsichnichtallesumsiedreht gehtesihrnichtgut...*

Und ich fiel in die Felsspalte und wurde verschluckt.
Der Oktopus in der Felsspalte, der die Piraten fraß, fand auch, dass ich immer im Mittelpunkt stehen wollte und mich zu wichtig nahm.
Die Möwen saßen am Rand der Felsspalte und lachten hinunter.

## WAS ICH IM WASSER SAH – 7

*Ich lehne mich gegen die Wand und warte, bis sich das Wasser beruhigt hat.*
*Die Kaulquappen und kleinen Fische haben sich an meine Anwesenheit gewöhnt.*
*Sie hat sich auch an meine Anwesenheit gewöhnt und ihr Gezische und Gefauche eingestellt.*
*Sie rückt sich auf dem nassen Sofa zurecht. Schlürfende, pfeifende Geräusche entstehen, durch was auch immer sie da tut.*
*Als würde Wind durch eine Fensterritze heulen.*
*Vielleicht will sie etwas sagen.*

*»Es … is…«*

*Ihre Stimme ist nicht mehr ihre Stimme.*
*Ihre Stimme hat überhaupt keinen Klang mehr, ist ausgestoßene Luft, die sie ein bisschen formen kann.*
*Es ist was?*
*Sie stößt Luft aus, und es klingt wie ein langer Seufzer.*

*»Ich verstehe dich nicht«, flüstere ich.*
*Sie bewegt sich auf dem Sofa hin und her. Ihr Körper richtet sich langsam auf und kommt dabei der gedämpften Lichtquelle näher.*
*Ich erschrecke.*

*»Fhaaasssd … zu …«*

*»Fast zu?«*
*Ich habe es erraten.*

*Zeit vergeht, in der ich fast nicht zu atmen wage, um sie nicht zu stören.*

*»… spähhh hhhüah …«*

*Ich sehe wie verschwommen, ihr Gesicht scheint nach unten gesackt, wie Kerzenwachs bei großer Hitze. Ihr Hals ist verschwunden, und ihre dünnen Arme scheinen jetzt direkt neben dem Mund zu sitzen.*

*Es ist fast zu spät für …*

*Plötzlich klopft es an der Tür, und wir hören Bobs Stimme. »Irina, Irina«, ruft er leise. Seine Stimme klingt gedämpft. »Irina, Irina.«*

*Sie wirft ihren Kopf nach hinten und schlägt damit gegen die Lehne des Sofas. Ein klatschender Laut schnalzt durch den Raum. Es klingt gar nicht nach Schädel gegen Polsterbezug. Ich wate zur Tür, während sie sich auf dem Sofa hin und her wirft und faucht.*

*»Geh weg, Bob!«, rufe ich durch die Tür.*

*»Klarissa! Kannst du sie bitten, mich kurz reinzulassen, nur einen ganz kurzen Moment, wirklich. Bitte, Klarissa, sag ihr, dass ich nur kurz mit ihr reden will …«*

*Sie fällt platschend vom Sofa ins Wasser.*

# DU BIST DER GUTE GEIST DER NACKTEN MÄNNER

Der Eremit sammelte mich auf. Er kam über die Felsen geklettert und setzte sich zu mir. Er bot mir an, in seine Schlamm-Badewanne zu steigen, das tue meinem Kopf gut. Ich sagte »Nein, danke«, obwohl ich wusste, dass der Schlamm sehr gesund war.
Der Eremit lebte in einer Bucht nördlich von unserer Klippe. Er hatte eine alte Badewanne in den Sand gestellt und sie mit schwarzem Lehm gefüllt, den er aus den Felsen kratzte. Der Eremit selbst lag stundenlang in seiner Wanne und ermunterte andere, sich ebenfalls hineinzulegen. Manchmal kamen Rucksacktouristen vom Festland und wohnten oft wochenlang am Fuß seiner Klippen, rund um die Badewanne. Dort gab es nichts, nicht einmal Strom, geschweige denn sanitäre Anlagen. Sie zündeten Lagerfeuer an, machten Musik und tanzten. Der Eremit hielt Vorträge, schrieb und studierte die alten Meister.
Er hauste in einem kleinen Verschlag in den Felsen vor dem Eukalyptuswald, den er selbst gebaut hatte und in dem er alles hatte, was er brauchte. Meistens war er nackt. Auch wenn es kalt war. Er band sich ein dünnes Tuch um die Hüfte, unter dem man seine Hoden hin und her baumeln sehen konnte und das er bei jeder Gelegenheit ablegte. Er verließ seine Bucht nicht oft, aber wir zählten ihn trotzdem zu unseren Nachbarn. Er war

ungefähr siebzig Jahre alt, vielleicht auch sechzig oder achtzig. Je länger ich mich mit ihm unterhielt, desto mehr bemerkte ich, dass er sehr gebildet sein musste.
Wir wanderten gemeinsam über die Felsen zu seinem Verschlag – ich langsam, weil mein Herz so schwer war und meine Knie so zittrig, er flink und geschickt wie eine Gämse.
Unterwegs zeigte er mir seinen Gemüsegarten am Rande des Eukalyptuswaldes, den Felsen, wo er angelte, und den, wo es Miesmuscheln gab.
Sein Verschlag war eine windschiefe kleine Hütte, eingeklemmt zwischen den Felsen. Ich hatte sie vom Strand und vom Wasser aus schon oft gesehen. Sie sah aus wie die Hütten, die Schiffbrüchige bauten, wenn sie auf unbekannte Inseln gespült wurden.
Eine Plastikplane schützte das Dach vor Regen. Er hatte große Steine daraufgelegt, damit der Wind sie nicht davontrug. In der Hütte gab es ein schmales Bett, einen kleinen Ofen und eine Schifferkiste voller Bücher. Eine Ukulele lag auf dem Bett. Süßwasser tropfte aus dem Stein neben der Terrasse, und der Eremit fing es in einer Regentonne.
Er hatte keinen Brief von STARFISH bekommen. Niemand wollte seinen Verschlag oder seine Badewanne kaufen.
Mir gefiel es bei ihm.
Der Eremit bot mir einen bitteren Tee an, den eine ölige Haut überzog, die im Sonnenlicht bunt schillerte. Dann trug er mir auf, Feuer zu machen, nahm einen Korb, lief über den Strand und warf sich ins eiskalte Wasser, um Muscheln vom Felsen zu brechen. Er rief mir zu, dass sie jetzt besonders gut seien, und tauchte

unter. Ich stand auf der Terrasse, sah auf das Meer, das grau war wie Metall, und beobachtete, wie der Eremit mit den Wellen kämpfte. Er war geschickt und tauchte immer im richtigen Moment auf, um Luft zu holen.
Mit Irina hatte ich auch oft Miesmuscheln gesammelt.
Mit Irina, die mich hasste.
Ich stand auf und suchte kleines Holz.
Am Strand gab es eine Feuerstelle, die von großen Steinen umrahmt war. Ich grub ein Loch in den Sand und legte Schilf und kleine Zweige hinein. Als der Eremit zurückkam, züngelten die Flammen hoch. Feuer machen konnte ich.
Er stellte seinen Korb in den Sand, holte einen Grillrost, den er über das Feuer legte, und schlichtete die Miesmuscheln darauf. Sie gaben kleine, leise Geräusche von sich, während sie starben, pfiffen kurz und öffneten sich. Er holte sie mit bloßen Händen vom Grill, griff dabei in die Flammen und sagte, seine Hände seien wie Horn und es tue nicht weh.
Wir saßen im Sand, aßen Miesmuscheln und sahen den Schatten der Klippen dabei zu, wie sie länger wurden, als die Sonne auf der anderen Seite der Insel unterging.
Ich wollte nicht zur Klippe zurück.
Wir rückten näher ans Feuer.
»Sie haben hier Fässer ins Wasser geworfen«, sagte der Eremit plötzlich. »Vor langer Zeit.«
Mir fiel sofort der Piratenschatz im Eukalyptuswald ein.
»Das, was in den Fässern ist, verändert langsam die Welt, aber wir hängen stur am Alten.«
»Nein«, sagte ich. »Ich hänge nicht stur an irgendwas. Ich will nur selbst entscheiden können.«

»Das können Sie aber nicht!«, rief der Eremit streng. Dann fuhr er fort: »Einige Seesternarten haben keinen Verdauungstrakt, sondern stattdessen einen Magen, den sie durch ihren Mund, der zugleich der After ist, über das Beutetier stülpen können. Dann sondern sie Verdauungssäfte ab, die das Gewebe des Opfers zersetzen. Anschließend wird die verdaute Masse zusammen mit dem Magen durch den Mund oder After in den Körper hineingesogen.«
»Das Beutetier wähnt sich lebendig, während es langsam zersetzt wird«, meinte ich und lachte, obwohl es nicht lustig war.
»In dem Meer der Zukunft wird niemand mehr schwimmen können. Die Tiere, die darin leben, werden für uns ungenießbar sein. Und es wird viel zu heiß sein. Aber dem Meer ist es doch egal, was man hineinkippt, was darin lebt. Nur wir müssen uns anpassen, an die neuen Bedingungen, wir müssen sein wie die Oktopusse.«
Er deutete auf meinen Oktopus. »Es gibt jetzt so viele Oktopusse, wissen Sie das?«

Ich blieb bei ihm, bis es tiefe Nacht war, und spazierte dann mit ihm die Klippen hinauf und am Rande des Eukalyptuswaldes entlang. Er führte mich, weil ich Angst vor dem Wald hatte. Er zeigte mir die verschiedenen Eukalyptusarten im Mondlicht und erklärte, die regenbogenfarbenen Stämme seien ein Merkmal des Eukalyptus deglupta. Zwischen den Bäumen lag leichter Nebel. Und tausend Dinge waren um mich, die in Bewegung waren und mich sahen, mich, die ich nichts sah und nur hörte.

Da war dieses Loch in der Welt gewesen und der Geist, der sich auf Irina geworfen hatte. Hier war das gewesen, da standen die drei Bäume, in der Mitte der größte. Ein Schauder lief mir über den Rücken. Ich fragte den Eremiten, ob er keine Angst vor den Geistern hatte.
»Leid blüht jedem, der lebt und handelt. Wenn man gewinnen will, verliert man. Es gibt keine Macht«, entgegnete er.
Es klang wie ein unheilverkündendes Gedicht.
Ich hatte Angst im dunklen Wald und verstand nicht, was er meinte.
»Aber irgendeinen Raum muss man doch auch einfordern!«
Sonst könnte man ja nirgendwo sein?

Das Gasthaus war dunkel, als wir bei der Klippe ankamen.
Es war sehr spät. Bald würde die Sonne aufgehen, der Himmel war schon nicht mehr schwarz. Fetzen von Nebel waberten um den Ei-Berg. Dahinter wurde es hell, weißgelb, dann blau und dunkelblau und schwarz. Im Schwarz blinkten Sterne. Darunter blinkten Windräder. Und der Funkturm.
Der Eremit ging zurück in den Wald. Ich wanderte den Kiesweg entlang zur Gartentür. Es war so still, dass meine Schritte laut hallend über den Kies knirschten. Ich sah zum dunklen Horizont.
Im hinteren Garten glomm schüchtern die Glut einer Zigarette, manchmal von den Blättern der Obstbäume verdeckt, dann wieder sichtbar. Ich strengte meine Augen an, um zu erkennen, wer da war. Der Wind wehte Geräusche in meine Richtung. Es klang wie ... Schluch-

zer. Gepresste, harte Schluchzer. Wie Schluckauf. Wie jemand, der Atemnot hatte.
Kurz dachte ich, es wäre Bob, aber es war mein Bruder. Weinte er, weil sie ihn nicht mit aufs Festland genommen hatten? Weil er nicht dabei sein durfte? War er auch frustriert darüber, sein ganzes Leben auf der Insel verbracht zu haben?
Wie Irina, die mich hasste?
Ich schlich mich an ihn heran und flüsterte seinen Namen. Er fuhr herum. Ich erschrak, als ich sein Gesicht sah. Seine Augen waren rot, sein Gesicht verquollen und sein Blick so traurig, dass es mir die Brust zuschnürte. So am Boden zerstört hatte ich ihn noch nie gesehen.
Er drückte seine Finger in die Augen und schüttelte den Kopf, als wollte er das Weinen abschütteln. Als das nicht funktionierte, ließ er los.
Laut und schleimig brach es aus ihm heraus. »Klarissa ... Klarissa ...«, keuchte er, als riefe er um Hilfe.
Ich wusste nicht, was ich tun sollte. Schließlich schlang ich meine Arme um den zuckenden Menschenberg auf der Steinmauer. Er heulte mir auf die flache Brust. Ich hielt ihn fest und versuchte, dabei nicht von ihm zu Boden gerissen zu werden. Er war schwer und riesig. Er schluchzte so heftig, dass ich mitzitterte. Hatte er je geweint? Als Mammie gestorben war vielleicht, aber das hatte ich nicht gesehen.
»Alles wird gut«, wisperte ich ihm ins Ohr. »Wenn du möchtest, kannst du sicher auch mit aufs Festland fahren und dich der Widerstandsbewegung anschließen. Ich bleibe hier und hüte das Gasthaus.«
Er schüttelte den Kopf. »Das ist es nicht ...« Es würgte

ihn etwas. Er setzte mehrere Male an, schniefte und wischte sich über das Gesicht. Ich hielt ihn fest. Er sah mich nicht an, sondern flüsterte mit meinem Oktopus.
»Evelyn ist schwanger. Du weißt, sie ist schon über vierzig, es war für sie ganz unglaublich, dass sie schwanger geworden ist. Sie hat sich so gefreut. Sie hat gesagt ... Sie hat gesagt, sie verlässt ihren Mann und kommt zu mir ... Sie hat gesagt, sie ist sicher, dass ich ein guter Vater sein werde ... Sie ...«
Evelyn? Die Blumenverkäuferin, die Mammie beim Sterben zugesehen hatte. Ich war sprachlos.
»Und jetzt hat sie erfahren, dass das Kind schwere Missbildungen hat und dass es ... Verstehst du, es ist mein Kind.«
Donnerwetter.
Er schluchzte und schluchzte. Und dann begann er, zu erzählen.

## ICH BIN GEGEN EINEN BAUM GEFAHREN

Evelyn war eine kleine, dünne Frau mit einer ledrigen Haut und vielen feinen Falten im Gesicht. Wenn sie lachte, sah sie aus wie ein magisches Fabelwesen, das zwischen Knollen und Wurzeln hauste, ein Gnom oder Kobold. Dann verengten sich ihre großen mandelförmigen Augen zu funkensprühenden Schlitzen, und in ihrem breiten Mund wurden ihre großen weißen Zähne sichtbar. Sie hatte kleine braune Hände, die so faltig waren wie nackte junge Vögel.

Sie schrieb sich *Eve Lyn.*

Sie liebte Blumen und trug meist weite Leinenkleider, die wie Blumen aussahen. Rote Klatschmohn-Kleider. Blauviolette Glockenblumen-Kleider.

Auf dem Markt verkaufte sie Blumen, edle Blumen, Orchideen, Schwertlilien, japanische Rosen, die sie in einem Glashaus züchtete, das ihr Mann ihr als Geschenk zum einjährigen Hochzeitstag hatte erbauen lassen. Sie sagte Dinge über ihre Blumen wie: »Heute hat sie einen schlechten Tag, das Wasser hat ihr nicht geschmeckt.« Oder: »Sehen Sie, sie kokettiert mit Ihnen.«

Bill – damals ein Teenager voller Tatendrang – suchte nach einer Beschäftigung. Die Fischerei war in ihre erste Krise geraten, der Fischmarkt hatte an Kundschaft verloren, und mein Vater und Bill fuhren nicht mehr täglich aufs Meer. Bill experimentierte in der Küche,

hatte komplizierte Gerichte zubereitet, mit Kräutern und Gewürzen herumprobiert und schließlich erkannt, dass es nichts Besseres auf der Welt gab als eine vom Strauch gerupfte, sonnenwarme Tomate, deren Staubmantel man an der Hose abwischte. Er fing an, Gemüse aller Art anzubauen, und geriet in einen Streit mit Mammie, die das Regime im Gemüsegarten für sich beanspruchte. Als sie merkte, dass sie das Territorium nicht halten konnte, schickte sie ihn zu Evelyn, damit er, wenn er schon so leidenschaftlich Erde umgrub und Stecklinge setzte, zumindest wusste, was er tat.
Evelyn war Anfang dreißig gewesen, seit zwölf Jahren verheiratet und Mammie fand, dass sie – bis auf die Tatsache, dass sie vielleicht ein bisschen exzentrisch war und keine Kinder hatte – eine anständige Frau war. Bill war für einen Siebzehnjährigen bereits sehr groß, breit und haarig und wurde ab und an für Mitte zwanzig gehalten. Aber seine Bewegungen waren tapsig, eine Ungeschicklichkeit, die man an Teenagern sah, die zu schnell gewachsen waren und sich in ihrem neuen großen Körper noch nicht zurechtfanden.
Evelyn nahm ihren Lehrauftrag sehr ernst und brachte Bill bei, was es über Tomaten, Zucchini, Kürbisse und Wassermelonen zu wissen gab. Während sie gemeinsam im Garten arbeiteten, verdorrte Blätter abrupften, Triebe schnitten und Stecklinge einsetzten, berührten sich immer wieder ihre Hände. Bills große, breite, schwarzbehaarte Hände und Evelyns kleine braune Vogelhände.
Die nackten Vögel zitterten, fiepten und hüpften davon. Sie schämte sich, dass sich ihre dünnen braunen Arme mit Gänsehaut überzogen und das Blut in ihrem Un-

terleib zu pochen begann, wenn der große Junge seine ungeschickten Hände zu dicht neben ihren Waden auf den Boden setzte oder er ihr seinen heißen Atem, der nach Milch und verbranntem Karamell roch, in den Nacken hauchte.
Bill liebte die Stunden bei dieser stillen, friedlichen Frau, die manchmal tagelang mit niemandem ein Wort wechselte, aber mit samtiger Stimme zu ihren Pflanzen sprach, die stundenlang in ihrer Orangerie saß und zuhörte, wie sie wuchsen, und die auf dem Hügel der Sonne beim Auf- und wieder Untergehen zusah.
Ihr Mann arbeitete im Rathaus, er war Stadtrat, zuständig für das »Äußere«, also alles außerhalb der Insel, das Festland. Er war daher oft auf Reisen, und wenn er nicht auf Reisen war, war er im Rathaus oder trank mit seinen Stadtrat- und Gemeinderat-Kollegen Aperol Spritzer auf der Hauptstraße. Er war ein lustiger kleiner Mann mit krausen Locken, der gerne trank, gerne aß und gerne unter Leuten war. Zu öffentlichen Anlässen nahm er Evelyn mit, und sie stand dann brav neben ihm mit einem Glas Prosecco in den kleinen Händen und lachte ihr breites weißes Lachen, wenn es angebracht war.
Sie wusste sich zu benehmen, in Gesellschaft der Bürgermeisterschaft genauso wie bei den Freunden ihres Mannes, und niemand hätte geahnt, dass der nagende Gedanke an den großen Jungen im Gemüsegarten sie immer wieder innerlich zusammenzucken ließ.

Bill gestand ihr seine Liebe.
Nicht weil er glaubte, er hätte eine Chance, dass sie für ihn ihren Mann, ihr Haus und ihre Orangerie verlassen

würde, sondern weil sie für ihn eine reife Frau und eine weise Freundin war, von der er sich einen Rat erhoffte. Ein Mittel gegen das Schwanken der Welt, das er fühlte, wenn er zu ihr den Hügel hinaufwanderte, gegen seine Schlaflosigkeit und seine Appetitlosigkeit und seine sich im Kreis drehenden Gedanken.
Er presste sein Liebesgeständnis hervor, zitternd, nuschelnd und von einem Bein auf das andere tretend, während er sein Gesicht hinter einem Strauß selbstgezüchteter Burgunderrosen versteckte.
Evelyn war außer sich, musste sich gegen die Glasfenster der Orangerie lehnen, weil sie glaubte, ohnmächtig zu werden, fragte ihn mit bebender Stimme, ob er wisse, dass es strafbar sei, da er noch minderjährig war.
Bill schoss das Blut in den Kopf.
Er sagte nichts mehr, legte die Rosen nieder, ging und verstand alles, obwohl er glaubte, nichts zu verstehen.
Sie blieb lange in der Orangerie sitzen, wo sie unter verhaltenen Schluchzern zitterte und ihre kleinen Hände zwischen ihre Beine presste.
In den nächsten Wochen kam er nicht mehr.
*Es war strafbar.*
Was genau hatte sie gemeint, was war denn strafbar?
Bei dem Gedanken verschwand alles Blut aus seinem Kopf, und in seinen Ohren pfiff ein hoher Sington.
Am Tag nach seinem achtzehnten Geburtstag stieg Bill früh am Morgen, als es noch dunkel war, auf sein Moped und fuhr in die Nähe ihres Hauses. Er stellte das Moped ab und wanderte durch den kleinen Pinienwald hinauf zur Orangerie.
Er wusste, dass sie vor dem Morgengrauen dort sein würde, um Blumen für den Markt auszusuchen.

Er wusste, dass es dort dunkel sein würde, denn sie vermied künstliches Licht.
Er wusste, dass ihr Mann um neun Uhr Dienstbeginn hatte, um halb neun das Haus verließ und um frühestens halb acht aufstand, denn er schlief gerne, so lang er konnte.
Es war fünf Uhr früh.
Bill atmete ein paarmal tief durch, um sein klopfendes Herz zu beruhigen, und schlüpfte dann lautlos wie ein Schatten ins Glashaus.
Anschließend weinte Evelyn.
Sie lagen auf dem kühlen Steinboden der Orangerie zwischen japanischen Rosen und seltenen Liliengewächsen und sahen durch die verglaste Decke die Sonne rosa wie ein reifer Pfirsich aufgehen. Evelyn grub ihr kleines Gesicht in Bills breite Brust und weinte heiße Tränen.
Weil es viel schöner war, als sie gedacht hatte, dass es sein könnte.
Weil sie schwerelos geworden war und vergessen hatte, sich Sorgen zu machen.
Weil er noch im höchsten Rausch ihre Sprösslinge zur Seite gerückt hatte, um nicht die Töpfe zu zerschlagen.
Bill streichelte ihren kleinen Kopf. Sie lag auf ihm mit ihrem ganzen Körper und spürte, wie sein Brustkorb sich hob und senkte und sie auf ihm schaukelte und er sie wiegte.
Sie glaubte dem Gefühl nicht. Sie hatte nie gelernt, glücklich unter Menschen zu sein. Sie war sich sicher, dass das ein Traum war, ein süßer Traum, der faulen würde und gären, wenn man ihn weiterträumte, und der sie halb verdaut wieder ausspucken würde, wenn

sie sich nicht zusammenriss. Sie hatte sich immer zusammengerissen, bei ihren Eltern und Verwandten, in ihrer katholischen Privatschule, im Internat, unter ihren Mitschülerinnen, unter ihren Freundinnen. Sie hatte keine beste Freundin, der sie alles hätte erzählen können. Bill war der Einzige, dem sie ihr Herz ausgeschüttet hatte.

Als sie sich wieder gefangen hatte, stand sie von dem großen atmenden Körper auf, der sie getragen und geschaukelt hatte, und suchte zwischen den Blumen nach ihrem Kopf.

»Du musst jetzt gehen«, sagte sie auf einmal so streng und kühl, wie sie konnte, ohne ihn anzusehen, mit der brennenden Gewissheit, dass er sie betrachtete und über ihren nackten Körper urteilte und sie bestimmt schon sehr viel weniger reizvoll fand.

Bill sagte nichts und betrachtete sie. Im rosigen Licht, das goldene Linien auf ihren schmalen Körper zeichnete, während sie ihre Unterwäsche zwischen den Papageienblumen hervorzog und sich ihr blaues Glockenblumen-Kleid überwarf.

Er fand, sie war die schönste Frau der Welt, und wäre sofort bereit gewesen, ihr sein Leben, seine Zukunft und alles, was er war und hatte, bedingungslos zu Füßen zu legen, aber er glaubte, dass er sie vertreiben würde, wenn er sie unter Druck setzte. Er war fast halb so alt wie sie, und ihr Mann war so alt wie unser Vater. Er glaubte, dass die Zeit für ihn arbeitete und dass er, wenn er älter wäre, seinen Preis bekommen und seine Braut nach Hause holen würde.

Wenn er ein gemachter Mann sein würde. Wenn er sich etwas aufgebaut hätte. (Damals glaubte er noch

an eine Zukunft auf dem Meer.) Also versuchte er sich etwas aufzubauen.
Nach mehreren fast schlaflosen, mit wild-feuchten Träumen durchtränkten Nächten und ereignislos dahingleitenden Tagen kam es in Evelyns Gemüsegarten zum Streit, bei dem Evelyn sich zu dem Vorwurf hinreißen ließ, er sei doch wie alle jungen Männer und wolle sich nur die Hörner abstoßen. Kaum hatte sie die Worte zwischen ihren Lippen hervorgepresst, da war Bill über ihr und schwor ihr mit heißem Atem seine ewige, uneingeschränkte Liebe. Evelyn wurde wieder fast ohnmächtig. Er trug sie ein kleines Stück in den Wald, wo er sie auf Moos bettete. Sie liebten sich so leidenschaftlich, dass Evelyn glaubte, den Verstand zu verlieren, und sie beide in den nächsten Tage noch Erdklümpchen, Moos und zerquetschte kleine Tiere in ihren Körperöffnungen und Hautfalten fanden.
Evelyn war an sich schon eine nervöse Natur und wurde durch ihre heimliche Affäre noch viel nervöser.
Sie hatte ein Verhältnis. Eine andauernde Affäre.
Mit. Einem. Teenager.
Sie wurde stiller, saß tagelang zwischen ihren Pflanzen und mied ihren Mann. Der bemerkte nichts. Oder vielleicht bemerkte er etwas und sagte nichts.
Einmal waren sie gemeinsam bei einer großen Feier auf der Klippe, bei der Evelyn keinen Bissen herunterbrachte und Bill sich den ganzen Abend in der Küche versteckte, wo er die Steaks anbrennen ließ, die Suppen versalzte, sich in den Finger schnitt und auf den Salat blutete. Als der Stadtrat, der die großzügige Party veranstaltete, das Personal (das heißt Mammie, Bob, Irina, unseren Vater und Bill) auf eine Runde Champagner

einladen wollte und nicht Ruhe gab, bis sie alle der Reihe nach aufmarschiert waren und zumindest zwei Gläser geleert hatten, schlich sich Evelyn nach draußen und kam nicht mehr zurück.

Ihr Mann hielt sie nicht auf.

Vielleicht sah er, wie die kleinen Vögel, die ihre Hände waren, nervös hin und her flatterten und ihre großen Augen ziellos durch den Raum wanderten und wie ein gleichgepolter Magnet von dem Punkt wegsprangen, der Bill war. Vielleicht merkte er, wie in ihr das Blut pochte, aber er sagte nichts, weil sie auch nichts sagte und weil sie es sich angewöhnt hatten, nichts zu sagen. Sie stellten einander keine Fragen. Sie kaufte für ihn ein, hielt das große Haus instand und wusch seine schmutzigen Unterhosen. Er überwies ihr regelmäßig einen anständigen Betrag Haushaltsgeld und schenkte ihr zu Weihnachten Schmuck aus teuren Steinen. Wahrscheinlich hatte er Affären oder besuchte zumindest den Rotlichtbezirk auf dem Festland und das Vergnügungsviertel auf Ei.

Evelyn war nicht glücklich und nicht unglücklich.

Sie hatte Angst.

Manchmal lag sie lange wach und zitterte vor Sehnsucht, nach einem Glück, das sie nicht zu greifen wagte. Sie wartete auf ein Zeichen. Auf einen Weg. Auf irgendetwas.

An jenem Tag auf dem Blumenmarkt bildete sie sich ein, Mammie hätte sie angesehen und alles verstanden. Und sie hätte ihr einen Wink gegeben. Ein Augenzwinkern. Einen Gedankenblitz. *Tu es! Verlasse deinen Mann! Komm zu uns! Wir brauchen dich! Bill braucht dich jetzt!*

Bill war in diesem Moment am Nordende und half

zusammen mit unserem Vater dem alten Kilian und Joachim Zorres bei der Zuckerrohrernte, und er wollte Evelyn nicht zeigen, dass er sie brauchte.
Später im Krankenhaus versuchten Evelyn und Irina stundenlang, Bill zu erreichen, der sein Handy auf dem Fahrersitz des Pick-ups hatte liegen lassen. Evelyn beschrieb den Ärztinnen Mammies Symptome und füllte alle Formulare aus, die man Irina überreicht hatte. Sie brachte Irina Wasser und hielt ihre Hand, als die Ärztinnen Mammies Tod bestätigten. Sie dämpfte Irinas lauten Schmerzensschrei und flüsterte ihr beruhigende Worte zu.
Als Bill endlich zurückrief, nahm sie Irina, die vor Schluchzern und Schreien kaum sprechen konnte, das Handy aus der Hand und erklärte kurz und sachlich die Situation. Sie war glücklich, bei Irina zu sein und sie trösten zu können, sie spürte eine große Kraft in sich, die daraus entstand, dass sie mit Bills Familie in Kontakt war. Es war so intim. So echt. So wirklich sein Leben.
Als Bill und mein Vater schließlich ankamen, packte sie eine neue Welle der Angst, sie sah zu Boden und wünschte Beileid.
»Und kommt ihr klar?«, flüsterte sie schüchtern.
Bill, mit bleichem Gesicht, auf dem kalter Schweiß klebte, sah zu Boden. »Wir kommen schon klar. Keine Sorge.«
»Ganz sicher?«
»Wir sind immer irgendwie klargekommen.«
Zwischen ihnen war eine Stille, in die Irina hineinschrie: »Die dumme Alte! Seit Wochen hab ich ihr gesagt, sie soll zum Doktor!«

Unser Vater blinzelte und blinzelte. Er atmete tief ein und aus, bis ihm Irina schließlich um den Hals fiel. Er ließ sich von ihr umarmen und weinte zwei, vielleicht drei Tränen, die anderen würgte er herunter. Irina heulte laut und hemmungslos und schrie immer wieder »die dumme Alte«, während Bill und Evelyn schüchtern wie zwei Backfische nebeneinanderstanden und kaum wagten, einander anzusehen.
Evelyn rückte einen Schritt näher. In Gesellschaft war sie ihm noch nie so nahe gewesen. So nah davor, seine Hand zu nehmen.
»Was wirst du jetzt ...«, fragte sie mit trockener Stimme.
»Es wird schon gehen.«
»Vielleicht kann ich ...«
»Klarissa!«, rief er wie vom Blitz getroffen. »Ich werde Klarissa holen.«
Der Gedanke machte ihm Mut und ihr klar, dass sie nicht gebraucht wurde.
»Wenn ich irgendetwas ...«
»Ich muss sie anrufen, ich rufe sie gleich an.«
Und er drückte mit zitternden Fingern auf seinem Handy herum, vertippte sich, als er die Tastensperre lösen wollte, einmal, zweimal bei der PIN-Eingabe und wählte schließlich meine Nummer. Aber mein Handy war damals schon verloren.

*Der von Ihnen gewählte Teilnehmer ist vorübergehend nicht erreichbar ...*

Er hörte sich den Telefonjingle mehrere Male an, um Evelyn nicht ansehen und nicht mit ihr reden zu müssen, denn er hatte Angst, dass er anfangen würde zu weinen. Er wollte sie nicht belasten, er wollte nicht, dass sie sich aus Mitleid zu etwas verpflichtet fühlte. Er gab vor, dass die Verbindung schlecht sei, und entfernte sich langsam, sein Handy theatralisch Verbindung suchend in die Luft haltend. Er ging um die nächste Ecke und merkte, wie ihn seine Kräfte verließen.

Evelyn blieb bei der heulenden Irina und meinem nichtheulenden Vater stehen und wollte irgendjemanden fragen, ob sie irgendetwas tun könnte. Oder irgendjemandem etwas Nettes sagen. Oder irgendjemanden umarmen. Sie gehörte doch dazu. Auch wenn es niemand wusste. Sie fühlte, dass sie dazugehörte, zu dem Schmerz, zu Irinas Weinen, zu der stocksteifen Drei-Tränen-Trauer unseres Vaters, zu Mammies Tod, zu uns, zu Bill, zum Gasthaus *Zur schwankenden Weltkugel Admiral Benbow auf der Klippe*, zu dem Loch, das Mammie hineingerissen hatte.

Evelyns Kehle war wie zusammengeschnürt.

Sie wartete, dass Bill zurückkam. Sie wollte ihn umarmen, wie sie ihn in der dunklen Orangerie umarmte. Sie wollte ihn vor Irina und meinem Vater küssen und ihn »mein Geliebter« und »Alexander« nennen (denn sie nannte ihn nicht Bill) und ihm sagen, dass sie sich scheiden lassen und zu uns ziehen wollte.

Aber er kam nicht zurück.

Er hatte sich in die Männertoilette eingeschlossen, wo er sich seine Faust in den Mund stopfte und zubiss und kleine, harte Tränen gegen die verflieste Wand weinte.

Evelyn wanderte durch das Krankenhaus und fand ihn nicht.

Und als sie ihn fand, hatte er sich wieder gefasst und eine Wand um sich herum aufgebaut, die seine Trauer nicht hinaus- und ihre Liebe nicht hineinließ. Er hatte sich selbst in eine Schachtel gepackt und den Deckel zugemacht.
Evelyn kam danach oft auf die Klippe und brachte Blumen und Früchte, half in der Küche und beim Ausschenken und organisierte, zusammen mit Mammies Freundinnen, das Begräbnis für Mammie, woran Irina, Bill und mein Vater ohne ihre Unterstützung gescheitert wären.
Zum Begräbnis schickte Evelyns Mann einen Trauerkranz. Einen großen schönen Trauerkranz aus weißen Rosen mit einem goldbedruckten Band, auf dem »Mit herzlichen Beileidswünschen, Herbert und Eve Lyn« stand. Er hatte vielleicht Evelyn seine Anteilnahme am Schicksal der von ihr so gut umsorgten Familie zeigen wollen.
Vielleicht.
Evelyn, die immer noch einen Moment suchte, Bill ihre ewige, uneingeschränkte Liebe zu gestehen, wurde weiß wie die Rosen, als sie die Aufschrift las.
Die Rosen führten zu einem heftigen Streit (dem ersten und einzigen) im stadträtischen Haus. Evelyn begründete ihre weiße Wut damit, dass Blumen und alles, was mit Blumen zu tun habe, *ihre* Angelegenheit sei. Dass Herbert sich in *ihre* Arbeit eingemischt habe. Dass sie ja auch nicht statt *seiner* ins Rathaus gehe und *seinen* Job mache, so wie er *ihren* gemacht habe. Herbert wusste nicht, wie ihm geschah, als sich seine liebe kleine Frau mit der samtenen Stimme in ein feuerspeiendes Ungeheuer verwandelte. Sie schrie, dass sie ihn hasse,

schluchzte so heftig, dass sie sich davon übergeben musste, riss sich ihren Ehering vom Finger und schleuderte ihn durchs Zimmer, warf Blumenvasen mit Blumen darin gegen die weiße Wand, leerte Rotwein über das schöne weiße Sofa, zertrümmerte Teller und Bilderrahmen und sperrte sich schließlich im Badezimmer ein, wo sie sich in der Badewanne ertränken wollte, als ihr Mann die Tür aufbrach und sie aus dem Wasser zerrte.
Sie weinte tagelang wie ein kleines Kind, aß nichts, trank nichts, stand nicht aus dem Bett auf und ließ ihre Blumen verdorren. Ihr Mann entschuldigte sich tausendmal, dass er in *ihre* Arbeit eingegriffen hatte, besorgte ihr Aufträge für Blumendekorationen vom Rathaus, die sie allesamt ablehnte, verwies sie auf ihre sterbenden Orchideen, die ihr egal geworden waren, und nahm schließlich Kontakt mit einem Psychotherapeuten auf, der Evelyn in wochenlanger Arbeit wieder aus dem Bett holte.
Sie zählte ihre weißen Haare.
Und ihre Krähenfüße.
Und die Lachfalten um ihren großen Mund.
Und fand, dass sie alt und hässlich war.
Und beschloss, Bill in eine Schachtel zu packen und die Schachtel ins Meer zu werfen.

Bill, der seinerseits zum selben Entschluss gekommen war, hatte mich mittlerweile vom Festland auf die Insel zurückgeholt. Er hatte gesehen, dass die Schachteln, die man ins Meer warf, durch Schiffsschrauben wieder an die Oberfläche gewirbelt wurden. Oder er hatte es nicht gesehen. Oder er hatte es gesehen und es nicht

sehen wollen. Er schickte mich auf den Markt und ging nie selbst hin. Er ließ mich alle Besorgungen machen, bei denen man Gefahr lief, Evelyn zu treffen.
Und dann stand sie eines Tages wieder da.
Denn die Schachtel, die eine Büchse der Pandora war, die man aufmachen, aber nie wieder schließen konnte, trieb im Hafen und verstrahlte die Insel mit unglücklicher Liebe.
Sie hatte ihr kleines Cabrio unweit der Klippe gegen einen Baum gefahren. Gleich bei der Ausfahrt. Gleich die Klippe runter und rechts. Da stand ein Baum. Eine Kiefer. Eine alte Kiefer aus schönem roten Holz und rauem weißgrünen Moos und ölig glänzend von Harz. Und duftend wie ein ganzer Kiefernwald.
Die Scheinwerfer strahlten an der Kiefer vorbei in die Nacht. Das Auto stand still, als wäre es mit offenen Augen eingeschlafen. Die Motorhaube wölbte sich in einer steifen, traurigen Beule. Die Kiefer sah unverändert aus.
Der Airbag drückte sich gegen Evelyns Brust. Sie atmete schwer und schluchzend. Sie war hysterisch, sie spürte, wie ihre Finger zu zittern und zu zucken begannen, wie ihre Hände kalt und ihre Handflächen nass wurden. Wie es in ihrer Brust zu kribbeln begann und sich ein heißes, fiebriges Gefühl ausbreitete, das ihren Brustkorb schwer wie Blei machte.
Sie spürte Bills Nähe wie ein Brennen auf der Haut. Er strahlte etwas aus, das ihr unter die Haut fuhr und dort Kernspaltung betrieb.
Evelyn wühlte sich aus dem Airbag, riss die Tür auf und stolperte aus dem Auto. Es sah verwundert und beleidigt aus, wie es da in der Kiefer steckte.

Ihr Mann war auf dem Festland und konnte sie nicht abholen.
Sie versuchte gar nicht erst, das Auto aus der Kiefer zu fahren. Sie ging zur Klippe und sah durch das Fenster in die hell erleuchtete Küche, in der niemand war außer Bill.
Sie klopfte so leise gegen die offene Tür, dass sie es selbst nicht hörte.
Sie flüsterte, und ihre samtene Stimme war rau wie Kiefernholz: »Hallo ... ich ... ich bin gegen einen Baum gefahren.« Sie trat ins Licht und blinzelte.
Mit einem Schritt war er bei ihr und legte ihr seine warme, feste Hand auf die Schulter. Sie spürte, wie ihre Schulter für seine Hand gemacht war. Wie ihre Form seine ausfüllte.
»Du bist gegen einen Baum gefahren?«
Sein Atem schlug ihr ins Gesicht.
»Ja«, hauchte sie.
»Wann? Jetzt? Bist du verletzt?«, fragte er und legte seine andere Hand auf ihre andere Schulter.
Ihr Körper reagierte so heftig, als hätte er sie unter Strom gesetzt. Ihre Augen wurden gläsern, ihr Atem wurde weich, ihre Lippen wurden feucht. Sie sank in seine Arme. Und alles war wieder gut.
Oder nicht gut.
Kurz darauf war sie schwanger und glaubte, es würde gut werden, aber dann ging sie zu einem Gynäkologen, der ihr sagte, dass die Schwangerschaft problematisch und das Kind nicht überlebensfähig war. Verdacht auf teratogene Schäden.
Der Gedanke, dass etwas in ihrem Bauch war, das jeden Moment sterben konnte, machte sie halb ver-

rückt. Es befiel sie der Verdacht, dass sie selbst auch krank war und dass sie sterben würde, dass das Baby sie verseuchte und dass Bill kein Geld hatte, um sie zu retten.

Sie rief ihren Mann an und sagte Bill, er solle gehen.

## DIESE INSEL IST ZU KLEIN FÜR UNS BEIDE

Bibis Großmutter hatte mir eine Geschichte erzählt, die jetzt verloren war, weil sie auf der verlorenen SD-Karte gespeichert war.
Die Großmutter war auf der Terrasse ihres Hauses in einem Schaukelstuhl gesessen und hatte ein seidenes Tuch zwischen ihren Händen gedreht. Sie hatte das Tuch so fest in eine Richtung gedreht, dass es steif und hart wie ein Ankertau geworden war. Dann hatte sie es in die andere Richtung gedreht, bis es wieder ein weiches Tuch geworden war, und weiter sich langsam wieder in einen Strick verwandelt hatte.
Es war ein besonderes Tuch, ihr Mann hatte es ihr geschenkt, es war sein letztes Geschenk gewesen und das, was sie da tat, war ein Tanz ihrer Hände über das Leben und den Tod.
Sie hatte mit ihrem Mann immer ihre Semmeln geteilt. Jeden Tag hatten sie zwei geteilte Semmeln gegessen. Fünfzig Jahre lang. Er hatte immer den oberen Teil gegessen. Sie hatte immer den unteren Teil gegessen. Sie hatte ihm den oberen Teil gegeben, weil sie ihn lieber mochte. Und er hatte immer den oberen Teil gegessen, weil er gedacht hatte, sie mochte den unteren lieber, weil er selbst immer den unteren lieber gemocht hatte. Kurz vor seinem Tod hatte sich das Missverständnis aufgeklärt.
Ich erzählte die Geschichte jetzt Bill. Bill sagte, es wäre

eine Geschichte über die Liebe. Ich sagte, dass er und vielleicht auch Evelyn nicht aussprachen, was sie wirklich wollten, und dass er sich aus Rücksichtnahme, Selbstlosigkeit und Bescheidenheit unglücklich machte. Und dass es bei ihm nicht so enden dürfe wie mit den Semmeln.

Wir saßen auf der Steinmauer im Nebel und starrten auf die milchige Nebelsuppe vor uns, die im Morgengrauen angekrochen war. Das Meer war nicht mehr zu sehen. Aber es schnurrte leise.

»Ich hasse Geld«, sagte er, mein Bruder, mein großer Bruder mit der unglücklichen Liebe.

Er rauchte eine Zigarette, was er nicht oft tat. Ich rauchte auch eine Zigarette.

Auf der nächsten Klippe, am anderen Ende des Sandstrandes, hatten sie angefangen, Windräder zu bauen. Dort war früher der Leuchtturm gestanden. Die Maschinen und Kräne schliefen neben uns und blinkten milchig in die dicke Luft. Die Windräder blinkten noch nicht, sie waren noch nicht fertig.

»Verstehst du, ich liebe ihren Geruch«, sagte Bill, der nichts sah und dachte außer Evelyn. »Ihr Geruch ist wie eine Droge, ich werde verrückt, wenn ich nur daran denke, was ihr Geruch mit mir macht.«

Ich schwieg. Ihr Geruch also. Aha.

»Ich kann es nicht beschreiben, es ist etwas Süß-harzig-holzig-Torfiges …« (Mein Bruder, der Dichter.) »Etwas wie Herbstlaub und Frühling in einem.«

Ich sah ihn von der Seite an, wie er neben mir auf der Steinmauer saß, die glühende Zigarette zwischen den Fingern, die Augen zusammengekniffen. Und war erschüttert darüber, wie wenig ich die Welt verstand. Wer

war er, mein Bruder, mein großer Bruder, wie hatte er es geschafft, nichts, gar nichts von all dem nach außen dringen zu lassen? Wie musste er gelitten haben, wie musste er glücklich gewesen sein, und wie hatte ich nichts davon bemerken können? Niemand hatte etwas bemerkt. Während Bobs erster Versuche, eine Widerstandsbewegung ins Leben zu rufen, hatte Bill gerade erfahren, dass er Vater werden würde. Und heute hatte er erfahren, dass das Kind sterben würde oder vielleicht schon tot war. Und ich hatte ihn für einen Schachtel-Spezialisten gehalten und seine einfältige Lösungsstrategie belächelt, ohne eine Vorstellung davon zu haben, was für eine Last er mit sich herumtrug.
Er war nicht alt und nicht jung. Er war groß, stark und schwer. Er könnte Evelyn wie ein kleines Kind auf eine seiner Schultern setzen. Sie könnte auf ihm herumklettern.
Man sah, dass ihm sein Herz wehtat. Mir tat mein Herz auch weh.

Irina und Bob kamen für ein paar Tage zurück ins Gasthaus. Mit einem professionellen Filmteam, darunter eigens ein Mann für den Ton und einer mit einer riesigen Kamera. Das Filmteam hatte seine Schwierigkeiten damit, die idyllische Insel Ei zu filmen. Tagelang saß die blaue Stadt gut verpackt in der Nebelwolke am Fuße des Ei-Bergs und zeigte nur schattenhaft ihre Umrisse. Das Filmteam filmte die malerischen Sandstrände, die liebliche Stadt am Fuße des Ei-Bergs, die blauen Häuser, die Felder und die fröhlichen Einheimischen bei Tony's Kiosk im Nebel. Ein Nebel, in dem die Windräder schliefen.

Zum Schluss kamen sie auf die Klippe, wo sie Aufnahmen von unserem Gasthaus machten, das sie »eine echte Piratenkneipe« nannten. Sie filmten Irina und Bob hinter der Theke, sie filmten Bill, den sie baten, ein anderes Hemd anzuziehen und sich ein Bandana umzubinden. Sie filmten unseren Vater, der in seinen Rauchschwaden an der Theke saß und dem wirklich nur der Papagei und die Augenklappe fehlten.
Sie filmten auch mich, weil ich ein *Meeresungeheuer*-Tattoo hatte und deswegen für sie gut zum Personal einer »echten Piratenkneipe« passte. Sie baten uns, einander »Ay!« zuzurufen, wenn wir *Ja* meinten, und Bob machte das besonders überzeugend. Die Gäste nahmen die Piratenenergie interessiert auf und bestellten Rum, Ale oder Feuerwhiskey. Captain Bob der Schreckliche riss den Korken mit den Zähnen aus der Flasche und spuckte ihn auf den Boden, wie das Piraten so taten.
Irgendwer musste ihn dann aufheben und abwaschen.
Bob hatte keine Zahnlücke mehr.
Er hatte einen Goldzahn.
Har har har!
Ich wäre gerne zum Eremiten geflohen, zumal ich einen der Kameramänner von früher kannte, der mich noch nicht erkannt hatte, und ich nicht wusste, ob ich wollte, dass er mich erkannte. Er war an der Akademie einen Jahrgang unter mir gewesen und hieß Adrian oder Julian.
Während das Filmteam zu Abend aß, fiel Captain Bob dem Schrecklichen ein, dass wir ein paar Leute zum Musikmachen einladen könnten. Er klemmte sich sein Handy zwischen Schulter und Ohr und steckte sich

eine Zigarette zwischen die goldblitzenden Zähne. Er nannte die Leute, die er anrief, »Landratten«, und ich musste kurz in den Garten gehen, um meinen Brechreiz zu beruhigen.
Irina war auch im Garten.
Sie war auf leisen Sohlen hinausgeschlichen, ohne dass Captain Bob der Schreckliche es bemerkt hätte. Sie saß auf der Mauer unter den Obstbäumen und sah zum Strand. Ihre Haare und ihre Kleidung waren triefend nass. Das Filmteam hatte ihr einen spanischen Rock und ein Mieder angezogen, mit dem sie bei der ersten Gelegenheit ins Meer gehüpft war.
Sie saß nur da, nass und tropfend. Vor dem milchigen Himmel im Nebel. Das Kinn auf die Knie gestützt, die Haare über ihren Schultern wie ein nasser Schleier. Ihre Schnürstiefel mit den hohen Absätzen lagen auf dem Boden, ihre nackten Füße waren unter dem spanischen Rock versteckt. Eine einsame spanische Meeresprinzessin.
Meine Schwester.
Schon wieder verloren.
Ich wollte nicht zu ihr gehen. Sie hatte mein schwankendes Selbstbewusstsein schwer erschüttert, und ich hatte Angst, dass sie mich wieder attackieren könnte.
Ich ging zurück ins Gasthaus, ohne dass sie mich gesehen hatte. Bob warf mir einen scharfen Blick zu, als ich hinter der Bar auftauchte, und ich warf ihm denselben Blick zurück.
»Wir sind Feinde«, sagten unsere Blicke zueinander. »Diese Insel ist zu klein für uns beide.«
Ich sah, dass er es hasste, dass ich hier war. Dass er meine Anwesenheit nicht aushielt, dass ich ihm die

Welt verschmutzte, in der ihn alle liebten, weil ich ihn nicht liebte.
Ich wünschte, wir wären wirklich Piraten, und ich könnte ihn zum Duell fordern, und wir könnten kämpfen mit unfairen Mitteln bis zum letzten Blutstropfen. Aber natürlich konnte ich das nicht.
Ich könnte es nicht einmal, wenn ich es könnte.
Bob würde mich mit drei schnellen Schlägen niederstrecken und dabei noch sexy lächeln und mit den Hüften wackeln. Und alle würden sich freuen, dass er gewonnen hatte. Der *scheeene blonde Mann*!
Seine Augen fingen an, den Raum nach Irina abzusuchen. Irina war nicht hier, sondern draußen unter den Obstbäumen im Nebel. Neben Bob stand die reiche Antonia, eine der Hauptsponsorinnen der Widerstandsbewegung, wie ich erfahren hatte. Ihre Stimme war ein Dröhnen. Sie erzählte mit wilden Gesten und lauter Stimme. Bob, mit nervösen Augen, sagte etwas zu ihr, woraufhin sie auflachte und mit der Rückseite ihrer Hand leicht gegen seine Brust schlug. Er entfloh charmant lächelnd, auf die Pirsch nach seiner Braut.
Linda kam mit einer ganzen Schar an Musikern, einer Violinistin, einem Didgeridoo-Spieler, einer Percussion-Truppe, diversen Blechbläsern und einem Xylofonisten. Der Mann mit dem blassen Gesicht und der exzentrischen Brille war nicht dabei. Ich bemerkte, wie ich nach ihm suchte, und ärgerte mich darüber. Die Musiker stritten sich um die Bühne. Vielleicht hofften sie, im nationalen Fernsehen entdeckt zu werden.
Unser Vater hatte sich hingelegt. Das war kein gutes Zeichen, denn er liebte Trubel und Musik, und es

musste ihm schlecht gehen, wenn er sich die Jam-Session mit Filmteam entgehen ließ.
Die Musiker spielten, Bob und Irina tanzten, das Filmteam filmte, die Gäste tranken ihren Feuerwhiskey und ihren Rum.
Ich hasste Bob, bis ich es nicht mehr aushielt und mich Adrian oder Julian zu erkennen gab, um mich abzulenken. Adrian oder Julian lachte laut, klatschte in die Hände und rief: »Ich hab es gewusst! Ich hab es gewusst!« Er sagte, Irina hätte ihm schon von ihrer Schwester erzählt, die an der Filmakademie gewesen war, aber er hatte mich nicht erkannt, weil ich so klein und dünn und dunkel geworden war. Ich sähe wirklich vollkommen anders aus, aber natürlich, meine Augen ... Er wusste, wie ich hieß, und hieß in Wirklichkeit Marcel.
Wir plauderten, und er meinte, ich solle zurück an die Uni gehen und das Studium beenden.
Er erzählte mir, dass er versucht habe, Irina für einen Spielfilm zu begeistern, den ein Freund gerade drehe. Aber sie habe sich nicht bei ihm gemeldet.
»Ich habe ihr gesagt, dass die Kamera sie liebt«, sagte Marcel. »Ich glaube, das hat sie mir übel genommen. Sie hat wohl gedacht, ich will sie anbraten.«
Irina wusste, dass die Kamera sie liebte. Alles und alle liebten sie. Sie war ein Lieblingsmensch, wie Bob. Kaum dass Irina und er aufgehört hatten zu tanzen, stürzte sich die reiche Antonia auf sie und drückte sie und machte Selfies mit ihr und schrie herum, dass sie unbedingt den Fischertanz aufführen müssten, und die Kameraleute müssten sie filmen, *jetzt gleich! dalli dalli!*, und Marcel ging hinter mir in Deckung.

## WAS MACHEN DIE ZECKEN

Irina und Bob verließen die Insel, als das Filmteam seine Arbeit beendet hatte. Bill schloss sich ihnen an.
»Ich bleibe«, hatte ich zu ihnen gesagt. »Ich kann ja auf kleinen Betrieb umstellen, dann schaffe ich es auch alleine.«
Bill war aufgeregt gewesen.
»Kann ich wirklich gehen? Ich meine ... kommst du klar?«
»Ich schaffe das, keine Sorge.«
Wenn es ihm dadurch besser ging ...
»Aber wenn ihr schon aufs Festland fahrt, könnte Papa ja vielleicht mal ins Krankenhaus gehen und sich untersuchen lassen«, meinte ich vorsichtig.
Auf der Stirn unseres Vaters war ein Gewitter aufgezogen.
Er fuhr nicht mit, und er tat so, als wäre er aus Protest mir gegenüber nicht mitgefahren, weil ich ihn ins Krankenhaus hatte schicken wollen. Er fuhr nicht mit und war böse auf mich, aber vielleicht war er mir auch dankbar, dass ich ihm einen Grund gegeben hatte, hierzubleiben.
Auf der Klippe war es sehr leer und einsam, nur mit unserem Vater, der böse auf mich war.
Ihn sah ich kaum, und wenn, dann nur schlafend, herumliegend, fernsehschlafend, um den Beitrag mit Bob und Irina nicht zu verpassen, den das Filmteam

gedreht hatte. Er wollte mich nicht sehen und nichts essen außer Bier.
Das Gasthaus war mehr Arbeit, als ich gedacht hatte. Mir ekelte vor dem Fett und den Essensresten auf den Tellern und den stinkenden Aschenbechern, und ich stellte wiederum fest, dass ich nicht für die Gastronomie gemacht war.

Sie bauten das Karussell am Stadtrand ab. Ich weinte fast, weil ich keine SD-Karte hatte, und filmte, so gut es ging, mit dem Handy.
Es ging nicht so gut. Die Arbeiter ließen mich nur aus der Ferne filmen, weil sie meinten, ich könnte sonst von herunterfallenden Stahlteilen erschlagen werden. Also setzte ich mich auf eine Bank und sah ihnen zu. Es war so schön, wie sie Speiche um Speiche abschraubten, wie das halbe Riesenrad in den grauen Himmel stand, traurig sein metallenes Lied singend.
Eine halb gegessene Riesenrad-Torte im Nebel.
»Du bist auch immer da, wo man dich nicht vermutet«, sagte eine Stimme hinter mir.
Ich drehte mich um.
Vor mir stand der Mann mit dem blassen Gesicht und der exzentrischen Brille.
»Bis jetzt haben wir uns immer auf der Klippe getroffen, und dort wird man mich ja wohl vermuten, immerhin wohne ich da«, antwortete ich.
Er sah kurz in die Luft und fragte dann, ob er sich zu mir setzen dürfe. Ich rutschte auf der Bank ein Stück zur Seite, um ihm Platz zu machen. Es war schließlich eine öffentliche Bank. Kaum saß er, begann er zu pfeifen. Er pfiff einen alten Schlager. Einen Piratenschlager.

Ich sah zu, wie sie die Karussellfiguren in einen Lastwagen packten. Die Seepferdchen, die Schwäne, die Fische und die kleinen Schiffchen. Sie waren sehr bunt und sahen sehr glücklich aus. Alle lächelten. Sogar die Schiffe.
»Ich habe gehört, dass du im Industrieviertel gefilmt hast und dass sie dich aufgegriffen haben.«
Ich hob die Augenbrauen. Woher wusste er das denn?
»Sie haben mir erzählt, dass dir die Windkraftanlage so gut gefällt.«
*Sie?* Meine Securities?
»Mir gefällt sie auch«, meinte er. »Sieht aus wie ein Feld großer gläserner Blumen.«
»Allerdings sind sie von Parasiten befallen«, sagte ich. Als er nicht antwortete, fügte ich hinzu: »Hast du diese glänzenden Halbsphären bemerkt, die im Berg sitzen und aussehen wie Zecken?«
»Zecken?«
Ich sah ihn an. Ein bisschen erwartungsvoll. Aber er sagte nichts mehr.
Das Karussell sang, als das bunte Dach zu Boden sank.
»Musst du auch ausziehen?«, fragte ich ihn.
Er schüttelte den Kopf. »Nein, ich wohne gar nicht hier. Ich bin nur zum Arbeiten gekommen.«
»Was arbeitest du denn?«
»Im Industrieviertel.«
Aha! »Du meinst für STARFISH?«
»Man könnte behaupten, dass die zurzeit meine Arbeitgeber sind, ja. Wir kooperieren für ein größeres Projekt, und sie bezahlen das Projekt. Aber ganz allgemein diene ich meiner eigenen Sache.«
»Und du weißt nicht, was diese Zecken sind?«

»Wie heißt du eigentlich?«, fragte er.
Auch er schien einen Vertrag zur Geheimhaltung unterschrieben zu haben.
Ich sagte ihm meinen Namen. Er antwortete, dass er ohnehin gewusst hatte, wie ich heiße. Ich schnaubte. Er lachte wie ein Fex.
Ich stand auf und ging davon in den Nebel. Er rief: »Bleib doch!«, und als ich nicht hörte: »Warte, Klarissa!«, und lief mir nach. Ich hätte ihm leicht davonlaufen können, er schien irgendein Problem mit seinem rechten Bein zu haben, aber ich blieb stehen, irritiert über seine Aufdringlichkeit. Er humpelte auf mich zu.
»Ich habe etwas für dich«, stieß er hervor, sein Gesicht leicht schmerzverzerrt. Ich hob die Augenbrauen und verkreuzte meine Arme vor meinem Oktopus. Er kramte in seiner Hosentasche, zog eine dicke, speckige Geldbörse heraus, suchte zwischen den Münzen nach etwas, fand es und hielt es mir hin. Mich durchzuckte ein völlig unerwartetes Gefühl. Ein leiser Aufschrei. Mein Herz begann zu klopfen. Meine Augen wurden größer. Ich starrte auf seine Handfläche. Es war meine SD-Karte. Ich erkannte sie an den Kratzern auf dem goldenen Aufkleber. Da lag sie auf seiner Handfläche wie ein Schatz.
Der Mann mit dem blassen Gesicht und der exzentrischen Brille wurde unruhig, weil ich nichts sagte und nichts machte.
»Du brauchst sie doch, oder?«, fragte er unsicher.
Da fiel ich ihm um den Hals.
Er flüsterte »Gern geschehen« in mein Ohr, und mir fiel auf, dass ich keine Brüste mehr hatte, dass wir den

Oktopus hier zwischen uns zerquetschten, und ich erschrak darüber und ließ ihn los.

»Das Material ist noch drauf«, sagte er. »Ich hab es mir angesehen. Schöne Aufnahmen hast du da gemacht, von den *Zecken* – wie du sie nennst – und den Windrädern und von deiner komischen Schwester.«

»Was fällt dir ein, mein Material anzuschauen!«

»Ich wollte sehen, ob es was taugt.«

»Warum glaubst du, beurteilen zu können, ob es was taugt?«

»Schau es dir noch mal genau an«, sagte er. »Du brauchst es vielleicht noch.«

## WAS ICH IM WASSER SAH – 8

*Wellen schwappen um meine Knöchel. Der Boden unter meinen Füßen vibriert.*
*Sie ist vom Sofa gefallen.*

*Ich wate durchs Wasser zurück in das Wohnzimmer.*
*Bob klopft weiter.*
*Dumpfe Schläge, die das Wasser kräuseln.*
*Ich sehe die Umrisse des Sofas, auf dem sie nicht mehr liegt, sie liegt jetzt im Wasser.*

*Ich wate noch ein paar Schritte in den Raum und suche das Dunkel nach ihr ab.*
*Die kleinen Wellen spiegeln das wenige Licht und brechen sich an der dunklen Gestalt vor dem Sofa, die ich nicht sehe, sondern nur durch die Bewegungen der Wellen erahne.*

*Da streift mich etwas am Knöchel, das größer sein muss als Froschlaich und solider als Quallen, etwas langes Schlangenartiges wie Fischhaut ohne Schuppen, und ich zucke zurück, stolpere durchs Wasser gegen die Wand.*
*Das hasse ich.*
*Unter Wasser von etwas berührt werden, von dem man nicht weiß, was es ist, und wenn es nur Seegras ist, die Ahnung, dass da ein Universum unter Wasser ist, das man nicht sieht und von dem man gesehen werden kann.*

*Das lange Schlangenartige schießt hervor und peitscht das Wasser und taucht wieder unter.*
*Wasser spritzt gegen die Wände und auf mich und trifft mich im Gesicht.*
*Was ist das, was ist das, ich schnappe nach Luft, ich will nicht mehr in dem Wasser stehen, ich spüre schon, wie sich etwas um meine Knöchel windet und mich umreißt, das lange Schlangenartige, das hier wohnt.*
*Aber nichts passiert.*
*Das Wasser beruhigt sich und wird wieder still.*

*Ich sehe sie nicht, so sehr ich meine Augen auch anstrenge, ich sehe nicht, wo genau sie ist, ob sie vielleicht mit dem Gesicht im Wasser liegt und nicht mehr atmen kann, wenn sie denn noch atmen muss, man erzählt sich von Leuten, die in knöcheltiefem Wasser ertrunken sind.*

*Das lange Schlangenartige lauert zwischen ihr und mir.*

*Und ich setze ganz vorsichtig einen Fuß nach vorne, ohne das Wasser aufzuschrecken.*
*Dann warte ich.*
*Dann setze ich den nächsten Fuß nach vorne.*

*Durch die Tür klopft es dumpf.*

## WAS PASSIERT MIT UNS

Ich ging nach Hause, warf meinen Computer an und öffnete mit zitternden Händen die SD-Karte. Da war mein Material, alles da. Viele, viele Dateien Zecken-Material, Windrad-Material, Bibis Oma und ... Irina. Ich hatte wahllos auf ein Video geklickt. Irina, die Schöne, Bobs Schöne. Sie, mit ihrem leuchtenden Blick. Ich schloss die Datei schnell und so heftig, dass mein Fingernagel abbrach.

Der Nebel waberte um das Gasthaus. Ich hörte dem Computer beim Schnaufen zu, als er Material von der SD-Karte auf meine Festplatte lud. Er schnaufte wie ein Traktor. Es waren sehr viele Dateien, zu viele, wie mir schien, so viel hatte ich doch gar nicht gefilmt, aber ich wollte nichts mehr öffnen, um Irina nicht noch einmal anschauen zu müssen.

Ich musste sie trotzdem anschauen.

Man zeigte sie im nationalen Fernsehen. Zusammen mit Bob. Sie waren ein hübsches Fernsehpärchen. Bob mit seinen starken Armen, seinen breiten Schultern und seinem Hollywood-Piraten-Lächeln mit Goldzahn und Irina, die aussah wie eine Seeräuber-Prinzessin aus 1001 Nacht.

Unser Vater, der das neue Fernsehgerät in sein Zimmer hatte bringen lassen, damit er im Bett fernsehen und schlafen konnte, ohne dass ihn der Gasthausbetrieb störte, schrie auf, als er sie sah. Sein krächzender Schrei

drang zu mir ins Gasthaus. Er schrie aus vollen Lungen, so laut er konnte.
»Fernseher einschalten!«
Ich erschrak fürchterlich. Die Gäste rissen die Köpfe herum. Es klang wie ein Notfall. Als würde der Fernseher explodieren, wenn man ihn nicht einschaltete. Ich ließ alles stehen und liegen, das halb gefüllte Bier schäumte über, als ich es ruckartig abstellte, rannte zum alten Fernseher, der in der Ecke hinter der Theke vor sich hin staubte, und stellte ihn an.
Zuerst war das Bild blau. Dann mit einem Schlag Farbe. Irina. Stumm. Aber sie bewegte die Lippen. Ihr Kopf nahm beinahe den ganzen Bildschirm ein. Dunkel gegen den hellen Hintergrund. Ihre weißen Zähne und das Weiße ihrer Augen. Ihre dunklen Augenbrauen, manchmal edel, manchmal hexenhaft, manchmal hochmütig, manchmal hart, manchmal weich. Ihre Haare, manchmal blau, manchmal violett, manchmal rot, manchmal blond. Ihr großer Mund, der Oktopustentakel aß. Sie redete stumm. Sie sah konzentriert aus. Sie hatte rote Lippen und goldene Schatten auf ihren Augenlidern. Ihre Hand, die manchmal über den Bildschirm huschte, wenn sie gestikulierte, hatte schön manikürte Fingernägel. Irina hatte nie schön manikürte Fingernägel.
Ich schlug mit der flachen Hand gegen den Fernseher. Da kam der Ton.
»... und machen uns zu Flüchtlingen. Aber warum? Es kann doch in niemandes Interesse liegen, eine funktionierende lokale Infrastruktur zu zerstören und gut situierte Leute zu arbeitslosen Flüchtlingen zu machen. Das schadet unserem Sozialsystem. Das schadet auch

den Leuten hier auf dem Festland, die uns aufnehmen müssen. Die Einzigen, die davon profitieren, sind private Konzerne wie STARFISH. Unser ganzes Land blutet wegen STARFISH.«
Schnitt auf Totale.
Irina war in einem Fernsehstudio, neben ihr saß Bob, seine Haare lässig nach hinten frisiert, in einem weißen Leinenhemd. Ihnen gegenüber ein Typ im Anzug, in der Mitte eine Moderatorin. Irina sah den im Anzug wütend an. Undiplomatisch wütend. Zu wütend für ein Fernsehstudio.
Der Typ ließ sich davon nicht beirren und sagte: »Der geplante Windpark ist unser Beitrag zum globalen Ziel einer vermehrten Nutzung alternativer Energiequellen. Wir werden dort genug grüne Energie erzeugen, um das ganze Land damit zu versorgen, wir werden stolz behaupten können, die erste Nation zu sein, die hundert Prozent ihres Energiebedarfs aus alternativen Energiequellen bezieht. Und durch den Bau und die Instandhaltung des Windparks werden Tausende neuer Arbeitsplätze geschaffen.«
»Aber was passiert mit uns!«, unterbrach ihn Irina. Die Moderatorin bat um Ruhe. Bob war nervös und rutschte auf seinem Stuhl hin und her.
Der Typ im Anzug war offenbar ein Pressesprecher von STARFISH. Er setzte erneut an: »Wir produzieren keine Geflüchteten, im Gegenteil. Wir verstehen die Situation der ehemaligen Pächter, aber die Leute, die die Insel verlassen, verlassen sie nicht mittellos.«
»Wenn sie sie verlassen! Wenn sie sich nicht vorher umbringen!«, schrie Irina dazwischen. Die Moderatorin bat erneut um Ruhe. Irina merkte, dass sie sich nicht

richtig verhielt, wusste aber auch nicht, wie sie sich richtig verhalten sollte. Ihre manikürten Hände zitterten, und ihr Blick huschte immer wieder aus dem Bildausschnitt hinaus ins Off, als suche sie einen Fluchtweg. Unter dem Lippenstift wurden ihre Lippen blau.
Der Pressesprecher lächelte souverän und entspannt.
Bob schaltete sich ein. Schnitt auf ihn im Close-up.
»Das eine schließt doch das andere nicht aus«, sagte er, um Sachlichkeit bemüht. Er wurde immer nervöser und blickte nervös hin und her, vielleicht zu Irina, vielleicht weil er merkte, dass mit Irina etwas nicht stimmte. »Wir wollen den Grund für die Zwangsumsiedlung wissen! Gegen den Windpark sagt ja niemand was!«
Der Pressesprecher lächelte. Close-up auf ihn. Er holte Luft und wollte sprechen, da hörte man ein Krachen, wie von einem Stuhl, der umgeschmissen wurde, der Schnitt auf die Totale kam in dem Moment, als Irina den Wasserkrug vom Tisch der Moderatorin packte und ihn sich über den Kopf leerte. Die Kamera- und Tonleute, die man nicht sah, schnappten nach Luft, und man hörte das Schnappen. Das Bild zitterte, als wäre jemand gegen die Kamera gestoßen. Schwarze Schlieren liefen Irina über die Wangen. Ihr Make-up war zerstört. Ihre Frisur auch. Die Moderatorin war entsetzt zurückgewichen. Der Pressesprecher von STARFISH lächelte nicht mehr. Bob lächelte jetzt. Eine krampfhaft verbissene Grimasse. In seinen Augen ein wahnsinniger Blick.
Aus dem Zimmer meines Vaters hörte man, wie etwas Hartes gegen etwas Hartes knallte. Vielleicht hatte er eine Bierflasche gegen die Wand geworfen. Ein Rau-

nen ging durch das Gasthaus. Ich sah mich ängstlich um.
Meine Schwester, meine Schöne, meine Liebe! Wie konnte man von ihr erwarten, öffentlich über Politik zu diskutieren, sie konnte doch kaum lesen und schreiben, das war doch grotesk. Sie war ein Feen-Elfen-Monster aus dem Meer. Was hatte Bob sich dabei gedacht, sie in ein Fernsehstudio zu schleppen und sie einer Live-Sendung auszusetzen?
Ich hatte das Gefühl, man hätte mir mit einer Keule in den Magen geschlagen. Ich bekam kaum Luft. Und musste mich an der Theke festhalten. Ich starrte auf den Bildschirm, wo jetzt Bob wild gestikulierend vor sich hinredete, während Irinas Make-up in Schlieren von ihrem Gesicht auf ihr Kleid tropfte. Ihr Gesicht war ganz blau geworden. Wie damals, bevor der Nebel aufgezogen war, im Eukalyptuswald, vor langer Zeit, als wir den Schatz gesucht und die Geister gefunden hatten. Als sie verschwunden war und das schwarze Loch sich geöffnet hatte.
Ich musste mich hinsetzen, so weich waren meine Knie, und ich setzte mich auf den Boden, auf die terrakottafarbenen Fliesen hinter der Theke, und jemand kam angelaufen und fragte mich, ob man mir Wasser bringen solle. Ein Gast schrie nach seinem vernachlässigten Bier, das ich halb eingeschenkt und übergeschäumt am Zapfhahn hatte stehen lassen. Ich versuchte aufzustehen und hielt mich an der Theke fest. Unser Stammgast, der Cowboy, ging hinter die Bar, zapfte das Bier für den durstigen Gast und brachte es ihm. Ich sah ihn durch das schwarze Netz, das sich über mein Sichtfeld geschoben hatte, und die weiß-

gelben Sterne, die darin blinkten. Der Cowboy sprach zu mir. Ja, dieser Nebel, und jetzt bald wieder diese Hitze! Morgen oder übermorgen würde es wieder richtig losgehen. *Also bleib ruhig noch ein bisschen sitzen, Kleine, das wird schon wieder, der Nebel nimmt einem ja auch die Luft zum Atmen.* Früher, ja, früher war es nicht so heiß gewesen, aber jetzt, inzwischen, das war ja nicht mehr normal. Die Insekten spielten verrückt, ja, natürlich, so viele Wespen und Hornissen hatte es noch nie gegeben, die Feuerwehr musste ja die ganze Zeit fußballgroße Wespennester entfernen, und Hühner-Marias schwarzen Schweine waren auch schon ganz mürbe ...

Die Hitze war mir egal. Ich dachte an meine Schwester und was sie jetzt wohl machte, nach der Sendung, die sie gesprengt hatte. War sie davongelaufen zum Wasser und hatte sich bei der Strandpromenade zu den graugelben Blasen und den SUNFISH-Verpackungen ins ölige Meer geworfen? Lief sie gerade? Konnte sie noch laufen?

## WIR WERDEN UNS LANGSAM VERWANDELN

Wie der Cowboy es prophezeit hatte, rollte eine neue Hitzewelle über Ei und briet es in der Sonne.
Zuerst eine Hitze, die einen schwanken machte. Dann eine, die einen niederschlug. Man wollte nur herumliegen. Es war zu heiß für alles.
In der Zeit kam Irina wieder.
Sie brachte eine andere Glut vom Festland mit. Den Staub und die gelbgrauen Blasen an der Strandpromenade, das Rauschen der Menschenmassen, die dröhnenden, schmutzigen Straßen, die Graffiti, die Tauben, die Blauglockenbäume. Die Wände zitterten, als sie über die Türschwelle trat.
Ich hatte eine Werbung für die Badewanne des Eremiten gedreht, in der er in den Schlamm tauchte und sich damit einschmierte. »Fühlen Sie die einzigartige Wirkung. Durch seine besondere Zusammensetzung hilft der Schlamm uns, zu werden wie die Oktopusse. Wir werden uns langsam verwandeln«, lächelte er, während die Rucksacktouristen sich um ihn drängten. Sie waren alle fröhlich und schön, weil die Sonne und das Meer alle Leute schön machten. Sie schmückten sich mit Ringen und Ketten aus Muscheln, und die Männer hatten sich Stöcke geschnitzt, die nützlich sein würden, wenn wilde Tiere sie attackierten. Sie trugen Messer im Gürtel, wie Männer in der Wildnis das taten, wenn sie über die Klippen zu uns ins Gasthaus geklettert kamen.

Ich hatte gekellnert, gekocht, dem Mann mit dem blassen Gesicht und der exzentrischen Brille erklärt, dass ich keine Zeit hätte, mein Material zu sortieren, Evelyn weggeschickt, über Umzugspläne und Selbstmorde geredet und über Irina. Über die Sendung, über ihr Ungeschick, über Bob und die Widerstandsbewegung und über die schrecklichen Hitzewellen.

Irina trat über die Türschwelle.

Ich sah auf.

Das Licht änderte seine Intensität. Um Irina herum waberte die Luft. Alles war plötzlich lauter. Das Knallen der Gläser auf Tische, das Klirren von Löffeln gegen Geschirr. Ihre Flipflops auf den Fliesen.

Die Welt schwankte in ihre Balance zurück. Mit einem Ruck, wie wenn die Schiffsschraube startete.

Irina war blau um die Lippen, wie Captain Flint vom Rum-Trinken.

Sie schlurfte hinter die Theke, schnappte sich einen Bierkrug, füllte ihn mit Wasser und trank ihn in einem Zug leer. Dann trank sie einen zweiten und einen dritten. Dann setzte sie den Krug ab, schnaufte und blinzelte und fühlte sich offensichtlich besser.

»Ich muss jetzt die ganze Zeit Wasser trinken. Und meine Haare müssen immer nass sein«, verkündete sie dem Gasthaus im Allgemeinen. Die Rucksacktouristen nickten und brummten, dass das wohl gut so war. Sie steckte den Kopf unter den Wasserhahn und klatschte ihre langen Haare in die Spüle.

Ich ging ihr aus dem Weg. Ich war mir nicht sicher, ob sie mir auch aus dem Weg ging.

Sie verbrachte viel Zeit über ihrem neuen Handy, das sie mit sich herumtrug und das häufig vibrierte.

Manchmal lachte sie. Manchmal machte sie ein Selfie.
Ich ignorierte sie, aber dann, eines Tages, war der Eremit da.
Er saß an einem Tisch neben ihr und schlürfte eine Suppe, die ich ihm hingestellt hatte. Dabei las er einen Zeitungsartikel, der ihn sehr amüsierte. Seine Augen flogen immer wieder in Irinas Richtung. Die spielte mit ihrem Handy.
»Haben Sie diesen Artikel gelesen, liebe Freundin?«, fragte er mich.
Ich schüttelte den Kopf.
»Oh, das sollten Sie aber, da geht es um die Fässer, von denen ich Ihnen erzählt habe. Haben Sie ihn gelesen, mein Fräulein?«
Irina hob den Kopf von ihrem Handy, sah den Eremiten kurz an und sah wieder weg.
»Erlauben Sie mir die Bemerkung, aber Sie sehen nicht sehr gesund aus.«
Irina knallte ihr Handy auf den Tisch und fauchte: »Lassen Sie mich in Ruhe und gehen Sie! Klarissa! Sag ihm, dass er gehen soll, der Papa will nicht, dass er hier ist, er vertreibt uns die Kunden!«
Es stimmte, dass unser Vater das vor Jahren einmal gesagt hatte (oder nein, eigentlich war es Mammie gewesen, unser Vater hatte nur genickt). Nackte Eremiten seien kein Magnet für potentielle Kunden. Das war eine These, die sich in letzter Zeit als falsch erwiesen hatte, denn die Rucksacktouristen aßen viel, zahlten brav und halfen anschließend noch beim Abwasch. Und Mammie war tot, und unser Vater lag fernsehschlafend im Bett.

Der Eremit aber wartete nicht, bis ich ihm sagte, dass er gehen sollte. Er hüpfte von der Bank, und weg war er. Irina und ich sahen uns an. Für einen kurzen Moment surrte nur der Deckenventilator über unseren Köpfen. Wir holten beide Luft.

Und eins. Zwei. Eins. Zwei. Drei und.

»Was ist denn mit dir bitte los?«, keifte ich.

»Du hast ja keine Brüste, von dir will ja niemand was!«, keifte sie zurück.

»Du glaubst doch nicht, dass dich der Eremit anbaggern wollte! Der hat doch gar keine Sexualität!«

»Dir gegenüber hat kein Mensch Sexualität!«

»Deine Beziehung zu Bob tut dir echt nicht gut!«

»Du bist ja nur neidisch!«

Ihr Handy begann zu vibrieren.

»Haha! Glaubst du, ich will einen komischen Pseudo-Piraten, der mich in eine blöde Schnepfe verwandelt? Einen hypokritischen Konformisten, der zuerst bei STARFISH arbeitet und dann, sobald der Wind dreht, eine Widerstandsbewegung anzettelt! Dessen politische Ambitionen einzig und allein darin bestehen, seinen Narzissmus zu befriedigen!«

Wenn man sie mit Fremdwörtern bewarf, geriet sie aus dem Gleichgewicht.

»Und du glaubst, dein Neuer ist besser? Der mit der komischen Brille?«

Bevor mir eine Antwort einfiel, schrie sie: »Und du bist eifersüchtig, weil du nicht dabei sein durftest!«

»Und warum durfte ich nicht dabei sein?«, schrie ich zurück, aber sie hörte nicht, sondern ereiferte sich weiter: »Und deswegen hasst du Bob! Weil er klüger ist als du!«

Ich hatte gerade Luft geholt, doch dann hielt ich inne

und begann zu lachen. Ich lachte so heftig, dass ich beinahe umfiel. Ihr Handy vibrierte.
»Warum lachst du? Ich weiß, dass ich recht habe!«
Ich lachte und lachte.
Sie wurde rot. Ihre goldenen Augen funkelten vor Wut. Sie überlegte und schrie dann: »Bob hat uns ins Fernsehen gebracht! Und du machst immer nur Kunst, was niemanden interessiert!«
Ihr Handy vibrierte und bewegte sich vibrierend auf die Tischkante zu. Sie riss es an sich. Ich lachte immer noch. »Hat es dir so viel Spaß gemacht im Fernsehen?«, lachte ich.
Sie sah aus wie ein Raubtier, das zum Sprung ansetzte. Aber sie schwieg. Einen kurzen Moment dachte sie nach, dann nahm sie ab.
»Ja?«, sprach sie barsch ins Telefon und wurde im nächsten Moment leichenblass. Ich hörte auf zu lachen und hustete.
Aus dem Handy klang Bobs Stimme: »Und du sagst mir, dass du krank bist und nach Hause fahren musst, und in Wirklichkeit triffst du dich mit Klarissa!«
»Sie ist ja bei mir zu Hause.«
»Und warum bist du nicht erreichbar?«
»Weil wir gerade streiten.«
Sie sah auf einmal ganz anders aus. Verhalten. Ängstlich. Sie hatte doch nie vor etwas Angst gehabt.
Sie machte keine Anstalten, ihr Gespräch woanders fortzusetzen, also ging ich in die Küche, holte Kabeljau aus der Gefriertruhe und fing an, Zwiebel für das Menü zu hacken. Irinas seltsam zittrige, vorsichtige Stimme tönte gelegentlich zu mir herein. Ich wünschte, ich würde sie nicht hören.

Die Zwiebeln trieben mir Tränen in die Augen. Bill wusste, was man machen musste, damit man davon nicht weinte. Sie kalt oder heiß zu waschen half, aber ich hatte es vergessen. So musste ich weinen wegen der Zwiebel, und ich weinte wegen der Zwiebel, ohne Seufzer, ohne Schluchzer liefen mir die Zwiebeltränen über die Wangen, und ich wischte sie in meinen Unterarm.
Irina jammerte ins Telefon.
Ich schnitt Kartoffeln in kleine Stücke.
Irina jammerte etwas von einem Zeitungsartikel. Ich musste mal in die Zeitung schauen. Es war kaum auszuhalten.
*Opfer ist ein Schimpfwort*, dachte ich. *Es ist peinlich, ein Opfer zu sein.* Es beschämte die anderen. Es tat sogar weh. Mir tat es weh.

## WARUM KONNTE ICH NICHT DICH HEIRATEN

Ein plötzlicher Krach riss mich aus meinen Gedanken. Ich ließ den Schneebesen fallen, spritzte Sahnesoße auf die Küchenzeile und stürzte ins Gasthaus. Irina lag in einer Lache aus braunem Wasser und in einem Haufen Scherben und hatte noch den Henkel des Bierkrugs in der Hand, der zu Bruch gegangen war. Sie hatte braunblaue Schlieren um ihren Mund und Spritzer an ihrem Hals und ihren Armen.

»Ich bin vom Stuhl gefallen«, hauchte sie. »Ich brauche Wasser.«

Ich stand da, fassungslos, und sah auf sie und auf die braun-blauen Schlieren. Ihre Haut war anders als sonst. Ihre Arme waren anders.

»Wasser«, stöhnte sie, und ich fasste mich wieder und brachte es ihr. Sie nahm es nicht.

Ich zerrte sie hoch und lehnte sie gegen die Bank.

»Und jetzt trink. Leg dein verdammtes Handy weg und trink.«

Sie legte ihr verdammtes Handy neben sich auf den Boden in die braun-blauen Schlieren. Ihre Hände zuckten. Ich stützte das Glas, das sie kaum halten konnte, und flößte ihr Wasser ein. Dann holte ich Nachschub. Sie trank viele Gläser Wasser, erbrach zwischendurch blau-braune Flüssigkeit und leerte schließlich Wasser über ihren Kopf. Ich rettete ihr Handy vor der Flutwelle. Sie lehnte sich gegen die Sitzfläche der Bank und schloss die Augen. Ich drehte den Deckenventilator auf die höchste Stufe und machte mich daran, die Scherben aufzukehren.

Immer wieder sah ich zu ihr hinüber. Sie sah ganz seltsam aus. Gar nicht wie sie selbst. Als wären ihre Knochen mit einem Mal ganz weich geworden, hing sie da. Aus der Form, aus ihrer Form, wie ein Krake, den man aus dem Wasser gehoben und auf Eis geklatscht hatte. Mich schauderte. Ihr Gesicht hatte eine neue Farbe angenommen. Graugelblich. Wie konnte sie sich nur so verwandeln?

Ich fragte sie, ob ich noch etwas für sie tun könnte. Sie rollte ihren knochenlosen Kopf von einer Seite zur anderen. Sie wollte nichts.

Ich sah ihr beim Atmen zu. Sie atmete schwer.

»Soll ich dich nach oben bringen? Willst du ein bisschen schlafen?«

Meine Stimme steckte irgendwo in meinem Hals fest und ließ sich nur durch ein winziges Loch hervorpressen. Sie hing da, ihr Kopf auf der Sitzfläche, die Kante der Sitzfläche in ihrem Nacken. Immer wieder krampfte sich ihr Körper zusammen und würgte Schleim hoch, der in braunen und blauen Schlieren an ihr hinunterrann.

Ich schüttete Wasser über sie, weil ihr das gutzutun schien. Ich wüsste auch nicht, was sonst tun. Ich hatte Angst, dass sie krank war, dass sie auch von dem bösen Schalentier heimgesucht worden war, das auf unserem Dach saß und die Bewohner unseres Hauses der Reihe nach mit seinen harten Scheren schnappte.

»Er glaubt, dass ich dich lieber habe als ihn«, röchelte

Irina. »Aber warum ist mit dir auch alles so leicht und mit ihm alles so schwer?«
Sie richtete sich langsam auf.
»Das mit dem Fernsehen, das konnte ich nicht. Ich bin zu dumm für das Fernsehen. Sie haben mir extra eine Rede geschrieben und mir gesagt, was ich sagen muss, und ich war zu dumm.«
»Du bist nicht dumm.«
»Doch, ich bin dumm. Bob findet, dass ich dumm bin. Er hat immer Angst, wenn ich in einer größeren Gruppe etwas sage. Dann tritt er mich unter dem Tisch. Damit ich still bin.«
»Und bist du dann still?«
»Na ja, ja ... Sonst blamiere ich ihn. Ich blamiere ihn andauernd. Ich sollte gar nicht mehr sprechen, glaube ich.«
»Dann macht er irgendetwas falsch.«
»Rede nicht schlecht über ihn!«
Die beste Antwort wäre wohl »Rede nicht schlecht über dich!« gewesen, aber das fiel mir nicht ein.
»Aber du magst ihn?«
»Ach ... ja, was heißt das schon?« Sie nahm mir das Wasserglas ab und leerte es sich über den Kopf. Wir schwiegen.
Dann fragte sie: »Warum konnte ich nicht dich heiraten? Das wäre viel einfacher gewesen.«
Ich schüttelte den Kopf. Warum war alles so, wie es war, und konnte nicht anders sein? Warum war alles so schief und schwankend? Warum war ich in den Schiffbruch geraten und hatte Krebs gekriegt?
Ich seufzte laut und traurig. Dann sah ich etwas.
Auf dem Tisch.

Genau da, wo der Eremit sie liegen gelassen hatte, lag die Zeitung. Die Blätter waren auseinandergefaltet. Man sah die Knicke, wo seine Hände sie gehalten hatten. Die Suppe, die er gegessen hatte, hatte einige Suppenspritzer darauf hinterlassen. Der Artikel, der ihn so amüsiert hatte, lag obenauf. Bob lächelte mir schwarzweiß und zweidimensional entgegen. Er trug einen Anzug, kein Hollywood-Piraten-Hemd. Die Überschrift war so reißerisch und billig, dass ich schnaubte vor Protest. Ich schaute auf Irina hinunter, die neben mir auf dem Boden saß, den Kopf auf der Bank abgelegt. Sie blickte mich von unten an. Sie hatte bemerkt, dass ich etwas gesehen hatte. Es hatte keinen Sinn, es ihr vorzuenthalten. Obwohl sie so schwach war und ihr Gesicht so blaugrau und ihre Augen so groß. Ich setzte mich neben sie und breitete die Zeitung aus.

## WIR GEHEN ZUM WASSER

In dem Artikel stand etwas von Fässern. Und von Geheimhaltung. Und von einem Seesternmagen, der Beute zersetzte, ohne dass die Beute es bemerkte.
Bob hatte den geheimen Vertrag gebrochen und der Zeitung erzählt, was an seiner geheimen Arbeit geheim war.
Und ein schwarzes Loch tat sich auf, und die schwankende Welt fiel hinein. Alles wurde hineingezogen und dann - verändert - wieder ausgespuckt. Unsere Klippe, unser Haus, ich sowieso und Bill und Bob und unsere tote Mutter und ihr Tod und Mammie und Bills Baby und der ganze Gemüsegarten und die Obstbäume, die Äpfel, die nach Marzipan schmeckten, und das Meer und die Fische darin und die schwarzen Schweine und alles.
Nur Irina nicht.
*Wir werden uns alle verwandeln, wenn wir in dem Schlamm baden*, dachte ich. Das hatte der Eremit gesagt, und das hatte er gemeint, als er gesagt hatte, wir sollten sein wie die Oktopusse.
Irinas Füße waren ganz klein, brachen weg beim Gehen und standen in grotesken Winkeln ab, ihre Knie und ihre Ellbogen wie aus Gummi, als wenn die Gelenke keine Gelenke mehr wären. Alles war so weich, dass es sich in jede Richtung biegen konnte, die Knie ganz verdreht und ganz falsch, als wenn es auf einmal

gar keine Knochen mehr in ihren Armen und Beinen gäbe, sondern nur mehr Muskeln, sehr viele und sehr starke, wie bei einer Schlange oder etwas Schlangenartigem. Auch ihre Hände waren plötzlich klein, und ihre Arme schlenkerten, und ihr Hals schrumpfte, und ihr Kopf schien größer zu werden und ihre Augen auch, und ich schleppte sie zum Strand, die Klippen hinunter, sie zuckte und ließ sich ziehen, und ich war besorgt, dass spitze Steine ihr die Haut zerkratzen würden. Sie schlang ihre Schlangenglieder um meine Hüften und saugte sich daran fest, sie war so schwer, dass ich umfiel, mehrmals, und mir die Knie aufschlug und kaum mehr aufstehen konnte, weil sie so zuckte. Ich konnte ihre Bewegungen nicht voraussehen.

Nachdem ich ihr den Artikel vorgelesen hatte, waren wir beide auf dem Boden gesessen im Wasser und in den braun-blauen Schlieren, und es hatte mich geschüttelt, meine Zähne waren aufeinandergeschlagen, und Irinas Handy hatte wieder zu läuten begonnen, und sie war nach hinten geklappt, ihr Kopf war gegen die Bank gestoßen, und sie hatte blauen Schleim gespien in einem weiten, scharfen Strahl, sodass es die gegenüberliegende Wand und die Weltkarte getroffen hatte. Der Raum hatte sich mit waberndem blauem Nebel gefüllt, ich kannte diese Art Nebel, sie war blauer und schwerer und dicker. Wie Trockeneisnebel, der am Boden kroch, wolkig aufstieg und von Tischen rann wie Wasser. Ich war aufgesprungen und hatte sie gepackt und »Komm, wir gehen zum Wasser!« geschrien. Sie gab sich Mühe, mich zu unterstützen, auf dem Weg zum Wasser, aber sie war größer und schwerer als ich, und ich hatte nicht viel Kraft, sie zuckte und schlug in

alle Richtungen aus, ohne dass sie es wollte. Ich schrie nur immer wieder »Wasser! Wasserwasserwasser!« Ich schrie es ihr zu und mir selbst, feuerte uns an, damit ich die Richtung halten konnte.
Es dauerte ewig, bis wir am Strand ankamen, und ich war so erschöpft, dass ich mich auch in die Brandung fallen ließ, mit dem Gesicht voraus, nachdem ich sie ins Wasser gezerrt hatte. Was ich noch von Irina sah, bevor sie in den Wellen verschwand, sah gar nicht mehr aus wie ein Mädchen und ein Mensch. Und ich erinnerte mich, dass ich sie schon einmal so gesehen hatte, aber es war neblig gewesen und ich zu klein und es war alles so ungeheuerlich, dass ich damals wie jetzt nicht verstanden hatte, was passierte.
Ich lag mit einer Wange im nassen Sand, im warmen Wasser, und manchmal spülte mir die Brandung Wasser in den Mund, und ich sah mit einem Auge, das Meer war vertikal und das, was da gerade untergetaucht war und jetzt nicht mehr zu sehen war, schief. Das andere Auge war zugedrückt vom Sand.
Seesterne. Krebse. Windräder. Nebel. Strahlung. Staub. Fünfzehn Piraten auf einer Schifferkiste.
Ich zog mich ein paar Schritte aus dem Wasser, sodass ich im trockenen Sand zum Liegen kam.
Das Gasthaus hatte geöffnet, und ich hatte den Auflauf nicht fertig gemacht und konnte niemandem Bier bringen. Ich war am Strand und lag da und konnte nur atmen und einäugig aufs Meer starren.
Eine radikale Windbö. Eine Strömung. Ein Eisberg. Ein Schiffbruch. Ein Meeresungeheuer mit langen schlangenartigen Tentakeln, das Schiffe versenken konnte, indem es sie nach unten zog in die Tiefe.

Ich war wohl eingeschlafen, denn als ich erwachte, war es dunkel, und Irina saß neben mir im Sand. Der Mond hing bleich über der Bucht und färbte das Meer silbern. Die Brandung rauschte friedlich. Ich lag halb im Wasser und mir war kalt. Meine zerschundenen Knie und Schienbeine brannten. Irina sah mich an. Ihr Blick war ganz klar. Es ging ihr gut.

»Du …«

Sie wusste natürlich nicht, wie sie sagen sollte, was sie sagen wollte. Ich wusste auch nicht, wie ich antworten konnte, was ich meinte.

»Alles gut?«, fragte ich.

Sie nickte und fragte: »Und bei dir?«

Ich nickte.

»Hunger hab ich«, sagte ich dann.

»Ja, ich auch.«

Wir lachten leise und kraftlos.

»Das nächste Mal musst du weggehen«, sagte sie dann.

## WAS ICH IM WASSER SAH – 9

*Noch ein Schritt durch das bewohnte Wasser.*
*In dem das lange Schlangenartige lebt.*
*In dem sie liegt.*

*Noch ein Schritt, und sie wirft sich herum. Ich mache wieder einen Schritt zurück. Das Wasser schwappt mir bis zu den Knien. Es gurgelt und klatscht und schnalzt.*

*Sie sagt: »Geh.«*

*Sie sagt es nicht, aber sie meint es. Es ist nur mehr ein Heulen wie Wind durch eine Fensterritze. Ihr Gesicht ist zerflossen und ihre Lippen und ihre Zunge mit ihm. Sie wird jetzt bald einen Schnabel haben wie ein Krake, ich weiß es, das Feen-Elfen-Monster aus dem Meer, und man wird sie für den Teufel halten.*

*»Geh«, meint sie wieder.*
*Ihr Mund, das lange schwarze Loch.*
*Ihr Haaransatz ist nach hinten gewichen, oder sind sie ihr ausgefallen, die Haare, und dort, wo ihre Nase war, wächst etwas Neues.*
*Und dann die Augen. Hell aus dem Dunkel schimmernd. Es sind sehr große Augen. Gold gesprenkelt mit Gold. Die Pupillen schwarz wie ein tiefer Brunnen. Sie können sich zusammenziehen und länglich wie die einer Katze werden. Auch die*

*Form der Augen ist neu. Nach unten hin sich verjüngend, als könnte sie damit vertikal blinzeln.*

*Die Augen zucken im Takt von Bobs Klopfen, warum tut er es, wenn er doch sicher weiß, dass er sie quält, warum geht er nicht, warum gehe ich nicht? Ich bin genauso, ich sollte gehen.*

*»Kommst du wieder, wenn es dir besser geht?«, frage ich, mich mit dem Gedanken abfindend, dass ich gehen muss, ich muss gehen, sie will, dass ich gehe.*

*Ich drehe mich also und berühre dabei das lange Schlangenartige, das neben mir im stillen, dunklen Wasser liegt, neben mir, neben meinem Fuß.*
*Ich erschrecke ungewöhnlich heftig.*
*Das lange Schlangenartige gleitet über die Oberfläche, und ich falle falle falle ins Wasser und lande sitzend. Im Froschlaich und in den Algen.*

*Ich springe sofort wieder auf und taumle ein paar Schritte nach hinten, rutsche aus auf dem schleimigen Boden und falle gleich noch mal.*
*Das lange Schlangenartige ist ihr Arm.*
*Sie sucht nach mir mit ihrem Arm, ihr Arm kann sehen, ich hätte es beinahe vergessen, jetzt weiß ich es wieder. Farben und Schatten und Licht kann er sehen.*

*Es packt mich am Bein, und ich spüre die Saugnäpfe sich in meine Haut graben, spüre die starken Muskeln arbeiten und den Griff festigen und führe meine beiden Hände dorthin, wo ihr Arm mich hält, und lege meine Handflächen darauf. In ihrem Arm pocht das Blut.*

*Wenn sie mich auffressen will, soll sie es tun. Wer weiß, wie lange sie schon hier liegt und nichts zu essen hat, viele, viele Tage, vielleicht Wochen, meine Liebe, meine Schöne, ich weiß, was du bist, und ich wünschte, ich wäre dasselbe.*

*Das sage ich ihr noch, bevor Bob hereinkommt.*

## ES SIEHT AUS, ALS WÜRDEN SIE ERDE ESSEN

Als ich Bob am nächsten Tag wiedersah, verschlug es mir die Sprache. Er hatte der Zeitung erzählt, dass eine ehemalige Regierung, die schon lange nicht mehr an der Macht war, Fässer vor der Küste von Ei hatte versenken lassen. Und dass seitdem auf Ei Atomkerne zerfielen. Die zerfallenden Atomkerne sendeten ionisierende Strahlung aus, die überall eindrang, heimlich, ohne dass es irgendjemand bemerkte. Sie vertrieb die Atome von ihren Plätzen und schlug die Elektronen aus ihren Atomhüllen. Das Schalentier schnappte zu.

*Fünfzehn Mann auf des toten Manns Kiste*
*Ho ho ho und 'ne Buddel voll Rum.*

Er hatte es der Zeitung erzählt, und uns hatte er es nicht erzählt. Niemand schien zu verstehen, was das bedeutete. Warum begrüßte mein Vater Bob wie einen verlorenen Sohn, während er – warum auch immer – böse auf mich war? Und was tat Irina, als sie sich augenblicklich wieder von ihm beschlagnahmen ließ? Was zur Hölle war es mit Bob, dass ihm alle immer alles verziehen?

Ich versuchte ihn zur Rede zu stellen, aber er versteckte sich hinter Irina, nachdem er zu einer Versammlung vor dem Fernseher aufgerufen hatte, weil er meinte, wir müssten uns was ansehen. Sogar unser Vater ließ sich aus seinem Zimmer bewegen. Ich starrte Bob unentwegt an, er klammerte sich an Irina, vergrub seine Nase in ihrem Hals und richtete seinen Blick auf den flimmernden Bildschirm. Werbungen, Logos, das Intro irgendeiner Sondersendung, irgendeine Person sagte irgendwas, und irgendwelche anderen Leute sagten irgendwas anderes, und ein junger dynamischer Wissenschaftler betrat die Bühne auf dem Bildschirm ...

Ich war schlagartig gebannt.

Ich kannte ihn.

Es war der Mann mit dem blassen Gesicht und der exzentrischen Brille. Er hieß Dr. Theodor Dlinski. Er sprach schnell und voller Eifer, sagte, dass er nach dem gestern erschienenen Zeitungsartikel, der für sehr viel Verwirrung gesorgt habe, jetzt im Namen von STARFISH die Situation aufklären wolle. Im Fernsehen wirkte er ganz anders. Jünger. Dynamischer. Positiver. Aber irgendetwas war mit seinem Bein.

»Ich weiß, Sie werden mich jetzt für verrückt halten. Ich bin auch verrückt, das ist Teil meines Berufs. Wir blicken auf eine lange Geschichte von wissenschaftlichen Erkenntnissen zurück, die kurz nach ihrer Veröffentlichung zunächst als Verrücktheiten abgetan wurden. Die Wissenschaft wird sozusagen aus Verrücktheit geboren.

Bedenken Sie das bitte, wenn ich Ihnen jetzt sage: Wir treten ein in eine neue Ära der Nukleartechnologie. Kernenergie hat eine gewaltige Kraft, eine erschreckende Kraft, wie Sie alle wissen. Bomben, Reaktorunfälle, verseuchtes Land ... und das vor dem Hintergrund, dass wir Kernenergie in Kraftwerken bislang dafür genutzt haben, um Wasser zu erhitzen, um mit der bei der Spaltung von Atomkernen freigewordenen Energie Wasserdampf zu erzeugen – das ist wirklich primitiv, Sie werden mir recht geben. Wir haben sozusagen einen Panzer benutzt, um damit ins Badezimmer zu fahren. Gibt es nun eine andere, eine effizientere Möglichkeit, aus Radioaktivität Elektrizität zu gewinnen, als Wasser zum Kochen zu bringen? Und gibt es gleichzeitig eine Möglichkeit, die Landstriche, die durch Radioaktivität unbewohnbar geworden sind, zu reinigen? Das sind die Fragen, die wir uns gestellt haben. Und wissen Sie was? Es gibt sie. Und zwar hiermit.« Die riesige Leinwand hinter ihm erwachte zum Leben. »Das sind unsere NWD01, unser Beitrag zu einer Revolution in der Nutzung von Kernenergie. Sind sie nicht wunderschön? Wir nennen sie *Beatles.*«

Beatles.

Die Zecken.

Zuerst als Rendering in 3D, von unten, von oben und von der Seite, dann Fotos der Zecken am Ei-Berg. Schwarz und glänzend und halbsphärisch.

»Es sieht aus, als würden sie Erde essen, oder? Sie essen aber keine Erde, was sie tun, ist, die Erde von den vielzelligen Elementen, in denen die Radioaktivität gespeichert ist, zu befreien. Radioaktivität hält sich in vielzelligen Organismen. Die Beatles sieben die Erde und tragen die plutonium- und cäsiumhaltigen Teile ab. Dadurch reinigen sie die Erde und, was noch viel schöner ist, sie recyceln diese Energie und verwandeln sie in Elektrizität. In speicherbaren, nutzbaren Strom.«

Er hatte das gewusst, wie Bob hatte er das auch gewusst und wie Bob hatte er es uns nicht gesagt.

»Meine Arbeit ist sehr ungesund, müssen Sie wissen. Ich kann es nicht lassen, dort herumzulaufen und den Beatles bei der Arbeit zuzusehen, aber ich möchte den Bewohnern von Ei dringend nahelegen, die Insel zu verlassen. Es besteht ein großes Gesundheitsrisiko. Erst in ein paar Jahrzehnten wird es wieder möglich sein, dort zu leben.«

Ich hielt meine Hände vor den Mund und dämpfte damit einen Schrei, und ich wusste, unser Vater würde sich jetzt ganz bestimmt aufhängen. Er saß da, klein in seinen Kleidern auf der Bank an den Kamin gelehnt, der vielleicht nie wieder brennen würde, und stierte zu dem Mann mit dem blassen Gesicht und der exzentrischen Brille im Scheinwerferlicht und verstand immer noch nicht. Er sah mich irritiert an, weil ich mir in die Handfläche biss, und wusste nicht genau, und Bill wusste auch nicht genau, aber er spürte, witterte, und endlich verstand er. Ein roter Fleck bildete sich zwischen seinen Augen, dehnte sich aus bis über die Stirn. Unser Vater sah im Spiegel unserer Gesichter, was das zu bedeuten hatte, was dieser sympathische Mensch da von sich gegeben hatte, über innovative Technik und Gammastrahlung fressende Käfer, Atome und Elektronen, Schalentiere und dass man hier nicht bleiben dürfe, dass das Haus unserer Mutter, die echte Piratenkneipe, auf zersetztem Boden stand und dass die Klippe bröckelte und ins Meer fallen würde, in die schwarzen Schluchten, in denen die Piraten endeten, und dass es keinen Kampf um diesen Boden geben würde und auch keinen Sieg, weil außer Käfern sowieso niemand hier leben konnte.

Irina sprang auf und umarmte mich, und ich wurde

ruhig. Bob begann zu weinen, und er tat mir leid, aber nur kurz, weil er im nächsten Moment bei der Tür und im Garten war und Irina ihm nachlief.

Ich konnte nicht.

Ich konnte die Welt nicht einfach packen und geradeschütteln. Und die Dinge, die durch die Schwankung und den Fall durcheinandergeraten waren, wieder in ihre Ursprungsposition zurechtrücken. Die Schwankung war der Ursprung, das hinter allem stehende Prinzip.

Wir sagten lange Zeit nichts und ließen den Fernseher reden. Er redete viel, und es war gut, weil er Bills luftzerhackenden Atem zu einem Klangbild verwob. Schließlich erhob sich unser Vater und wanderte auf seinen dürren Beinen, um die die Hosen schlackerten, hinter die Theke und holte den Rum. Einen alten, teuren Rum von fast öliger Konsistenz. Und er nahm die großen, feinwandigen Whiskeygläser, die wie Glocken klangen, wenn man sie aneinanderschlug, und die wir nie benutzten, weil sie für den Gastbetrieb zu schade waren, und er leerte die ganze Flasche in die Gläser und brachte sie uns. Er selbst trank sehr schnell und warf sein Glas anschließend auf den Boden. Es knallte und zersplitterte. Einen Moment lang starrte er auf die Scherben und ging dann einen Besen holen, weil ich barfuß war. Er kehrte sehr langsam und behutsam, und es fiel ihm sichtlich schwer, es blieben überall kleine Scherben zwischen den Fliesen liegen, die im Licht schimmerten.

# UND ALLES FÜR DIE FISCHE

Gäste kamen keine mehr. Aber der alte Kilian kam. Alleine, ohne Joachim Zorres.

Er knallte einen Brief auf die Theke und sagte: »Das muss er zahlen.«

Bill und ich saßen immer noch da und starrten auf den Fernseher, wo inzwischen eine Gruppe Frauen gezeigt wurde, die über Schuhe redeten. Sie saßen in einem edlen Lokal vor kleinen, hübsch angerichteten Häppchen, die sie vorgaben zu essen und in Wirklichkeit natürlich nicht anrührten. Ich blinzelte hinaus aus ihrer Welt, dem alten Kilian entgegen und verstand nicht. Wer? Was?

Der alte Kilian warf sein Gesicht in Falten. »Er! Er hat uns komplett ruiniert!«

Ich wusste immer noch nicht, wen er meinte, aber wer sollte es schon sein, Bill bestimmt nicht und unser Vater wohl auch nicht.

Der alte Kilian schob den Unterkiefer ganz weit nach unten, ohne den Mund zu öffnen, außerdem hob sich sein Brustkorb, und sein Kinn kam fast darauf zu liegen. »Die Kampagne zahlt er!«, stieß er hervor. »Was denkt er denn, wer er ist? Mit unserem Geld macht er, was er will, und selbst kann er sich nicht einmal ein Bier kaufen. Das wird er jetzt zahlen, und wenn es Jahre dauert und er seine letzte Unterhose verkaufen muss, sonst verklagen wir ihn bis aufs Blut.«

»Weil er ...«, setzte ich an, kam aber nicht weit, denn der alte Kilian hob sein Kinn von seinem Brustkorb und schrie los: »Der wusste von der Verstrahlung! Der wusste das, hat die ganze Zeit für die Scheiß-Nuclear-Waste-Disposal-Teile Überwachung gemacht und will sich nur wichtig machen und ins Fernsehen und lässt uns da um eine verseuchte Insel kämpfen! Lässt uns auf einer verseuchten Insel leben – jahrelang. Wozu haben wir da jetzt monatelange Arbeit reingesteckt und Ressourcen und verdammt noch mal, und alles für die Fische!«
Bill war weiß um die Nase, und in seinen Augen lag ein irrer Blick. Der alte Kilian brüllte weiter, und ich sah mir die Rechnung an. Es war eine Summe, die Bob nie bezahlen können würde. Ein Goldzahn, ein Handy, eine Inselrettungskampagne und allerhand Kleinkram. Und er hatte schon vorher Schulden gehabt. Und STARFISH hatte ihn natürlich verklagt.
Oje.
Bill tigerte im Gastraum auf und ab, während der alten Kilian über Bob herzog, ihn verfluchte und ihm Unwetter an den Kopf wünschte, bis es mir zu bunt wurde und ich ihn bat zu gehen. Er sagte, er würde morgen wiederkommen und sich Bob vornehmen.
Bill folgte ihm in den Garten. Um dort auf Bob zu warten. Es wurde dunkel. Der Horizont flackerte im Wetterleuchten. Ich zündete die zwei Fackeln neben der Tür an, damit sie den verlorenen Seelen den Weg zeigten.
»Glaubst du, es kommt ein Sturm?«, rief ich meinem Bruder zu, der diese Dinge am Horizont ablesen konnte.
Er nickte.
»Es passt sehr gut, dass jetzt ein Sturm kommt.«

Die Bäume rauschten. Meine Haare waren inzwischen so lang, dass sie mir in die Augen geweht wurden. Hinter uns knallte eine Tür, die sich durch den Luftzug geöffnet hatte. Es war die Küchentür, das Schloss schmatzte, und die Türklinke, die etwas locker saß, klirrte. Ich drehte mich zum Haus. Die Fackeln streuten Funken in den dunklen Garten. Die Arme der Kletterpflanzen tanzten im Wind.
Es blitzte weit draußen auf dem Meer.
Vom Horizont kam das Dröhnen der massigen Regenwand, die sich auf uns zuschob. Wie eine große Hand, die unter sich das Unwetter führte. Wir sahen sie nicht, aber wir wussten, dass sie da war. Ein Tsunami aus verdichteter, wütender Luft rollte über das Meer auf uns zu. Der Wind wurde gewalttätig. Er riss Zweige von den Obstbäumen, die sich in einem tiefen Bogen nach hinten beugten. Er riss an meinem Schal und drang durch die Fasern meiner Kleidung. Die Türen und Fenster im Gasthaus schlugen auf und knallten zu, und die Fackeln neben der Tür sprühten ihren Funkenregen über die Steinmauer. Es begann zu regnen.
»Gehen wir«, rief ich in Bills Richtung.
Er sah mich an und sah wieder weg. Es regnete.

## WIR HÄTTEN UNS RETTEN KÖNNEN

Unser Vater lag in der kleinen Schiffskajüte, die sein Zimmer war, auf seinem Bett. Der Fernseher tauchte das Zimmer in flimmerndes Licht.

»Schläfst du, Papa?«, hauchte ich, und er brummte als Antwort. Seine Augen waren geschlossen, und er schwebte in einem Zustand zwischen Schlafen und Wachen. »Brauchst du irgendwas?«, fragte ich. Er brummte wieder.

Es roch nach altem Bier, und leere Bierflaschen lagen neben ihm auf dem Boden. Ich sammelte sie ein, brachte neue und räumte ein bisschen auf, obwohl er seine Ruhe wollte, aber er wollte immer seine Ruhe.

Der Wind heulte durch die Ritzen. Das Haus knackte und ächzte.

Ich sah auf ihn hinunter, wie er da in dem großen Bett lag, ein Schatten seiner selbst, so bleich und klein und mit den Fernsehbildern, die über sein Gesicht huschten, seine Augen wie müde, lahme Seeungeheuer, und ich hätte gerne etwas zu ihm gesagt. Irgendetwas Liebes. Aber es gab nichts. Er war immer noch böse auf mich.

Die Gewitterhand lag über uns. Der Regen warf sich gegen die Wände, donnernd, trommelnd, dröhnend stürzte er nieder. Blitze weiß wie Todesangst erhellten sekundenlang die kleine Kammer.

Ich sank auf seine Bettkante und legte langsam meine

Hand auf seine. Aber er zog sie weg, mit einem sehr leisen Knurren. Ich seufzte, stand auf und hörte plötzlich durch den trommelnden Regen Bills aufgebrachte Stimme aus dem Gastraum.

Er schrie nicht, aber er zischte mit hohem Druck Wörter zwischen zusammengepressten Zähnen hervor. »Du hast das die ganze Zeit gewusst? Und uns nicht gewarnt?«

Ich schloss die Tür zum Zimmer unseres Vaters, damit er den Streit nicht hörte.

Bobs Stimme antwortete leise durch den Regen: »Nein, alles habe ich nicht gewusst, ich habe es auch nicht verstanden, und außerdem durfte ich nicht, weil ich ...«

Aber Bill unterbrach ihn: »Weil du einen Vertrag unterschrieben hast! Für Geld!«

Für Geld? Was für ein Vorwurf. Wenn man keines hatte, hieß Geld Leben. Überleben.

»Ich wusste nicht, was das alles bedeutet, bevor ich ...«, wollte Bob weiterreden, aber Bill ließ ihn auch diesmal nicht.

»Dir ist schon klar, dass unsere halbe Familie draufgegangen ist, weil du deinen Scheiß-Vertrag unterschrieben hast!« Jetzt war er doch laut geworden. Mir fiel auf, was für eine tönende, kräftige Stimme er hatte. Wie laut er werden konnte, wenn er wollte.

»Warum hast du uns das nicht gesagt?«, fragte ich, so ruhig ich konnte, als ich den Raum betrat. »Du hättest uns das sagen müssen, das ist doch eine lebenswichtige Information.«

Bill fuhr herum.

»Unser Vater stirbt, und Mammie ist gestorben, und Klarissa ...«

»Ich bin wieder gesund!«, rief ich dazwischen, und meine Stimme war viel zu laut und zu schrill.
Bill explodierte wie ein Atomkraftwerk. Alles wurde weiß und heiß. »Ich werde niemals Kinder haben können! Niemals! Ich werde niemals ein normales Leben führen können!«
Sein Baby. Er hatte sein Baby und seine Liebe verloren.
»Bob hat die Insel nicht vergiftet, Bill!«, schrie Irina, die merkte, wie ihr Liebster zu zittern begann. Sie stellte sich schützend vor ihn.
»Ich hab die Insel nicht vergiftet!«, stieß Bob selbst hervor.
»Nein!«, brüllte Bill an Irina vorbei in Bobs Gesicht. »Aber wir hätten uns vielleicht retten können, wenn du nicht bis zum letzten Moment gewartet hättest, um uns zu sagen, dass alles hier verseucht ist!« Und er trat gegen einen Stuhl, der umfiel und über die Fliesen polterte.
»Du musst nicht jetzt schon anfangen, alles kaputt zu machen!«, keifte Irina.
Bill riss eine der Flaschen von der Theke und knallte sie gegen die Wand. Sie zerbarst über der Schatzkarte, und der scharfe Geruch von Marillenbrand erhob sich aus den Scherben wie ein Geist.
»Ich mache alles kaputt?«, tobte er. »Ich? Bedank dich bei deinem feinen Freund hier, dem großen politischen Führer, bedank dich bei ihm!«
»Er hat Maschinen bewacht, von denen gesagt wurde, dass sie den Boden reinigen!«, schrie Irina zurück. »Und er hat alles getan, um die Insel zu retten! Glaubst du, er wollte, dass irgendwer krank wird und stirbt?«
Als Antwort zertrümmerte Bill noch eine Flasche und

noch eine, tigerte durch das Gasthaus, trat gegen die Theke und stöhnte kurz auf. Dann drehte er sich ruckartig um und starrte Bob ins bleiche Gesicht.
»Damit eines klar ist«, schnaubte er. »Ich möchte dich hier nie wieder sehen! Ich möchte dich überhaupt nie wieder sehen! Verschwinde!«
Das letzte Blut wich aus Bobs Gesicht. Er wurde grau. Weißgrau.
»Bist du jetzt ganz verrückt?«, fauchte Irina, wild wie eine Tigerin, die ihr Junges verteidigte. »Du kannst ihn nicht rauswerfen, das kannst du nicht!«
Blut pochte in meinen Ohren. Konnte er oder konnte er nicht?
»Hau ab!«, brüllte Bill so laut, dass sich seine Stimme überschlug. »Hau ab, bevor ich dich umbringe!«
Bob zögerte. Es schien, als wollte er etwas sagen. Seine Lippen bebten, und sein Kinn zuckte. Dann stand er auf und ging hinaus in den Regen. Er sah nicht zu Irina. Er ging einfach hinaus. Ganz still. Seine Schritte knirschten über den Kies. Und wurden leiser. Und leiser. Der Regen verschluckte ihn. Bill stand immer noch mit geballten Fäusten da und zitterte am ganzen Körper.
Irina sah ihn an. Ihre Augen sprühten Funken. Dann sah sie mich an. »Ich gehe mit ihm«, sagte sie.
Und die Welle erfasste uns. Und riss Irina mit in ihrem Strom und riss auch mich mit, in die andere Richtung. Die Strömung trieb uns auseinander.
Meine Schwester.
Ich lächelte und nickte.
Dann ging sie. Leise. Ganz leise.
Ich presste die Lippen aufeinander.
Wir waren wie dumme Piraten. Wir waren ungebildet

und ständig betrunken. Wir verschwendeten unsere Vorräte und ließen unsere Kanonen verrosten. Wir saßen auf der Hispaniola und merkten nicht, dass jemand das Ankertau gekappt hatte. Wir stritten uns und erschossen uns gegenseitig. Und niemand pfiff uns zur Ruhe und redete uns ins Gewissen. Wir hatten keinen wahren Captain. Niemand von uns war klug oder mutig genug, um der wahre Captain zu sein. Wir waren ein anarchistisches Piratenrudel, das wild um sich schlug, Meuterei betrieb und sich die ganze Zeit selbst wehtat. Sich mit dem Säbel ins Auge fuhr. Sich die Kanonenkugeln auf die Zehen fallen ließ. Sich Salzwasser in die Augen spritzte. Oder beim ersten Anzeichen von Schwierigkeiten die Flucht antrat und anderen die Verantwortung überließ.

Ich fand keinen Schlaf, suchte ihn auch nicht, sondern saß auf dem Bett und starrte durch die Dachluke dem grölenden Ungeheuer ins Gesicht.

Es war vorbei.

Plötzlich war alles vorbei.

Es war schockierend, wie schnell es gegangen war.

Die Hispaniola fuhr davon und ließ uns auf der elenden Insel ohne Schatz zurück. Und wir standen im kontaminierten Sand und sahen ihre Segel am Horizont immer kleiner werden.

## JETZT SIND WIR ZWEI GANZ ALLEINE

Am nächsten Tag war unser Vater tot.

Seine Augen waren halb offen. Seine Lippen auch. Der Fernseher lief, als wir ihn fanden. Er hatte natürlich den Sturm gewählt, um zu gehen, wie es Piratenart war.

Bill weinte laut und hemmungslos, und mein Gesicht fühlte sich an wie Holz, das man bog, ohne es nass zu machen. An allen Stellen knackte es verdächtig. Er sank auf das Bett und umarmte unseren kleinen toten Vater. Er war kleiner geworden im Tod. In Bills Armen sah er aus wie ein Kind. Ich hielt mich an Bill fest und er sich an mir. »Jetzt sind wir zwei ganz alleine«, weinte er. Mein Gesicht knackte und zerbrach dann wie Holz.

Irina und Bob waren beim Begräbnis, saßen sogar neben uns, aber sie redeten nicht. Sie waren abgetrieben, die beiden, auf einem Schiff ohne Segel, sie hatten sich ineinander verbissen, wie der Flusswels und die Rotfeder. Zwei Schwanzflossen, die gegeneinander schwammen, und kein Kopf, der denken konnte. Irina saß zwischen mir und Bob, empfing Beileidswünsche und sah vollkommen weggetreten aus. Ich konnte sie kaum anschauen. Bobs Finger krallten sich in ihre Hand. Er sagte zu niemandem ein Wort und sah fast die ganze Zeit auf seine Schuhe.

Mammies beste Freundin Rosa war vom Festland gekommen, und ich hätte mich am liebsten die ganze

Zeit an sie gedrückt und in ihren großen Wolkenbusen geweint. Aber ohne ihren Wolkenbusen konnte ich gar nicht weinen.
Eine Gruppe sehr schwarz gekleideter, älterer Leute weinte und klagte besonders laut, weil sie es schon bei den anderen Begräbnissen geübt hatten und es gut konnten. Sie konnten es wirklich gut. Man sollte sie filmen. Beim nächsten Begräbnis würde ich meine Kamera mitbringen.
Dann kam Evelyn. Sie fing bei Bob an, ging über zu Irina und hielt dann mir ihre kleine Hand hin, um Beileid zu wünschen, und ihre Finger waren eiskalt. Mein hölzernes Gesicht knirschte. Bill saß neben mir, und ich drehte meinen Kopf in seine Richtung, um zu sehen, ob ich irgendwas tun musste, um ihm zu helfen. Wasser über ihn schütten vielleicht. Aber Evelyn ließ seine Hand gar nicht mehr los und schob sich neben ihn in die Bank. Sie blieb dort sitzen und hielt seine Hand in der ihren, so saßen sie da, in der ersten Reihe, sodass die ganze Gemeinde sie sehen konnte. Und Bill begann zu strahlen, und es wurde wärmer in der kleinen blauen Kirche, weil auf einmal Liebe da war.

Irina und Bob gingen früh, und ich hatte das Gefühl, dass ich sie nie wiedersehen würde. Aber das stimmte nicht. Ich sah sie bald wieder. Sehr bald.

Bob traf ich auf dem Fischmarkt im Schatten einer ehemaligen Marktbude auf einer leeren Bierkiste sitzend. Er hatte mich angerufen, weil Irina nicht mehr redete. Er schlief in einer leeren Wohnung einen Stock unter Irina, seitdem sie ihn rausgeschmissen hatte. Er schlich

um ihre Wohnung herum, obwohl sie ihm gesagt hatte, er solle sie in Ruhe lassen. Er ließ sie nicht. Er konnte sie nicht lassen. Er war auch ein Seestern, der Beute zersetzte, ohne dass die Beute es bemerkte. Aber die Beute hatte begonnen, zu mutieren.
Irina hatte die Wohnung überschwemmt. Alle Wasserhähne aufgedreht und das Wasser über den Boden laufen lassen. In dem lauwarmen stehenden Wasser bildeten sich kleine grüne Algen. Und kletterten zu ihr auf die Couch.

## WAS ICH IM WASSER SAH – 10

*»Geh weg, Bob, geh sofort weg und lass sie!«, stoße ich hervor und versuche, ihren Arm festzuhalten, der sich von meinem Knöchel lösen will, um im Wasser nach ihm zu suchen.*
*Kurz kann ich ihn halten, aber was können meine kleinen Hände gegen diese starken Muskeln schon ausrichten.*

*Er gleitet davon.*

*Und ich schaue auf und sehe Bob, wie er dasteht, mit den Haaren wie verbranntes Gras, und den blauen Augen und dem kindlich-verwegenen Piratengesicht, und er schaut ins Dunkel und sieht nichts, weil seine Augen an Licht gewöhnt sind, und er öffnet den Mund, um nach seiner Liebsten zu rufen.*

*»Geh sofort weg!«, kreische ich, und ich springe auf, renne zu ihm und versuche, ihn durch den Gang hinauszudrängen, werfe mich gegen ihn und drücke ihn nach hinten, aber er wehrt sich – dann fällt er um.*

*Es platscht.*
*Und ich weiß, dass das lange Schlangenartige ihn hat.*
*Und dass es kein Entrinnen gibt.*

*Aber ich versuche es trotzdem, und er, verwundert erschrocken, packt mich am Fußgelenk.*

*Das Wasser ist tief genug, darin zu ertrinken.*
*Und er, überrascht von dem Fall, hat viel geschluckt.*
*Jetzt schnappt er nach Luft, hustet, hustet Kaulquappen aus seinen Lungen.*
*Und ich bin im Wasser, neben ihm, und halte ihn, so gut ich kann, verhake meine Arme in seinen Achseln, knote sie um seinen Oberkörper und drücke mich gegen die Kraft.*
*Aber der Boden ist rutschig von Sepia und Algen und noch dazu aus Vinyl, und sie zieht uns.*
*Bob tritt mit dem freien Bein gegen ihren Arm, aber sofort ist ein zweiter Arm da und er windet sich um Bobs Bein und ein neuer um seine Hüfte.*

*»Bitte nicht!«, rufe ich, obwohl ich weiß, dass es nichts nützt.*

*Bob, eingewickelt in viele Arme, stößt kleine Schreie aus.*

*Er wiederholt »Bitte nicht« und ruft: »Nein. Oh bitte. Nein. Oh bitte.«*
*Aber es gibt kein Bitte und kein Nein. Wir rutschen und werden gezogen.*

*Ein Arm wickelt sich um meine Beine und um Bobs Torso, er will mir den Körper entreißen, den ich umklammere, als ginge es um mein Leben.*
*Bobs Körper.*
*Und wir stoßen an die Couch und werden gehoben, plötzlich knackt es ganz laut und grausam, und ich weiß, dass es Bobs Bein war und dass die Knochen in den starken Fischerbeinen jetzt gebrochen sind von dem harten Schnabel. Schienbein und Wade. Ich weiß, dass er eine Narbe dort hatte, vom Klippenspringen, als er an einem Felsen entlanggeschrammt ist.*

*Bob schreit.*
*Und ich spüre seinen Atem im Gesicht und spüre, wie sein Körper verkrampft, und ich schreie auch.*
*Wir schreien beide, so laut wir können und so verzweifelt wir können.*
*Sie schreit nicht.*

*Ein Arm windet sich Bobs Rücken entlang, meinen Oktopus entlang, zwischen ihn und den Oktopus und dann noch einer, sie hat so viele, und jeder von ihnen ist so stark. Und sie drückt mich weg, zieht Bob näher zu sich hin, stößt mich von sich, meine Liebe, meine Schöne, und er entgleitet mir. Und noch einmal knackt es, laut und grausam.*

*Sie hält mich weg mit einem Arm, drückt mir die Saugnäpfe ins Gesicht, und drückt mein Gesicht nach unten zum Wasser.*

*Ich sehe, dass das Licht jadegrün ist.*

*Bob schreit.*

*Es knackt wie von trockenen Zweigen, und die Arme arbeiten und kämpfen mit dem zuckenden Körper, klatschen dabei aufs Wasser und auf die Couch, und man hört es schmatzen und mahlen und schlürfen.*

*Irgendwann hört Bob auf zu schreien.*
*Die anderen Geräusche hören nicht auf.*

*Es sieht aus, als würde sie Bob innig küssen, und es klingt auch ein bisschen danach.*
*Der Schnabel über dem Mund.*

*Das schwarze Loch schließt sich um ihn. Noch ein Arm und eine Schulter und ein bisschen Kopf. Umarmt von ganz vielen Armen.*

*Sie hat mich losgelassen.*

*Es ist zu spät.*

*Kleine Wellen schwappen bis zu meinem Gesicht.*
*Das Wasser klingelt wie kleine Glöckchen.*
*Silberne Sternchen.*
*Und ein schwarzes Netz.*

*Das Wasser. Die Wände. Der Vorhang. Der Kühlschrank.*

*Als ich kann, stehe ich auf.*
*Ich verabschiede mich nicht. Ich gehe einfach. Sie schaut sowieso nicht her.*

# IRGENDWO MUSS MAN JA ANFANGEN

Ich gehe die Treppen hinab. Ins Erdgeschoss. Dann drücke ich die Tür mit dem verbogenen Schloss auf und stehe im Licht. Das Licht ist gelb und viel zu grell. Mir ist schwindlig, und ich fühle mich so schwach, dass ich mich nur wenige Schritte von der Haustür entfernt auf den Bordstein setzen muss. Ich lege den Kopf auf meine Knie und warte, bis die kleinen grellen Sternchen, die mir vor den Augen tanzen, verschwinden.
Meine Kleidung ist völlig durchnässt, und ich wische Schlammspritzer aus meinem Gesicht. Meine Füße sind blaugrau-dunkel, als wäre ich durch Farbe gewatet. Mein Bein brennt, wo die Saugnäpfe sich in meine Haut geschnitten haben. Ich untersuche es. Dabei wird mir übel, und ich erbreche eine kleine Menge weißgrauen Schaum.
An meinen Flipflops kleben Kaulquappenleichen.
Ich muss zum Wasser.
Ich muss unbedingt zum Wasser, zum kontaminierten Wasser, das von den Fässern unterirdisch verstrahlt wird, weil man Fässer so wie Schachteln nicht versenken kann, und ich gehe und renne dann den Hügel hinab zum Alten Hafen, von dem Rotbuller-Edi seinen Dreimastschoner hat abschleppen lassen. Ich renne die blaue Hauptstraße entlang, die nur mehr aus Zahnlücken besteht, vorbei an Tony's Kiosk, der leer und verlassen ist, die SUNFISH-Sonnenschirme wie verwelkte,

staubige Blumen, und ich renne den Pier entlang und springe dort hinein, wo früher die Boote der Fischer ankerten. Wo auch Bobs Fischkutter ankerte.
Ich tauche tief und lang und berühre unter Wasser viele kleine Quallen und Fische und Seegras und tauche durch eine Gruppe junger Kalmare, die mich mit ihren großen Augen erschreckt anschauen, aber wahrscheinlich habe ich sie gar nicht erschreckt. Unter Wasser wasche ich mir die Sepiaschmiere von den Gliedern. Meine Flipflops treiben davon.
Das Wasser ist gar nicht mehr kalt, sondern weich und mild wie eine Mutter, die einen schaukelt in gewaltigen Armen. An wolkig wogenden Riesenbrüsten.
Ich schwimme hinaus aufs Meer, Richtung Klippe gegen die Strömung, an der Klippe vorbei und weiter. Während ich schwimme, weine ich.
Ich habe versucht, mir nichts mehr wegnehmen zu lassen.
Ich habe versucht, nur nach meinem eigenen Wertesystem zu leben und mir keine fremde Realität aufpfropfen zu lassen.
Ich habe überlebt. Ich lebe noch. Ich lebe immer noch.
Als die Sonne sich neigt und mich blendet, schwimme ich zurück an Land und steige am Strand vom Eremiten aus dem Wasser. Meine Finger sind verschrumpelt, und ich zittere heftig, aber mir ist nicht kalt. Die Rucksacktouristen kommen angelaufen, weil ich blaugefroren bin, und ziehen mich zum Feuer, wo sie sitzen und Muscheln essen und Ukulele spielen. Sie werden hier bleiben und zwischen den Windrädern leben und versuchen, sich zu verwandeln.
Die Sonne geht rot und glühend unter.

»Du bist auch immer da, wo man dich nicht vermutet«, sagt eine Stimme zu mir, als ich in Tücher gewickelt am Feuer sitze und von vielen Armen umarmt bin. Eine Frau knetet meinen Nacken. Eine andere reicht mir ein Glas Rum. Der Mann mit dem blassen Gesicht und der exzentrischen Brille setzt sich neben mich in den Sand.
Ich sage nichts, lasse mir meinen Nacken kneten und sehe dem Schauspiel der Sonne zu. Der ganze Himmel ist rot und golden, und das Meer darunter verdoppelt die Farben.
Der Eremit beginnt zu singen. Er hat eine schöne, bernsteinfarbene Stimme. Irgendwer trommelt. Ein Mädchen springt auf und tanzt mit zwei brennenden Poi ums Feuer. Sie sieht aus wie eine Feuer-Elfe oder Feuer-Fee. Mit klirrenden Fußkettchen und großen Reifen um ihre Oberarme.
Ich weine.
Der Mann mit dem blassen Gesicht und der exzentrischen Brille rückt näher an mich und legt mir eine Hand auf den Arm. Ich zucke nicht weg, sondern lasse ihn. Mein Vater ist weggezuckt, vor seinem Tod, er wollte mich nicht umarmen. Ich verzeihe ihm. Ich verzeihe auch Bob und dem Mann mit dem blassen Gesicht und der exzentrischen Brille, Dr. Theodor Dlinski. Ich verzeihe allen alles. Und mehr noch. Ich habe sie gern. Meinen Vater, Bob und Dr. Theodor Dlinski. Jetzt, wo ich einen Grund habe, ihn zu hassen, kann ich mir eingestehen, dass ich ihn mag. Auch wenn er mich und alle hintergangen hat.
»Du hast dir das Material auf deiner SD-Karte nicht angesehen, oder?«, fragt er mich jetzt.

Ich antworte nicht.
»Ich habe es dir gegeben, weil ich dachte, du könntest was daraus machen.«
Ich schaue auf.
»Aber du hast nichts gemacht. Deswegen habe ich es diesem Bob gegeben.«
Mein Blick scheint Verwirrung auszudrücken, denn er fügt hinzu: »Die Informationen, die er an die Zeitung weitergegeben hat, sind von mir. Er war ein ganz kleiner Fisch in der Firma und wusste nichts Genaues über die Verstrahlung und die Beatles. Und du hattest die Informationen auch. Sie sind auf deiner SD-Karte.«
Der Eremit will mich hochziehen, um mit mir zu tanzen, aber meine Glieder sind ganz steif. »Mit dem Dlinski kann man nicht tanzen, der hat nur ein Bein«, ereifert er sich, als ich mich sträube und ihn abschütteln will.
Der Mann mit dem blassen Gesicht und der exzentrischen Brille lächelt verlegen. »Eine Zecke hat es abgebissen.«

# HIER GIBT ES KEINEN PIRATENSCHATZ

Sie sitzt in unserem Zimmer auf ihrer Seite des Bettes und sieht durch die Dachluke in den Himmel. So wie sie dort immer sitzt. Der Mond steht genau über ihr, sein Auge in dem Fenster. Ihre langen schwarzen Haare fallen ihr ins Gesicht und liegen wie ein seidiges Tuch über ihren Schultern und ihrem Rücken. Das Licht ist silbern-blau, und sie ist gebadet in dem Licht, man hört durch das offene Fenster das Meer friedlich rauschen. Sie summt leise vor sich hin, singt das Lied von einem Piratenschatz, der weit, weit weg von hier zu finden ist.

»Hier gibt es keinen Piratenschatz ...«

Ich träume vom Meer und von Regen, einem so heftigen Regen, der sich hemmungslos fallen lässt und die feine Grenze zwischen Regen und Meer überschwemmt. Nur dünne Schnüre aus Luft bleiben noch zwischen dem Wasser.

Und im Regen sehe ich die Gestalt kaum noch, die da steht im Regen wie ich, und auf die es regnet, genau wie auf mich, aber anders als ich muss sie nicht die Hände trichterförmig um Mund und Nase legen, um ein Dach zu bauen, durch das der Atem hineinkann.

Und bald schwimmen Fische, wo ich eben noch sicher aufgetreten bin, und sie schwimmen zwischen den Bäumen und den Hügel hinauf, denn das Wasser will Land erobern.

Und sie steht da im Regen und atmet Regen, während ich laufe, und sie muss nicht laufen und zeigt aufs Wasser zum Horizont und meint, dass ich mitkommen könne, wenn ich bereit wäre, Wasser zu atmen.
Und der erste Atemzug macht mich husten, der zweite löst einen Brechreiz aus, der dritte saugt das Erbrochene zurück in die Lunge, und dann erkenne ich, da ist Luft in dem Wasser, zwischen dem Wasser ist überall Luft.

ENDE

FSC
www.fsc.org
MIX
Papier aus verantwortungsvollen Quellen
FSC® C014496


Lektorat © Frankfurter Verlagsanstalt
Umschlag: Illustration von Viktoria Köller,
Gestaltung: Laura J Gerlach
Herstellung: Laura J Gerlach
Satz: psb, Berlin
Druck und Bindung: GGP Media GmbH, Pößneck
Printed in Germany
ISBN 978-3-627-00279-4